オリヴィエ・ゲイ［著］
Olivier Gay

阿部清美［訳］
Kiyomi Abe

ASSASSIN'S CREED
FRAGMENTS
THE BLADE OF AIZU

アサシン クリード
フラグメント

会津の刃

竹書房

ASSASSIN'S CREED
FRAGMENTS
THE BLADE OF AIZU
By OLIVIER GAY

日本語出版権独占
竹書房

アサシン　クリード　フラグメント　会津の刃

主な登場人物

司馬篤湖（しばあつこ）……一六歳の少女。揖深の妹。女子（おなご）も自由に生きられ、侍になれる将来を熱望する

司馬揖深（しばいぶか）……一七歳の少年。篤湖の兄。剣術に優れ、侍として輝かしい未来を嘱望されている

司馬大之守（しばたのも）……篤湖と揖深の父で、誉を重んじる会津の侍。息子とともに戊辰戦争に臨む

ハリー・パークス……第二代駐日本国英国公使。一八六五年から一八八三年まで江戸を拠点に活動

ウィリアム・ロイド……パークスの右腕として働く剣の達人。テンプル騎士団の一員

ジュール・ブリュネ……フランス軍大尉。第一五代将軍慶喜を支援すべく日本に派遣された

松生（まつお）……アサシン教団に仕えるジュール・ブリュネの斥候として暗躍する浪人

中野竹子（なかのたけこ）……二一歳の薙刀の名手で、会津藩随一の女剣士。会津藩主のもと、娘子隊（じょうしたい）を率いる

松平容保（まつだいらかたもり）……江戸幕末期の大名。陸奥国会津藩第九代藩主

徳川慶喜（とくがわよしのぶ）……江戸幕府第一五代将軍。一八六七年、政権を朝廷に返還する

睦仁天皇（むつひとてんのう）……日本国第一二二代天皇として、一八六七年から一九一二年にかけて在位。のちの明治天皇

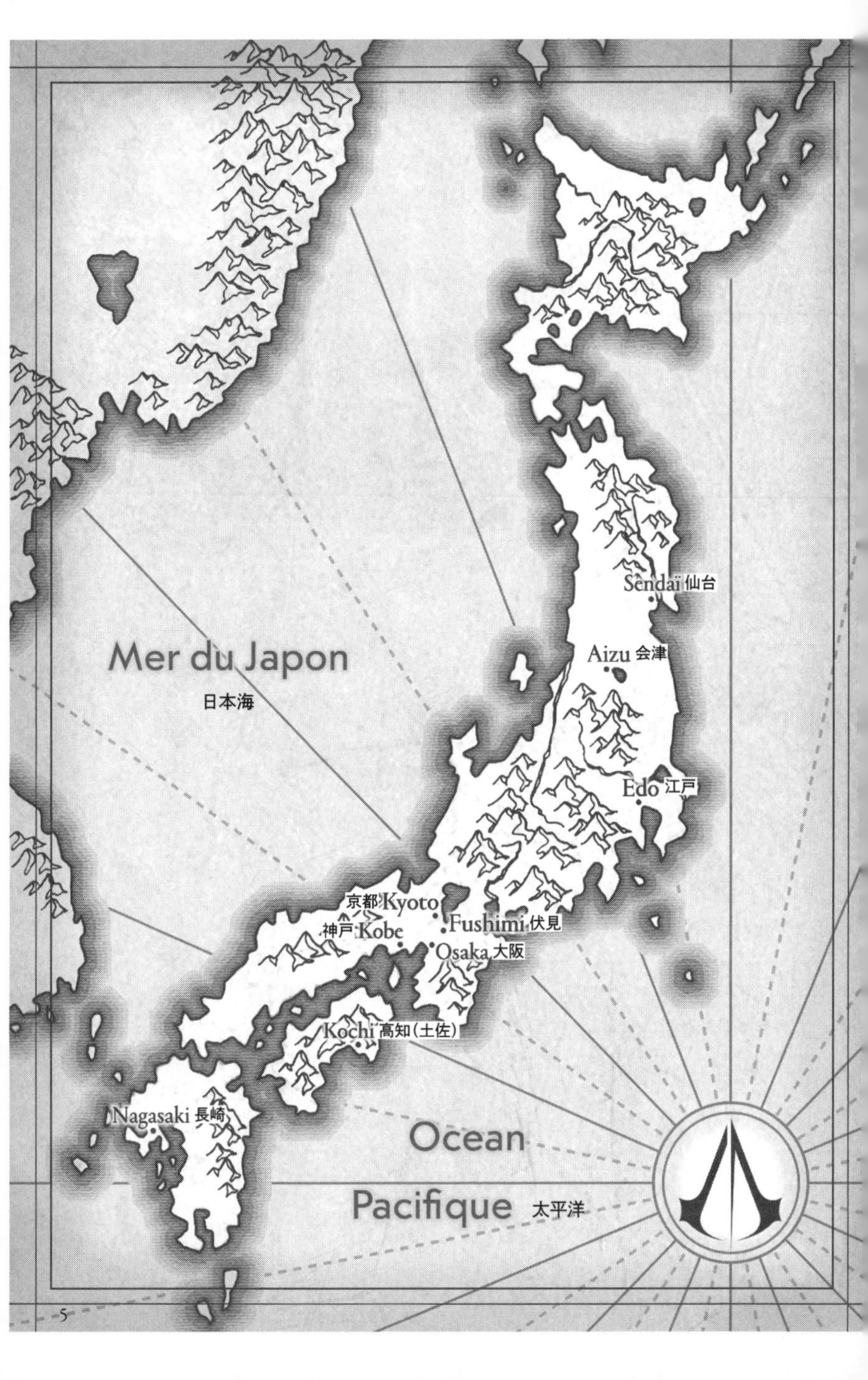

Sendaï 仙台
Aizu 会津
Mer du Japon
日本海
Edo 江戸
京都 Kyoto
神戸 Kobe
Fushimi 伏見
Osaka 大阪
Kochi 高知（土佐）
Nagasaki 長崎
Ocean
Pacifique 太平洋

これは、ひとりの少女がアサシンになるまでの物語——

一

力では勝てない。二本の木刀が鋭い打撃音を立ててぶつかり、篤湖(あつこ)は後ろに押し戻された。とはいえ、その展開は想定済みだったので右足を軸にしてひらりと身を翻す。そして、お返しとばかりに、低い位置から相手の急所へのひと突きを試みた。防御の構えをした目の前の青年は動きを止めている。絶好の機会だった。ところが木刀の先端は、相手の首の横をするりと滑り抜けていく。

「今度こそ……」篤湖が言いかけたところに木刀が振り下ろされてきた。思いがけぬ反撃のすばやさに言葉は遮られ、彼女は打たれる前に後ろに飛び退かねばならなかった。すかさず横に転がって防御態勢をとった直後、木刀が彼女の脇腹ぎりぎりで空を斬る。両肩が道場の壁に当たるや、自分が青年――兄の策略に嵌められたことを悟った。木刀が脳天に叩きつけられる――と、彼女は覚悟して目をつぶる。だが、額にこつんと当てられただけで終わった。

「しゃべり過ぎだよ」そう言いながら、兄の揖深(いぶか)は表情を緩める。

結い上げていた髪がはらりと解け、篤湖の目にかかった。

「嫌いよ、兄上なんて」彼女は舌を出す。

「心にもないことを。俺が大好きなくせに」

「『好き』と『嫌い』は表裏一体。簡単に裏返っちゃうのよ。あーあ、兄上には絶対に敵わない。木刀を当てることすらできないんだろうな。あたし、てんで駄目だ」

少女は膨れっ面をし、身体を滑らせて床に座り込む。一瞬ためらったものの、彼女の兄もそれに続いた。悪戯っぽい笑みは消え、一七歳らしからぬ大人びた真顔になる。

「そんなことを言うな。この司馬（しば）揖深の知る限り、おまえは一番腕の立つ女子（おなご）だぞ」

「ふうん。一番腕の立つおなご……ね」彼女は唇を尖らせた。

「わかった、わかった。おまえは、自分が知っている中で一番腕が立つ一六歳だよ。あ、待て。二番目かもしれない。穂志（ほし）はかなりの腕利きだ」

「そんな褒め言葉じゃ、いつか兄上に勝てる証にはならないわ」

揖深は頭の後ろで両手を組み、壁にもたれかかると、わざとらしく意地の悪い笑みを浮かべた。

「妹よ、こちらは天才だからね。誰もがそう言うから、きっとその通りに違いない。つまり、おまえに才能がないということではないんだ。俺が強すぎるんだよ」

「兄上には付き合いきれないわ」篤湖はそう文句を垂れて、兄の腕を拳で叩いた。

悔しいけれど、兄のその言葉は正しかった。揖深は、会津の若侍の中で最も有望視されている。

塚原卜伝（つかはらぼくでん）や宮本武蔵（みやもとむさし）のような剣豪の生まれ変わりだと言われたこともある。事実、揖深は何でも難なくやってのけた。刀は常に的確に計算されて振られ、身のかわしは完璧。策略は決して見破れない。並外れた敏捷性、驚くべき反射神経、呼吸と動作の見事な同調、さらに神秘的とも言える直観の持ち主であった。

　要するに、腹立たしいほどに有能なのだ。

「いつか、あたしは兄上を打ち負かす」篤湖は小声で誓いを立てた。「兄上が間違った判断をした瞬間、その隙を突いて堅い守りを破ってやるわ」

「いつか……な。今すぐではなく」揖深は彼女の頭を撫でて髪をくしゃくしゃにした。「とはいえ、おまえは腕が立つと言ったのは本心だ。実力は、俺とほぼ互角。今だって、危うく形勢が逆転するところだった」

「それ、本当？」篤湖は希望で顔を輝かせた。

「まさか。おまえが喜ぶだろうと思って言ったまでだ」

　悪びれた様子もない兄に、彼女は目を丸くした。頭に血が上ったが、ずっと兄に腹を立てているのは難しい。彼は聡明で、機知に富み、それでいて少年のような悪戯心も持ち合わせている。しかも、常に妹思いだった。

　女子でありながら、剣術の訓練が許されたのも、兄の力添えのおかげである。六歳の篤湖が道場に忍び込み、密かに練習を始めたことに気づいた揖深は、妹を稽古に加えてやってほしいと父親に頼み込んだのだ。こうして彼女は剣術のみならず、弓術、馬術、柔術も、兄のそばで会津の高名な師範たちから学べるようになる。理解ある父親の加護もあり、彼女の子供時代は実り豊かなものとなった。

父親のことを思い浮かべた篤湖の心中を察したように、司馬大之守（たのも）の大きな影が道場の入り口に現れた。武術に秀でた兄妹の父親は、かなりの大男である。二の腕は通常の男性の大腿ほど太く、手は鉄床（かなとこ）のごとく大きい。しかし、戦いの場に立たない限り、この上なく優しく、穏やかな人物だ。

「勝ったのはどちらかな？」

「訊かなくても、父上は存じているでしょ」篤湖は不機嫌そうに答える。

「ですが、篤湖は私に手を焼かせました」揖深は臆することなく、妹を擁護した。「彼女の才能は本物ですよ」

「もちろん、篤湖には才能がある。わしの娘だからな」そう言って、大之守は破顔した。「おまえたちはわしの誇りだ。揖深、断言する。おまえは素晴らしい侍になるだろう。おまえの活躍ぶりはこの国の隅々にまで広がり、江戸の御上のお耳にも届くはずだ」

父からの偽りなき褒め言葉をもらったにもかかわらず、少女は打ちひしがれた。

敢えて父が娘について言及しなかったことがあるからだ。確かに、兄ほどではないにせよ――そもそも、兄に勝る者などいるだろうか――篤湖は刀の扱いに長けているのだろう。とはいうものの、彼女は決して侍にはなれぬのだ。娘に男子同様の修錬をさせるとは、大之守はなんと寛容な父親なのか。友人たちが彼らの娘と篤湖を比して辛辣な発言を放っても、笑顔で耐えてきたに違いない。

篤湖は知っている。世の父親の大半は、己の娘らには身だしなみを整えさせ、良縁に恵まれるよう、にこやかで従順な女子であれと期待しているものだ。そして願わくば、財力を持つ家に嫁がせたいと考えている。侍は尊敬されてはいたが、商業貿易が盛んになった今、その威光は衰えつつあり、財政状況が芳しくない武家が日に日に増えていた。商業の発展で富を蓄えた町民がどんどん帝に重用されるようになり、平和な時代に武士の影響力は翳りを見せ始めている。そんな中、社会的な尊敬を求める商人と経済的援助を得たい没落武士の間で、こうした縁組は功を奏していた。

しかも篤湖には、友人がほとんどいない。その事実は十分自覚している。同じ年頃の娘たちとは共通の趣味がないのだ。何せ彼女たちが話すのは、男子のことばかり。篤湖とて、溶け込もうと努力した。町の少女たちが皆しているように、正月くらいには髪を櫛で梳かし、振袖を着てみたりもしたのだ。しかし、望んでいたような結果にはならなかった。

どんなに着飾っても、稽古でできた傷は隠せない。二週間前、こめかみに負ったその傷は、数少ない友人の物笑いの種となる。安媛が大袈裟に腹を抱え、他の少女たちもからかう中、笑うまいとしていた巴も、結局は噴き出していた。他の者たちよりも篤湖に理解を示した宗美に至っては、ただ兄に想い人がいるのかを探りたかっただけだった。

大昔は女の侍が存在し、とりわけ尊敬されていたという。だが、時代は大きく変わった。もちろん篤湖の父親は素晴らしい人物だ。その父でも、時の流れには逆らえない。

こんなの全く不平等だ。不貞腐れた篤湖は、頭の中でそう吐き捨てることしかできない。

「父上は、私たちを褒めるために来たわけではありませんよね?」揖深は父の目をまっすぐに捉えた。「ここに立ち寄った本当の理由は何です?」

大之守は白い歯を見せるや、爆笑した。幅広の肩と太い腕が、笑い声に負けないくらい大きく揺れる。

「まいったな。これだから、おまえには隠しごとなんぞできやしない。実はだな、松平容保殿のお宅に招かれておる。七日後に伺う予定だ。おまえの活躍を耳にし、会ってみたいと言われた。糠喜びはさせたくないのだが、容保殿は新しい旗本を探しているのかもしれない」

揖深が慌てて立ち上がると、木刀が手から滑り落ちて裸足のつま先に落ちた。

「痛っ!」揖深は顔をしかめる。興奮のあまり、頬から髪の生え際まで紅潮していた。

「まさしくそれは、宴の間は避けねばならぬ振る舞いだぞ」大之守はげらげらと笑う。「我が大殿は伝説をなす者、言うなれば、宮本武蔵に比肩する者を求められておる。己の感情を抑えられぬ、だらしない若造ではなく、な」

穏やかな語り口とは裏腹に、篤湖は、言葉の端々に見え隠れする父の不安を感じ取った。会津の上流社会に、父は馴染めていない。それでも、大名から招かれては断れるはずもない。訪問当日までの七日の間に、何か問題が起きないか、一家の体面を汚すことにならないかと父はあれこれ思い悩むことになるのだろう。恐れ知らずの武士大之守は、時折誇らしげに訴える。胸にある全ての傷痕がその証。背中には傷などひとつもない、と。ところが、そんな豪快な武勇伝を語ったところで、祭式や公式の宴席では人望を集められていないのを本人は承知していた。今回の招待は、息子が社交の場で好印象を与えられる絶好の機会であり、おそらく二度目はないだろう。

「父上の顔に泥を塗ることのないよう、最善を尽くします」揖深は足の親指をさすりながら答えた。

「おまえなら、きっと大丈夫だ」大之守はうなずくと、娘の方に顔を向けた。「もちろん篤湖も招かれておるぞ」

一六歳の彼女は口をあんぐりと開け、父親を見た。自分は夢を見ているのだろうか。

父の意図を完全に勘違いしていた？　父上はしきたりに逆らうつもりがある？　自分も大名を

守る役目に選ばれるかもしれない。己の護衛に女子を採用できる人物と言えば、松平容保殿自身に他ならない。容保殿のご決定には、誰も異を唱えたりはしないはずだ。

「本当に？」彼女は小声で言った。今にも泣いてしまいそうだ。

「もちろん本当だ」父は認め、優しく微笑む。「祭りのときに着た美しい振袖を披露できるぞ。おまえの振袖姿をどれだけたくさんの人が誉めていたか、きっと信じないだろうな。おまえが自分でどう思っていようが、少し手をかければ、おまえはとても魅力的な娘なんだ」

篤湖は胸が締めつけられ、突然、呼吸が苦しくなる。

「何を……言いたいんですか？」やっとの思いで問いを吐き出した。

「父上、さすがに無神経な発言ですよ」揖深が口を挟んだ。「篤湖は手をかけなくても、十分きれいだ」

「あ、ああ。そうだとも！　悪かった。わしが口下手なのは、わかっているだろう？」大之守は謝り、再び笑い声を上げた。「振袖を着たおまえは別嬪だと言いたかっただけなんだ。大名の宴でも、おまえはきっと兄に劣らぬほどお褒めに与ることになろう」

だが、どんなに賞嘆されようと、兄と同じ結果にはならない。篤湖はそう考え、不機嫌になった。

良かれと思って言っている言葉が、どれだけ娘を傷つけているかを、父は気づいていない。

篤湖の人生の幸せな時期は、完全に終わりだ。たとえ兄と全く同じ訓練に勤しんでいたとしても、ふたりの道は大きく分かれていくことになる。揖深が侍となる一方で、窮屈な着物姿の篤湖に心を動かされた宮家で退屈な仕事をする誰かに、嫁ぐ羽目になるのだ。

父に話すなら、今しかない。これまで多くの時間を過ごしてきた道場でも、これほどの勇気を絞ったことはないし、今後、これだけの勇気を振り絞ることもないだろう。もう一度、父の目に光を求めた彼女は閃きに打たれ、口を開いた。

「父上……お聞きしたいことが――」

振り向いた父はとても大きく、とても偉大だった。その愛情のこもったまなざしには、子供たちに対する揺るぎなき信頼があふれている。

「もちろんだとも――」大之守は寛大な身振りで言葉を遮った。「新しい着物が欲しいなら、手配しよう。我が家は以前ほど豊かではないが、娘のためなら何も惜しくはない。明日、花江(はなえ)婆さんのところに行くのはどうだ？　あの方は都から直接、反物を調達しているらしいぞ」

篤湖は稽古着の袖でそっと目を拭った。良き家の良き娘は、人前で泣いたりしない。

「わかりました、父上」返事をしながら、彼女は鼻をすすった。「ぜひ、そうしたいです」

二

江戸の夏は、蒸し暑いものだが、この二か月ほど雨が降っておらず、町は灼熱の太陽に焦がされ続けていた。大名家の者たちは、城の大きな庭の木陰で涼むことができるものの、庶民にそんな贅沢は許されていない。春に奥州街道を彩る桜の枝は熱波でぐったりと垂れ、沿道を行き交う商人たちは、寺の庇でできた日陰を進もうと荷車を移動させていく。住民が涼を取るのに、隅田川の畔は格好の場だ。ところが、あまりの暑さで後先を考えずに川に入る者が続出。水に入ってから、自分が泳ぎ方を知らなかったことを悟る不注意な民もおり、すでに複数の土左衛門を出す危険な水辺と化している。しかも、湿気を帯びて澱んだ空気では、人はかっとなりやすい。辻番や同心の努力も虚しく、犯罪の割合はこの上なく高くなっていた。酒場での口論が殺傷ごとに発展し、敗者の遺体が道端に放置される事例は、もはや珍しくない。

江戸は日本国の首都で、この国の文化、政治、経済の中心地である。しかしながら、江戸ではなく、九州北西岸に位置する慎ましやかな町、長崎でこの国の運命は大きく変わり始めた。

長崎は、西洋人の入国、西洋の船の係留が許される数少ない土地のひとつだ。あの晩、この町に下船した英国人ふたりが、歓楽を求めて下町方面へ向かった。何か月も洋上で過ごした彼らは懐を金で膨らませ、夜遊びを満喫するのを楽しみにしていたのだ。

翌日、ふたりは死体で発見される。

こうして、日本の運命は決定づけられた——。


「このままにしておくわけにはいかない！　黙っていれば同じような事件がまた起きて、大英帝国は世界の笑いものになってしまう」そう一気にまくしたてたウィリアム・ロイドは、給仕が持ってきた日本茶を一気に飲み干した。

ロイドは大のお茶好きだ。多くの英国人と同じように紅茶を好んで飲んでいるが、日本のお茶も嫌いではない。しかし、日本人に囲まれた〝茶を嗜む儀式〟にはどうしても慣れない。目の前に出されたお茶を瞬く間に喉に流し込む。それが彼の好む飲み方だった。そうした方が、本題により多くの時間を割くことができるではないか。

とりわけ、この件は重要である。

目の前のハリー・パークスは、ロイドの剣幕に圧倒されて怒りに満ちた視線を保てなくなったのか、目を伏せた。この駐日英国公使――パークスは経験豊富で有能だが、苦渋の決断をする気概に欠けている。戦争よりも不利な和平条約を選び、国内外の幅広い方面からの協力を得ることで、最も効率的な変化が緩やかにもたらされる――そう信じ続けているのだ。

つまりこの公使は、手に負えないほどに理想主義にこだわっていた。

それが、テンプル騎士団が仲間のひとりをこの国へと送り込むことになった所以だ。パークスの右腕という名誉ある立場にいれば、ロイドは大英帝国と日本列島との政治的な動きを常に細かく把握できる。そしてときには、公使の同意があろうとなかろうと、二国間の出来事に影響を与えることすら可能だった。

「安心しろ。何もしないという選択肢はない」パークスは険しい表情で言い放った。「私の不快感はもとより、英国および自治領の不満を表明すべく、すでに天皇への謁見を要請してある。長崎で徹底的な捜査を行い、事件を起こした者を見つけるまで、町に外出禁止令を出してもらうつもりだ。そして犯人を捕まえたら、迅速に法の裁きを受けさせる。民たちには、我々が何をしようとこちらのやり方に口出しはできないとわかってもらわないとな」

パークスは明らかに同意と賞賛の言葉を期待していた――無論、同胞が殺されたのだから、そのような強固な対応を取って然るべきではある――が、ロイドは鼻で笑った。

「ほう、捜査ですか？　実に素晴らしい。殺人犯はさぞかし恐怖で震えることになるでしょうな」そこまで言うと真顔になり、彼はこう続けた。「尋問は何も生まない。我々の気が済むように、哀れな誰かを身代わりに仕立て上げ、斬って終わりにするだけだろう。そんなことは、自分たちの顔に唾を吐きかけるも同然。ハリー、若者たちは死んだ。我々が守ると誓った英国市民が。彼らはまだ二三歳で、希望に満ちた未来が待っていたはずなのに、何者かに惨殺されたんだ。我々が形だけの捜査で事件を片づけたと知ったら、他の船員たちは我々をどう思うかな。それとも、臆病者の烙印を押されるのを我慢しろと……？」

公使が眉をひそめたので、ロイドは、否定的な熱弁を振るうのをやめた。どうやら度が過ぎてしまったらしい。パークスは政治的な意味では優秀な公使であり、世界中の要人とのつながりを持っている。怒らせるのは得策ではない。

だが、パークスはロイドを叱責することはなかった。代わりに肘掛け椅子に背を預けると、静かに頭を垂れた。

「わかっている」彼はため息まじりに返す。「しかし、私は手一杯なんだよ。徳川将軍はあまりにも強大な力を持っており、私たちの仕事に手を貸すつもりはない。自軍の近代化を進めるのに、速やかにフランスの支援を受け入れた現実を見ればわかる。徳川殿が己の立場を決めたのは明らかだ。彼はフランス側に着いたのだよ。我々英国側ではなく、ね。あからさまに将軍に盾突こうとしたところで、こちらが勝てる保証はない」

ロイドは急須を手に取り、自分の湯呑みに茶を注いだ。そして、顔をしかめたまま、茶を一気に飲み干した。パークスの言うことは間違っていない。天皇睦仁(むつひと)は弱冠一五歳。儀式的な役割を担っているに過ぎない。実質的な権力は、大名と旗本が握っており、その頂点に立つ将軍がこの国の最重要人物だ。江戸の御殿で君主として君臨し、江戸城の城主の力はそれだけで絶大。誰も逆らうことはできない。しかもフランスと手を結び、徳川の地位はより強固なものとなった。

ロンドンのテンプル騎士団の指示は非常に明確だ。古の時代から続くこの国のしきたりに従い、天皇の権威を強化せよ。そうすれば、幕府も日本に騎士団の拠点を置く許可を出すだろう、というものだった。

しかし、それを実現するには徳川慶喜(よしのぶ)の存在があまりに大きすぎた。

ロイドの指は無意識のうちに、腰の脇に差していた刀の柄を撫でていた。彼は、日本刀を携帯する特権を持つ数少ない西洋人のひとりだ。ロイドの才能が認められ、宮中で最も有名な刀匠が作ったこの刀が与えられた。江戸で暮らして一二年。その間に、彼は西洋の伝統的な武器を捨て、武道を選んだ。あらゆる状況でそうなのだが、剣術でも冷酷かつ効率的に行動する。数多の決闘で負け知らずのロイドを見た花魁たちが「とても人間業とは思えない。あれだけ危険な存在になるとは、鬼と取引をしたに違いない」と、小声で噂するほどだった。

政権を容易に操れれば。一度でいい、将軍と対峙する機会を得られれば。しかし、そんな願いは幻想に過ぎない。

「我々が置かれている状況は、ベストとは言えないな」ロイドは理路整然と返す。「日本人は間違いを犯した。陸に上がった我が国の人間を守るべきだった。そういう協定になっていたはずだ。だから、この不祥事の代償を払ってもらう権利がこちらにはある。長崎は徳川家に依存しているゆえ、そう訴えれば、帝の前で彼に恥をかかせることになるだろう」

「それで、どうなる?」

「何も起こらないかもしれないし、何か起こるかもしれない。とはいえ、何もしないよりは何かが起こる可能性はある。天皇と将軍の不和を誘発できれば、最終的に我々の利益になるはずだ」

「帝はまだ一五歳だぞ」どうやらパークスは不服らしい。「将軍に盾突くことは絶対にしないだろう」

「差し当たりは、そうだな」ロイドが同意する。「だが、帝は日々成長している。ハリー、君が自分の思春期時代を覚えているかどうかは知らないが、もうすぐ彼は制限されたり、命令されたり、抑制されたり、虐げられたりするのを歓迎しない年頃になる。遅かれ早かれ、睦仁は、自分が傀儡天皇に過ぎないと気づくだろう。しまいには、将軍の力が本来あるべき範疇を超えて、少し強すぎるのではないかと自問することになるはずだ」

「そうなったとして、徳川の権力に帝ひとりで刃向かえるのか?」

パークスの返事を聞き、ロイドは邪悪な笑みを浮かべた。

「ひとりで？　天皇はひとりではない。幕府の絶大な権力を快く思わない藩がいくつかあり、天皇に味方する用意があるようだ。ヴィクトリア女王陛下だったら、簒奪者に対抗すべく、王位の正統な継承者を支持する。そういうことだ」

「まさか君は――」公使は息を呑んだ。

パークスの不安を払拭するかのように、ロイドは片手を振ってみせた。

「いやいや、違う。天皇支持派と幕府支持派の対立が続けば、政治的混乱の中、どちらの陣営も勝者にはなれまい。忌々しきフランスだけが得をすることになる。しかし、幕府に反発する藩の存在と、彼らが天皇を支持する可能性が、徳川のような自己過信の強い者にも己の行動を再考する機会を与えるだろう。我々の〝友人〟を守ろうとしなかったことが大きな過ちであったと、彼も承知しているはずだ。もしも償おうとしないなら我々は戦う覚悟だと知れば、彼は名誉ある行動をとるに違いない」

「もしもそうしなかったら？」

「女王陛下は誰が英国の味方で、誰が味方でないかをはっきりと理解するだろう」

杉戸（城内の部屋に通じる扉）を叩く音を聞き、徳川慶喜は足を止めた。邪魔をするなと強く言っておいたはずだ。奉公人がここに通したとなると、よほどの重要人物に違いない。将軍は着物の折り目を正し、しかめ面でできた額の皺を伸ばすように表情を正す。それから呼吸を整えると、客人の入室を許可した。

部屋に入ってきた男は、歴戦をくぐり抜けてきた者特有の威厳と優雅さを漂わせている。それでいて、年齢に見合わぬほどの活力に満ちていた。制服には数多の勲章が飾られているにもかかわらず、全く音を立てない。どうやら勲章を揺らさずに歩く術を心得ているようだ。こやつ、我の忍びの者の指南役ができそうだ。心の中でそう思い、ほくそ笑んだ徳川は、戸口の方に顔を向けた。

「ブリュネ大尉。もっと早く来るものかと……。訪問するには、かなり遅い時間だ」

「できるだけ急いで参ったのですが」男は謝罪した。「使者の接触があったとき、貴殿の軍とともに江戸の外れにおりました。ご所望ならば、改めて出直しましょうか?」

「いや。出直す必要はない。そなたはもうここにいるのだから。それよりも、今の状況に気づいているのだろう?」

大尉はうなずいた。彼はフランス皇帝ナポレオン三世より、日本の軍隊の近代化を手助けするという命を受け、来日した。三世にこの国、そして江戸の現状を報告する都合上、ブリュネは街の出来事を熟知しており、噂話の類まで把握していた。

「ふたりの英国人水兵が長崎で殺されました。日本は責任を持って彼らを守るべきだった。英国民は憤慨し、然るべき償いを要求しています」

「簡潔にまとめてくれたな。昼間、パークス公使と面会した。あろうことか、あやつは長崎の統治者の辞任を命じてきた。余に命令したのだぞ！　外国人地区警備にあたる岡っ引を五〇〇人も送り込めとも言った。そればかりか、これらの要請をこちらが拒めば、宣戦布告とみなすとのたまう始末だ」

ブリュネは顔をしかめた。パークスのことはよく知っている。目指すものはブリュネと異なっていても、情け深く、好感の持てる政治家だ。常に分別をわきまえ、とにかく日本で英国の影響力を強めようと努力していたはずだ。このように権力を振りかざすやり方は、彼らしくない。日本はまだ、下関砲撃の凄まじい屈辱から立ち直ってはいなかった。

「ひるんではなりませぬ」ブリュネは提言した。「いつものごとく、我らの教団が陰ながらお支えします」

「例の教団か？」徳川は不服そうに繰り返す。「この国で何の影響力も持たない西洋の組織が、どうしてここでの出来事に関心があるのだ？」

ブリュネは満面の笑みを浮かべた。

「誤解があるようですね。我々の力は、貴殿が想像する以上に大きい。そして、我々はあなたたちを助けるためにここにいるのです」

「しかし、なぜ？　『単純に人助けがしたいから』では、納得せぬぞ」

「では、『そなた様を尊敬しているから』とでも言っておきましょう」そう告げたブリュネだったが、さらに続けた。「おや、それでは不十分なようですね。『日本の目下の状況が、不安定だから』ではいかがかな？　天皇陛下は、自身がその特別な装束と地位に縛られた籠の鳥だと感じており、近いうちに実権を握ろうとするでしょう。陛下は旧体制である幕藩体制を支持しておらず、大名も、貴殿のことも――つまり将軍も時代遅れだと考えていらっしゃる。我々はそうは思わない。権力は、庶民、農民、武士、地域に属するもの。民から遠く離れた、御所にいる存在の天皇に集中すべきものではありません」

徳川は、相手が何を言っているのかをすぐには把握できなかった。この数年間、アサシンに関する情報をずっと集めてきた――己の敵を知るのに時間をかけない将軍などいない――が、ほとんど何も得られていない。現時点でわかっているのは、アサシン教団が十字軍やフランス革命といった欧州の歴史の中で、何かしらの役割を担ってきたということだけである。

手を組めば、強力な後ろ盾になってくれるに違いない。しかし、この教団、果たして信頼できるのだろうか？

「話にはまだ続きがある」徳川が唸るように言った。「英国人たちは余のところに訪ねてくるだけでは満足せず、天皇睦仁に謁見しに行ったのだ。当然のことながら、連中は一方的な見解を陛下に言い含めた。余が、この国の客人を守れる器ではない、とな。だから英国の要求を全て呑み、公に謝罪するよう、余に力をかけてきた」

すると、ブリュネは首を横に振った。フランス軍事顧問団の一員として来日後、彼は将軍たちと素晴らしい関係を築き、仕事をしてきたのに、英国人連中ときたら、徐々に天皇の心を摑むようになっていったのだ。二国間の意見の相違は、日本の情勢を不安定にしてしまう。英国は一体何を目論んでいる？

「そちはどうするつもりだ？」将軍は探りを入れるように訊ねた。

「私としては、天皇と英国の両方から疎まれたくはありません。とりわけ、彼らには私を責める真っ当な理由があるのですから。公使の要求を受け容れ、英国人水兵ふたりを殺めた犯人の発見に、私の力の限りを尽くすと誓うでしょう。貴殿はどうお思いで？」

「大名の反応を恐れてはいないのか？　そんな態度をとれば、そちを弱腰だとみなす大名もいるはずだ。己の立場を守るなら、長崎奉行を犠牲にするのも厭わない奴だと思われかねないぞ」

拳を固く握り締め、徳川将軍はジュール・ブリュネの方に進み始めた。このフランス人大尉はかなり大柄で、日本人男性の頭は相手の肩に届くかどうかだ。しかし、勇敢に歩を踏み出したものの、その体格差ゆえに、将軍は怖気づいてしまう。

「我が大名たちは余に従ってくれる。彼らは、名誉を重んじているからな。英国が死んだ同胞ふたりのために、正義を求めているとわかっているのだ」

「正義、ですか。いかにも」と、ブリュネは柔らかな口調でその言葉を繰り返した。「しかし、後先を顧みない復讐となると……」

彼は途中で話をやめ、将軍を見やる。相手は何かを言おうとして口を開いたが、大尉は唇に指を置き、それを制止した。そして警告するよりも先に、外濠が見渡せる大きな窓の方へと跳躍し、窓掛けを脇に押しやった。

上弦の月の明かりがごく仄かに壁を照らしていたが、ちらつく蝋燭の光の中で将軍は、人影を見た気がした。まるで屋根の上の鯱鉾（しゃちほこ）のごとく、身体を曲げている。

ブリュネは窓掛けを放し、これまで何千回と繰り返してきたゆえの滑らかな動きで、軍服の上着（ダブレット）の下に手を忍ばせて短剣（ダガー）を引き抜いた。すばやく侵入者に向かって刃を突き出したが、わずかに距離が足らなかったようだ。相手は、機敏な動きで短剣をかわし、そのまま闇に消えた。大尉は窓辺で身を乗り出したものの、ただ立ち尽くし、壁に鋼が擦れる音を耳にする以外、何もなす術がなかった。相手が転落死したと早合点するほど、大尉は愚かではない。忍びの者は、軽業師顔負けの並外れた身体能力の持ち主で、真っ平な壁の表面にもしがみついていられる。徳川家の野石積みの壁は、忍びたちにとっては神からの賜物も同然だろう。

「一体、何ごとだ?」驚きのあまり、全く動けなかった将軍は、やっとの思いで声を絞り出した。

「というか、あれは一体、何者だ? 刺客か?」

「隠密かと」ブリュネは簡潔に答え、何もなかったかのように武器を戻す。「我々の会話の内容をどうしても知る必要があった誰か——特に、水兵ふたりの件の対処をこちらがどう決めたのかを摑みたがっている人間に違いありませぬ」

「その気があれば、その者は余を手打ちにできたであろう」徳川は窓の外を覗き、中庭を上から下まで見渡した。「番方が何十人もいるというのに、誰ひとりとして、不審者の侵入を防げなかったとは……」

「いかなる場合でも、私が将軍殿をお守りしたはずです」大尉は落ち着いて答え、頭を下げた。「仏国は、偉大な支援者を失うわけにはいきません。何より貴殿は、私が深く敬うお方ですから」

動揺したままの将軍は、弱々しい笑みを返した。あの刹那、自分がこの国で最も権力のある男だという自覚を失っていた。暗闇に怯え、寝床のそばに物の怪が潜んでいるのではないかと本気で心配する幼な子同然だったのだ。徳川は聡明な政治家であったが、軍人ではない。ブリュネがその真実を暗に匂わせたのは、今回が初めてではなかった。自分は戦闘や暴力を好まない。その性格のせいで、自国の武勇を重んじる好戦的な武士階級を指揮するには、微妙な立場に置かれていた。

「さて……私はそろそろ引き上げなければなりません」ブリュネは告げた。「殿舎の居住区の警護を強化するよう、申し伝えましょうか？」

「頼む」将軍は答えたものの、顔をしかめた。「いや……余の脆弱さを露呈するわけにはいかん。まだいい。中奥（将軍の居住区域）は目付に任せておけば大丈夫だ。今夜は、御台所（正室のこと）の寝室で休むとしよう。きっと彼女も喜ぶはずだ」

「確かに」ブリュネは社交辞令として相槌を打った。

「しかし、このように隠密を送り込んだのは何奴だ？」

「どう思われますか？　確たる証拠がないゆえ、全ては推測ですが……英国側は、圧力をかけたことに我々がどう反応するか、興味津々なのでは？」

「こんな大胆な行動に出る勇気、あいつらにはあるまい。仮に隠密が捕まって、連中の仕業だと口を割れば、それこそ戦になるであろう」

　大尉は肩をすくめた。

「もしかしたら、結局はそれが彼らの望みなのかもしれません。貴殿がおっしゃる通り、彼らはやけに攻撃的に思えます。さて、すっかり長居してしまいましたが、私はこれでお暇いたします。

どうかお休みください。もう十分にお時間をいただきました」

フランス人大尉は退室しかけたが、杉戸を閉める前にこう付け加えた。「万が一、最悪の事態になったとしても、我が帝国は貴殿の味方です。少なくとも、この国にいる仏軍はそうでしょう」

「実に心強い」徳川はつぶやくように答えるも、その視線は、破れ落ちた窓掛けの切れ端から離れない。漆黒の夜闇は、自分を丸吞みしてしまうのではないかと恐ろしくなるほど、心の中にまで染み込んでくるのだった。

三

篤湖（あつこ）は江戸城の中庭からも、アサシン教団とテンプル騎士団との権力闘争からも、遠く離れていた。父との会話が頭から離れない。女子（おなご）だからという理由だけで、自分は拒絶されたのだ。まるで、これまでの年月がなかったかのように。女子がいるべき場所に戻って殻に閉じ籠る。今の自分にできるのはそれだけだ。父を責めることができれば、どんなに楽だったろう。しかし、信じられないほど素晴らしい子供時代を送らせてくれた父親を恨むことなどできなかった。父は、娘のためを思ってそうしたに違いない。

とはいえ、現実を受け入れるのは決して容易なことではなかった。

「おい、急げ！」揖深（いぶか）が不満げに声をかけてきた。「もう四半時（現在では約三十分）近くも待ってるんだぞ！　一刻（約二時間）はかかる旅だし、俺は日没までに戻ってきたいんだ。山の中で迷うのなんて真っ平だからな。早く出発すれば、その分だけ早く済ませられる」

憂鬱な思考から我に返った篤湖は、無理やり凛とし、笑みを浮かべようとした。兄は正しい。思いを巡らせることに時間をかけ過ぎ、己の務めを疎かにしていたのだ。この事態は揖深のせいではない。自分が女になることを選んだわけではないのと同じく、彼も男児として生まれるようにと願って男に生まれてきたのではなかった。

「今、行くって！」彼女はそう叫び、手早く髪を結い上げていく。

父は、丘の向こう側に住む農場主の古閑から、見事な牛を買っていた。最寄りの農場ではないが、言い値は適正で、家畜の品質に嘘をついたことがない。彼の家畜であれば、会津のほとんどの農場主がもっと高値を付けたはずだ。もっとも、支払った代金には牛を運ぶ賃金までは含まれていなかったから、大之守は己が子たちに引き取りを命じることにしたのだ。こうして、兄妹は岩だらけの地形を往復する遣いに出ることになった。熱波に襲われた江戸ならともかく、この地の日差しはそこまでではない。往路は大丈夫だろうが、問題は復路だ。牛の首根っこを引きつつ来た道を戻るのは、かなり厳しい。

「この大変な遣いを我々に課したからと言って、父上に反感を抱くのはお門違いだ」揖深は主張した。「大名からのお招きを祝うべく、父上は家中の者にご馳走を振るわなければならないな。もっとも、俺の考えを言わせてもらえば、父上がやろうとしていることは本末転倒だ。馬の前に荷車をつなごうとしているものだから。あ、この場合は牛か」揖深は、うまいことを言ったとばかりに頬を緩めたが、すぐに真顔に戻る。「何しろ、俺はまだ旗本になっていない。おまえだって嫁入り前だ。祝宴なんて時期尚早だろう」

「そうね。その通り」篤湖の返答は、思った以上につっけんどんな感じになった。「でも、それが父上の望みなんでしょ。期待に応えるべきだわ。父上が牛を所望なら、あたしたちは牛を連れて戻ってくるまでよ」

意外な答えだったのか、揖深は驚きで目を丸くしている。兄はいつだって鋭い観察眼の持ち主に思えたが、妹の機微にはびっくりするほど疎かった。けれども、彼女が今まさに気づいたことをすでに承知していたのかもしれない。つまり、篤湖が続けてきた剣術の鍛錬は、単なる無害な趣味に過ぎず、実際に戦士になるための準備ではなかったという現実に——。

もうやめよう。それについては、考えないと自分に約束したではないか。せっかくいい天気なのだから、今日は歩くのを楽しんだ方がいい。

一〇代の兄妹は、丘へと続く道をきびきびと進んでいった。ふたりともすこぶる体調が良く、快適な歩調で足を繰り出していく。すると、揖深がある提案を持ちかけてきた。

「二番目の丘の頂上まで競走しよう。勝った方は——そうだな……牛肉の一番いい部位をもらえるっていうのはどうだ?」

「あたしたちが食べる分は、父上が決めるのよ」篤湖は異を唱える。

「父上に俺たちの賭けについて話せば、その勝敗に従って肉を分けてくれるさ。ひょっとして、負けるのが怖くて渋ってるんじゃないだろうな?」

「まさか。競走なんて、あまりにも子供っぽ――」

話を終えるのを待たずに、少女は唐突に走り出し、兄に三拍分の差をつけた。

「おい！　卑怯だぞ！」揖深が叫びながら追いかけてくる。

彼は全力で走った。上りで力強く足を繰り出し、下りも勢いをつけて降りていく。妹の方はというと、岩から岩へと飛び移り、その軽快さは雌鹿を思わせた。それだけではない。牡鹿のような堂々とした足取りでもあったのだ。

道場では、彼女は兄より筋肉もなく、技術もない。しかしここでは、その足を遮る物は何もなく、彼女は自由だった。心臓は激しく拍動し、肺が熱くなったが、立ち止まるどころか、速度を緩めるつもりもなかった。

揺れる篤湖の刀は太ももを打ち、危うく刺さるかと二度ほど思った。常に刀を携帯せよ、というのが父の教えだ。この地域は危険で、山賊が出る可能性があるから必要なのだと言われている。しかし実のところ、武器は侍にとって不可欠なものであり、その重さは服を着るのと同様、ごく自然に感じられなければいけないというのが本当の理由だった。普段の暮らしの中であれば何の問題もない。実際のところ、篤湖は自分が武器を携帯していることを忘れてしまう。ところが、刀が太ももの上でぱたぱたと揺れ動いている今は、危険物がそこにある事実を嫌でも意識させられる。

目的地は遠くない。彼女は跳ねる速度を落とさず、身体に当たる微かな痛みを受け入れていた。背後から聞こえてくる兄の荒い息遣いが彼女を駆り立て、翼を与え、己の限界を突破させようとする。風を感じながら兄と競う篤湖は、いつの間にか嗚咽していた。涙で潤んだ目が、とうとう頂上を捉える。兄の足音は危ういほど近かったが、怒りと負けん気で、彼女は最後の力を振り絞り、加速していく。

先に丘の頂きに駆け上がるなり、篤湖は地面に倒れ込んだ。腕を胸の前で組み、息を切らして肩を上下させていた。頭を上げて一から六まで数えたところで、揖深が足を引きずりながら到着した。疲労困憊の兄は、妹の横に崩れ落ち、必死に呼吸を整えようとしている。しばしの間、言葉を交わさず、ふたりは空を見つめて激しい鼓動が落ち着くのを待った。

「六拍」篤湖はつぶやく。

「え?」

「あたしは狡(ずる)をして、兄上より先に走り出した。だから、兄上は少しだけ時間を失ったの。でもね、それでも兄上はあたしより六拍分も遅く到着した。とどのつまり、正々堂々と勝ったのと同じことだわ」

揖深の返事は「異議はない」だった。「正直なところ、最後は追いつけると思ったんだがな。でも、おまえはまだまだ余力があったらしい。見事だ! 感心したぞ」

篤湖は頰が赤くなるのを感じる。自分では、どうにも抑えることができなかった。単純な競争での勝利を認められたに過ぎないが、思った以上に自分が誇らしい。

己の限界を超えた。兄を負かしたのだ。

横向きになってそっと立ち上がった彼女は、自分が何かの木の上に横たわっていたことに気づいた。背中にはすでに、木の跡がしっかりと残っている。まるで何かを証明したかのような満足感を覚え、軽やかな気持ちで農場の方を見やった。

「おお、やっと来たか！」到着したふたりを認め、農場主が声を上げる。「半刻（約一時間）も待っていたぞ！」

「遅くなってすみません、古閑さん」揖深は頭を下げた。「これでも、途中から走ってきたんですよ」

「問題なのは速さではない。いつ出発したか、だ。明け方に発ったなら、今頃、家に戻っていただろうに。ま、よかろう。そなたたちの父上から、約束の金子（きんす）を預かってきたかね？」

篤湖は売り主に歩み寄り、父から託されていた巾着を取り出して手渡した。相手は丁寧に中身を確認した後、子供たちを注文の品である牛のところまで連れていく。牛は健康そうで、つやつやな毛並みをしていた。

「うちの農場で最高の牛だ」古閑は説明する。「よかったら、牛小屋に入って確認しなされ。大之守殿にもそう伝えるんじゃぞ。古閑は約束を守る男だとわかってもらいたいからな」

「確認するまでもありません」揖深は返した。「あなたが紛れもなく誠実な人であることは、誰もが知っています。その評判を聞いて、わざわざ山を越えてここまで来たのですよ」

「うむ。じゃあ、そのまんま父上に伝えてくれ。彼には借りがあるから、この牛はその恩を返す、初めの一歩だ。父上は、わしが何を言ってるかわかるはずじゃ」

兄妹は驚いて顔を見合わせる。大之守はこの「恩義」について、何も言っていなかったからだ。とはいえ、納得はいく。父は自分自身のことをほとんど話さない。過去に関しては、なおさらだった。

「父がどのようにあなたを助けたのか、聞いてもいいですか?」篶湖は訊ねた。

「話すかどうかは、そなたたちの父上次第だな」古閑は真剣な顔つきで答える。「今は、わしが手塩にかけた牛を連れて戻ることが一番大事なことだ。手間がかかるかもしれんが、そんな苦労を吹き飛ばすほどうまいぞ」

揖深は首根っこを摑んで牛を歩かせようとしたが、その歩みはひどくのろい。横っ腹を軽く叩くと、ようやくまともに歩き始めた。農場主は、牛と兄妹が去っていく様子を悲しげな顔で見送っている。あたかも我が子が遠ざかっていくのを見送っているかのようだ。やがて古閑は家の中に入った。

「父上は、彼のために何をしたと思う？」好奇心を抑えきれない篶湖は兄に問いかける。「戦（いくさ）で彼の命を救ったとか？」

「何の戦だよ？」そう揖深が言い返してきた。「この国では何年も戦らしい戦はなかったはずだ」

「確かに、何年もそうね。でも古閑さんは、明らかに若くはない。もしかしたら、父上も若者だった二〇年前とか……」

「父上の若い頃なんて、想像できないなあ」兄は声を立てて笑う。「若いうちからすでに、俺たちふたりを合わせたほど肩幅が広かったんじゃないか？」

「なら、手はあたしたちの頭くらい大きかったはずよね」彼女も揖深に調子を合わせた。「幸いにも、あたしたちは母上に似たけど」

「俺は父上の強靭さを少しくらい受け継いでもよかったけどな。若い頃には、素手で馬の蹄を剝がせたって話だ」

「もう、父上の武勇伝をいちいち鵜呑みにしないでよ！　確かに、父上は確かに強いわ。でも、誰も……」

「この道は危険だと、誰もおまえらに注意しなかったのか？」

　突然声が聞こえ、篶湖ははっとして顔を上げる。道端の木の枝の上に腰掛けていた二〇歳くらいの青年と目が合った。その男は栄養状態が悪いのか、ひどく痩せている。まるで小作人の大鎌のごとく、剝き出しの刀を肩から掛けていた。篤湖は温室育ちで、実際の危機的状況に置かれた経験は一度もない。しかし今、彼女の生存本能が、この男は危険だと激しく警告している。

揖深は自身の刀の柄に手をかけた。彼は冷静さと威厳の見本だ。篤湖は自分の呼吸が落ち着いているのを感じた。当然よ。心配する必要なんてある？　兄と一緒なら危険とは無縁なのだから。

「篤湖、いいか。この道程でどんな危険に遭遇しても、幸い俺たちは自衛の仕方を知っている。しかも――」彼はさらに言葉を続けた。「俺たちは兄妹だ」

「ほう。なおさら面白い」見知らぬ青年は口を開いた。「兄、妹、そして牛。信じられないほどの禁断の乱交だな。おまえたちが山奥へ向かう理由がわかったよ。他人の目を避けるためだ」

歯を見せていた彼の薄ら笑いが消えると、その表情が一気に邪悪になった。

「冗談はこのくらいにしておくか。おい、みんな出てこい！」

そのひと言で、四人の男たちが草むらから飛び出してきた。彼らは皆、青年と同じく、みすぼらしい格好だったが、どこかの戦場で拾ったのか、特大の革の胸当てを着けている者がいた。しかもその胸当ては、さらにぶ厚い革で補修されている。

四人のうち、ふたりは手斧を持ち、もうひとりは鋭利な穂先を持つ槍を振りかざし、あとのひとりは、薙刀を振り回して威嚇していた。

篤湖の全身に熱い血潮が駆け巡る。鞘から刀を抜くや、兄と背中合わせになり、男たちと対峙しようとした。確かに、父は釘を刺していた。人の往来の少ないところには、旅人を狙う山賊がいるのだ、と。

「どうやら、この連中は死にたいらしい」頭と思われる例の青年が、声高に言った。

彼が親指を刃に沿って滑らせると、すぐに血の滴がすっと垂れ出す。切れ味の良さを知らしめたかったようだ。獲物から視線を逸らさずに、男は親指を吸っている。

「格好をつけるためだけにそんなことするなんて。馬鹿じゃないの」篤湖は呆れた。「傷が化膿するかもしれないのに」

「薬草の教えが必要なときにはそう言うからさ。今は黙っとけよ」男が返す。「いいだろう。おまえらに選ばせてやる。勇ましいことに、ふたりとも刀を携えている。兄貴の方は、その使い方を知っているに違いない。だから、おまえらはおいらたちと戦うと決めてもいい。しかし、言っておくが、きっと悪い結果に終わることになるぞ。こっちは数で勝っているし、経験も豊富だ。坊やたち、本当の戦いっていうのは、道場の稽古とは全くの別物だ。当然、真剣は木剣ではない。もしもおいらの刀が当たったら、おまえは豚のように血を噴き出すんだからな。どうする、がきども？　その腕を肘までばっさり落として、生かしてやろうか。これからずっと、不自由な思いをして余生を過ごしたいか？　あるいは、何度も刻んでゆっくりと殺してやろうか。ふたりで相談して答えを出すといい」

「怖がらせないでよ！」篤湖は震える声で言い放った。

「おやおや。不安でしょうがないらしいな。無理もない。こっちは五人で、そっちはふたり。この二年間で、おいらは二七人を殺めてきた。そっちは？　自分がこの挑戦にふさわしいと本気で思っているのか？　特におまえだ、お嬢ちゃん。傷口から感染するのを心配しているくらいなんだからな」

篤湖は、手のひらが濡れているのを感じた。稽古でこんなに汗をかいたことはない。彼女は刀を握る手をずらし、兄の方へと近寄った。すると突然、呼吸ができなくなり、膀胱が燃えるように熱くなった。

「覚悟がないなら、その丸々とした牛をこっちに差し出せ。そうすれば、見逃してやる。まあ、おいらたちはそこまで冷酷なわけじゃない。殺しを楽しむのではなく、必要なものがあるときだけの賊害だ。俺は情け深い人間なんでね。牛を置いていくなら、それ以上は望まない。刀も銭入れも持ったままでいい。刀の値段を考えれば、おまえらの勝ちだ。それと、お嬢ちゃん。おまえを手込めにするつもりはない。そんな気分じゃないんでね。だから、こっちの条件を呑みさえすれば、無傷でここから歩き去れるぞ」

「俺たちはどうなる？」薙刀を持った山賊が抗議した。

「ああ。俺たちが〝その気〟だとしたら？」槍遣いも声を上げる。

「この娘は、牛よりも己の純潔を守るために必死で戦うはずだ」頭がため息まじりに答えた。「落ち着いて、よく考えろ。そうなったら、こっちもただじゃ済まない。それに、自分の刀で命を絶つかもしれないだろう」

篤湖は耳鳴りを覚えた。そしてふと、兄が数分間、全く口を利いていない事実に気づく。普通ではあり得ない。兄はどんなときも動じない人間だからだ。傲慢にも思えるほど自信満々の彼は、いかなる状況も容易に好転させられる。その刀の才で、目の前の五人の山賊など瞬く間に倒せるはずだ。では、なぜ何も反応しない？　なぜ連中に向かって高笑いをしていない？　妹が怯えているのに、なぜなだめようとしなかった？

思い切って揖深を一瞥した篤湖は、心臓が止まりそうになった。兄は顔面蒼白だったのだ。刀を持つ手は震え、その武器は彼の前で情けないほどに揺れている。いつもの完璧な防御の構えとは雲泥の差ではないか。汗の滴が眉間を伝い、すでに負けてしまったかのように、目線は地面に向けられている。袴の正面には粗相の染みが滲んでいた。

「兄上、一体どうしちゃったの？」深く考える前に、篤湖はそう叫んでいた。「あたしたちなら連中を倒せるわ！」

「おまえの兄者は、そう思ってるようには見えないがね」刀を回転させながら、頭の男が噴き出した。「それどころか、兄者はいつ気を失ってもおかしくないんじゃないか。ずいぶんといい時代になったものだ。女が男より勇敢だとはな。あ、おつむの方はまだまだ足りない女が多いが。さあ、とっとと牛を残して、尻尾を巻いて逃げやがれ。これ以上、同じことを言わせるな」

「ここは……奴らの言う通りにすべきだ」揖深がようやく声を絞り出した。しかし、敢えて妹と目を合わせようとはしていない。「ただの牛だろ」

「ただの牛ですって?」彼女は兄の発言が信じられなかった。「問題はそこじゃないわよ! こんな連中に牛を持ち逃げされたら、父上はなんて言うでしょうね!?」

すると頭の男は、篤湖の前でこれ見よがしに股間をさすり始めた。

「気が変わった。こいつの威勢の良さ、やけに刺激的じゃないか。こっちがいい条件を出してやってるっていうのに、全く耳を貸す気がない。じゃじゃ馬め、おいらたちで女にしてやるよ」

「なら、俺が一番乗りだ!」特大の胸当てを着けた山賊が叫んだ。

「どうしていつもおまえが先なんだ?」薙刀を握る男が文句を垂れる。

「そうじゃなきゃ、俺がおまえの腕をへし折るからだよ!」

揉める山賊を前に、篤湖はもう一度揖深を見やった。彼はきっと助けてくれる。必ず。彼は自分の兄で、宮本武蔵(みやもとむさし)の生まれ変わり。会津で指折りの剣士でもある。なのに、ここにいる彼は何の策もなく、頬を涙で濡らしながら立ち尽くしているだけだった。

少女の胸の内に、憎悪の波が押し寄せてきた。そして突然、それが怒りのうねりに変わるのを感じた。激しく熱い憤りの怒濤。この世は、なんと不公平なのか。自分は、大名家に嫁ぐだけの身にはなりたくない。山道で山賊に犯されたくもない。己の刀も失いたくない。泣き言を漏らしながら、もじもじと足を動かす兄など見たくない。

まるで長年の鍛錬が実を結んだかのごとく、篤湖の身体は前方に飛び出していた。何が得策なのか考えつくよりも先に、無我夢中で彼女は山賊の頭の喉を突く。不意を突かれた相手は防御する間もなかった。反射神経も揖深とは比べものにならず、己の命を終わらせる一撃を目視することさえなかったようだ。赤い何かが一気に噴出した。大量の血。凄まじい量だった。一瞬で、篤湖の頭からつま先までが真紅に染まる。雄叫びを上げて口を開いたままだったので、舌の上に鉄の味が広がった。

唖然としていた特大胸当ての山賊が、我に返って大声を出す。「なめやがって!」

だが、それが最期の言葉だった。前に踏み出した篤湖が、防御の姿勢から刀を振り上げるや、完璧な面打ちで仕留めたからだ。熟れ過ぎた西瓜のごとく顔面が割れたのでは、いくら胸当てが特大でも何の意味もない。

「この野郎!」怒号を上げたのは槍遣いだ。

全身を投げ出して篤湖を止めにかかってきたが、この男も揖深の速さに到底及ばない。彼女は片足を軸にして翻り、刀を水平にして槍の向きを変えると同時に、敵の肩を斬り開く型破りな横方向の一撃を繰り出した。

男はうめき声を発しながら、反射的に武器を捨てて両手で顔を覆った。しかし、刀が閃く方が早く、頭を真っ二つにされて彼は事切れた。

篤湖は残った山賊に顔を向けたが、乱闘の最中に魔物でも目にしたかのように、ふたりはすでに後退りを始めていた。彼らが這這の体で逃げ出すのを眺めながら、彼女は混乱する頭で、他の旅人に同じ悪さをしないよう、追いかけて息の根を止めるべきかと自問する。だがそのとき、ようやく自分が血だらけになっていることに気づいた。衝撃のあまりふらつき、何かにつまずく。視線を落とすと、そこにあったのは自分が斬り倒した三人目の死体だ。地面に転がり、こちらをじっと見つめる男の歪んだ顔に、彼女は声を上げ、膝から崩れ落ちてしまう。刀を離そうとするも、汗と血がべっとりと付着した手のひらから落ちていかない。四つん這いになり、嘔吐した。一度、二度。何度も、何度も、胃液も涸れるほど吐き続けた。

しばらく篤湖は、その場に留まっていた。頭を下げた途端、お団子に結った髪が解けてばさりと落ちる。長い髪が血と吐瀉物まみれになり、やっとの思いで立ち上がった。

兄はいまだに動いていない。全く同じ防御体勢のまま、何かに取り憑かれたような目で、地面に横たわる死体を見ている。何が起きたのか理解していないようにも思えた。

「揖深」篤湖は優しく声をかけた。

兄ははっとして飛び上がったが、返事はない。片手を兄の肩に置くと、今にもぷっつりと切れてしまいそうなほどの筋肉の緊張を感じた。

「揖深」同じ口調で繰り返す。

彼は妹の方を向き、目を丸くした。茫然自失状態から何とか脱したらしい。その手から刀が落ち、地面に当たって小さな音を立てた。

篤湖がそれを拾って兄に手渡すと、次に自分の武器を摑み上げ、宙で振って刃の血糊を払う。そして、稽古のときと同じ所作で鞘に収めた。

「兄上、何があったと思う？　いいわ。何が起きたか、教えてあげる。兄上は天才的な剣士かもしれないけど、同時に愚かな臆病者でもあるって証明されたの」篤湖は冷ややかに言い放つ。

「牛を連れてきて。帰宅が遅くなるわ」

目の前の三人の死体を最後に一瞥した彼女は、身体の震えを抑え込み、気持ちを切り替える。さあ、家へ帰るのよ。兄がついてきているかどうか、妹は振り返って確認することもしなかった。

四

江戸の上流階級が暮らす地域では、刀を身に付けるのは、名声の持ち主の証である。名家の武士たちは、我先にと名高い刀鍛冶のもとを訪れ、大金をはたいて精巧な柄頭や高価な宝石で飾られた銅の鞘を手に入れていた。

しかし、松生(まつお)の武器は装飾された美しさとは対極にあり、その醜悪さゆえに印象的だ。同じ一刀を一五年間維持し、数々の戦(いくさ)を経験してきたがゆえ、敵の鎧に当たって刃が鈍ってしまっている。新たな刀に変えることをせず、彼はそれを鍛え直して使い続けてきた。横からの攻撃を遮って刃が折れたときには、折れた破片を拾い集め、無理を言って修理してもらった。それゆえ、柄頭の左側には亀裂が残っている。

廷臣(朝廷に使える臣下)たちは皆、上品な笑みの裏にいくらでも軽蔑を隠すことができるが、松生がどこに向かっていたかを知れば、誰もが戦慄したであろう。彼は頬を緩めながら、町の北部のぬかるんだ道をすたすたと進んでいた。ここは、差別された身分の低い者たちが暮らし、暗い路地をうろつく地域だ。侍であっても、こんなところに足を踏み入れる奴は格好の餌食にされる。愚かな新参者は土左衛門となり、川で遺体が発見されるだろう。そんな噂が、あっという間に広まっていく。

ところが、松生とそのおぞましい見てくれの刀を気にする者など、誰ひとりいなかった。松生は、彼から何かを盗もうとした連中を皆殺しにしてきたと言われている。しかも戦いの最中、ずっと笑みを浮かべているのだ、と。だが、ここで暮らす者たちは恐れをなして尻込みしているわけではなく、敬意からそうしていた。

一方の松生も彼らを見下していなかった。身分の低さを蔑んだり、目の前で鼻をつまんだりもしない。松生は主君を持たない侍、すなわち浪人で、むしろ大衆の味方だ。彼らと一緒に座ってどぶろくを分け合うのを厭わない。しかも、濃厚で強い酒を水のごとく飲む。また、皇位を継承したばかりの若き天皇について、彼らと同様に批判的である。

「言わせてもらうが、帝は政治的に無能なのはもとより、寝室でも同様らしい。ご成婚以来、正室殿は主上の剣を鞘に収める機会すらないときている。そしていつものごとく、将軍が穢れた仕事の尻拭いをせねばならんのだろうな」

それは、松生が最近気に入っている冗談だった。ここの民たちに評判がよく、とりわけ酒が入るとかなりうけた。

しかし今宵、松生は酒場でくつろぐためにここにいるのではない。表情を引き締め、急足で黙々と進んでいく。質屋通りの角を曲がり、あばら屋の入り口を叩いた。短くこつんと叩くのが一回、長くこーんと叩くのが一回、そして短くこんこんと二回叩く。

返事の代わりにかんぬきの音が響き、扉が開く。そこには頭のてっぺんからつま先まで、黒づくめの男が立っていた。顔は頭巾で覆われている。道を開けるように体を傾けて、男は松生を室内に誘った。

黒づくめの男――一牙（いっさ）に初めて会ったとき、松生はその忍びの装いについて冗談を飛ばした。そんな格好で、どうやって目立つことなく移動できるのか、と。道ですれ違った者の印象に間違いなく残るだろうし、人混みに紛れるなど不可能だ。

その後、松生は考えを改めた。松生は修験者（山で修行をする修験道の行者。山伏とも）の呪法は信じていないが、一牙の装いが超自然的な雰囲気を醸し出していることは認めざるを得なかった。それ以前に、彼の忍法には言葉を失う。蝋燭の影に溶け込んで姿を消したり、建物を軽々とよじ登ったり、鎖に縛られていても四肢を脱臼させ、蛇を彷彿とさせる柔軟さと俊敏さで難なく罠から抜け出した。全て、松生がその目で見たことだ。

幸い、ふたりは同じ側にいる。

「状況は破滅的だ」一牙は前置きもなく口を開く。

「確かに破滅的だな」相手の発言を繰り返して同意し、松生は椅子に腰を下ろす。「幕府は何をしているんだ?」

「選択肢はない。帝と英国が将軍に圧力をかけている」

「それがどうしたと言うのだ。征夷大将軍だぞ。無視することもできるだろう」

半分顔を覆う布の下で、猫のごとく一冴の目が光った。

「確かに無視することもできる。しかし、公然と天皇に逆らえば、内乱と思われてしまう。彼はそこまでは望んでいまい」

「だから、なんだ? 将軍は抵抗もせず、自ら陛下と英国に支配されるままになっているとな。その態度がどういうことかわかるか? 彼は将軍としての職務を放棄したのだ!」

ふたりは前日に学んだ事実の意味を熟考し、再び部屋に沈黙が流れる。彼らはどちらも、アサシン教団の一員であった。同教団は巨大な連絡網を有していて、膨大な情報を世界各地から得ている。それでも、この知らせはふたりを大いに驚かせた。

天下の将軍が無条件に天皇の要求に従うことを行動で示した。長崎の統治者を解任し、自軍の兵の怒りを買った。そしてついには、彼は天皇に将軍職を辞する意を伝えたからだ。

「先代将軍なら、このようなことは絶対に起こらなかったはずだ」一冴が唸るように言った。

「確かに、徳川(とくがわ)斉昭(なりあき)殿とて欠点はあったし、西洋人とはかなり距離を置いていた。しかし彼ならば、こんなふうに身を引くようなことはしなかったはずだ。最悪なのは、将軍がここまでしても、結局何も変わらないということだろう。英国側は、将軍をやすやすと隠居させるとは思えん。たとえ彼が江戸城を去ったとしても、彼の一族は無視できないほど強力だからな。いずれにせよ、毒蛇の巣から離れ、謀反を企てるために軍勢を集める。それが将軍の狙いに違いない」

松生は怪訝そうに顔をしかめた。

「彼にはそこまでする勇気がない。しかも、辱めを甘んじて受けた後では、その権威は失墜。すでに帝を支持すると決めた氏族もいる。もし彼が武力で政権を奪おうというなら、内戦は避けられないだろう」

「少なくとも、この危機的状況からある要素を排除することは可能だ」一冴が小声で提案してきた。

「どういう意味だ？」

その忍びが両手を捻るように動かすと、まるで手妻（てづま）（日本独自の奇術）のごとく、手のひらに短刀二本が現れたではないか。そして松生が感嘆する前に、出現した際と同じ速さでぱっと消えてしまう。それでも松生の目は、担当の先端に緑色の何かが閃くのを捉えていた。毒！

「将軍が帝、日和見な大名たち、大英帝国の策略を同時に相手にするのは不可能だ。教団とて、帝に手を出す危険は冒さない。しかも、大名衆だけでは、この状況を逆転させるほどの影響力はない。一方で、英国……公使は近頃、非常に攻撃的であると判明している。何か公使に起これば、徳川側に反対する者たちにそれぞれ興味深い伝言が送られるはずだ」

　松生はいまだ納得できず、首を横に振る。

「逆効果だ。誰もが徳川将軍が黒幕だと思い、一族はさらに弱体化するだろう。水兵ふたりが殺害され、英国が何をしたかを考えてみるがいい。万が一、公使が手にかけられたらどうなるか、想像してみろ」

「確かにな」一冴は含み笑いを漏らした。「もはや徳川は将軍ではない。城を去った身。賓客の安全に責任を持つのはもはや彼ではなく、帝だ。英国人たちが咎人を見つけたいのなら、宮中の同心や与力を頼らなければならない。新しい公使と我々が良い関係を築ける可能性はある。だが、その役割を引き受ける者が全員暗殺された場合、彼らは紛れもなく、我々の問題に干渉することに慎重になるだろう」

「あるいは、暗殺未遂から一層、身を守ろうとするかもな」

　一冴は机の蝋燭を吹き消すや、何の前触れもなく暗闇の中に消えていった。今の今まで彼はそこにいたのに、一瞬で部屋はがらんどうになった。

「潜入は拙者の専門だ。細々したことは任せてくれ。教団は、貴殿に特別な任務を用意している」

　暗がりの中から、一冴の声だけが響いてきた。

ハリー・パークスは短い睡眠で事足りて、四時間眠れば十分だ。それは城内の誰もが知っていた。彼は一日の大半を書斎で過ごし、多くの時間を仕事や読書に費やした。

いずれにせよ、それは公使が流布したかった話で、現実とは異なっている。ハリー・パークスは常に疲労感に苛まれ、もっと長く眠りたいのに、目が冴えてしまう。そう、彼はひどい不眠症に悩まされていたのだ。英国人医師にはなす術がなく、江戸城の薬草学者の植物療法も効かなくなっていた。

寝床で何度も寝返りを打った後、パークスはその夜の闘いを諦めた。彼の機械式時計は午前二時を示していた。日本の時刻の数え方だと「丑三つ時」だったか、それとも「寅の刻」だろうか。起き上がって伸びをし、摺り足で書庫に向かった。途中、廊下を巡回する衛兵に会釈をする。信頼できる頼もしい彼らは優秀な英国人で、揺るぎなき規律に従い、手入れの行き届いた髭で口元を飾り、ライフルと剣で武装していた。

天皇による武力示威と徳川慶喜の退去の後、江戸城の状況は緊迫しており、巡回の頻度が明らかに増加した。

とはいえ、パークスは心配していない。世界的な最高権力者である天皇に仕える公使を襲う物好きがいるだろうか？　あくびをし、目をこすって眠気の名残を追い払うと、彼は腰を下ろして机に向かった。まだ書くべき連絡票が三つ残っていたし、机の片隅では、ふたつの報告書が彼の署名を待っていた。女王陛下は待たされるのを好まない。

部屋の反対側にある長椅子に座るふたりの英国兵が目に入ると、彼は苛立った視線を投げつけた。こんな小さな部屋でさえ、パークスはひとりになることを許されない。彼が本当にひとりになれる唯一の場所はトイレだけ。窓も外への出入り口もないからだ。

「何もしないでただ座っているのはいかんな」パークスは文句を言った。「どうしても私に付き合いたいのなら、お茶でも淹れてきてくれ。ずっとそばにいたんだ。私の好みのお茶くらい、知っているだろう？」

衛兵たちが何も答えなかったので、公使は顔をしかめた。こいつらは持ち場で眠っていたのか？　もしそうなら、相応に厳しい処罰が与えられるだろう。パークスはますます苛立った。自分は五分しか寝られなかったというのに。

公使はかっとなり、声を荒らげた。

「なんてこった(パザンブルウ)、発砲でもしないと反応しないのか？　今すぐに立ち上がれ！」

またしても彼らは答えない。いや、答えられなかったのだ。なぜならば、座したまま死んでいたからだ。公使の心に不安の種が蒔かれた。彼は机の左下の引き出しを開け、そこに常備していたコルトＭ１８６１ネイビーを取り出す。手に感じた金属の重みが、瞬時に彼を落ち着かせた。侍は刀をいじり、自分たちを比類なき武士だと考えることができる。だが、真の力は銃にこそあった。パークスは、宮本武蔵のような有名な英雄たちが、優れたリボルバー銃に刀で立ち向かう姿を見たかった。

回転弾倉に弾が入っていることを確認し、彼は再び口を開いた。

「おーい、誰か。聞こえるか？」思ったよりも弱々しい声になってしまう。

今度はほぼ即座に反応があったが、それは公使が期待していたものではなかった。衛兵ではなく、返答したのは、ウィリアム・ロイドだったのだ。ロイドは、刀を抜いて立っており、走ってきたのか、髪は乱れ、呼吸が荒い。

「公使、避難を！」

「一体、どういう意味……」

パークスの言葉を遮り、ロイドが全体重をかけて彼を突き飛ばし、床に押し倒した。それと同時に、何かが勢いよくパークスが立っていた方向に飛んできたのだ。驚きのあまり息もつけぬまま、公使の目は、机の背板を貫通した鏃に釘づけになっていた。緑色の液体が、彫り物を施された黒檀の机から滴り落ちている。

「ここは危険だ！　狙われている！」このテンプル騎士は、はっきりとそう言った。

ギョッとしたパークスはコルトを落としてしまった。机の下に滑り込んだ銃を拾おうと手を伸ばすや否や、目の前にロイドの刀がサッと下ろされ、危うく指二本を失うところだった。声にならない声を発しながら、パークスは慌てて腕を引っ込める。武器で、前に出るなと示したのだろう。「机の後ろに隠れて！」怒鳴り声も飛んできた。

刃で空気を切るなり、ロイドは防御態勢に入った。パークスには敵が見えない。もしやロイドは頭がおかしくなったのか？　やがて暗闇に目が慣れてくると、波打つような、ほとんど煙のような人影が見え始めた。その人影は、部屋の中央の暗くなっている部分を利用して移動しているようだ。

「ウィリアム・ロイド！」闇に潜んでいた男――一冴は怒鳴った。「おぬしのことは知っている。おぬしとは戦いたくない！」

「私と戦いたい奴などおらぬ」テンプル騎士は笑う。「だが、選択の余地はない。今宵、私がおまえに死をもたらす」

「提案がある」

一冴の意外なひと言にロイドは一瞬ためらい、刃先がほんのわずか下がった。何も起きなかったに等しい、ほとんど知覚できない動きだった。しかし、忍びはその隙を突いて両手をぱんと叩き、二本の短刀を投げつけたのだ。正確な一投。致命的な毒が付着した刃が飛んでいく。

咄嗟にロイドは刀を回転させ、その刃で短剣を一本ずつ防ぐと、体勢を立て直した。

「おまえの提案とはこのことか？　面白くもない」

「そうかな。己の足を見てみるがいい」

忍びの顔は、黒い頭巾でほぼ隠れていたが、その目は歪んだ喜びで輝いている。短刀はただの目くらまし。本当の攻撃はアサシンの口から放たれていたのだ。舌で巧みに操られた毒矢が、ロイドの袴の布地を突き破っていた。

矢毒は通常の武器で用いる毒よりも濃度が低く、その量も多くはない。殺すことはおろか、全身を麻痺させることさえできない。とはいうものの、神経系に影響を与え、反射神経を鈍らせる。すでに伝説の剣士の足は震え出しており、彼の身体はバランスを崩しつつあった。

「この毒で、おぬしの能力は大きく減退する」

一冴は冷静に説明し、一歩下がって毒液が標的の身体に回るのを待った。

「くそっ」ロイドは声を荒らげた。

わずかな物音でも敵に拾われてしまうと恐れ、パークスはテーブルの下で息を止めていた。彼の手は、机の下のリボルバーに向かって少しずつ伸びていく。他の誰もが銃器の存在を忘れている今、侵入者に対してそれを使えば、形勢を逆転できる。射撃の腕前には自信があるし、この距離で頭を撃たれたら即死だ。いや、難しい標的は狙わない。胴体を狙えば十分だ。

そっと指先を這わせていく。銃まで八インチ……六インチ……四……。

猫よろしく背中を丸めた一冴は、左腕を覆う金属製の籠手を絶妙に動かし、蝋燭の光をロイドの目に反射させた。彼には不思議な能力があると大勢が確信していたが、それは鍛錬の賜物である忍術の数々に過ぎない。幼少期から辛く無慈悲な修練を繰り返してきたおかげで、手足を脱臼させたり、数分間呼吸を止めたりできたし、あるいは相手の気を逸らして物陰に入り込むこともお手のものだ。

ロイドの瞬きの回数が明らかに増えた。毒が効いてきたに違いない。動きも思考力も鈍くなっているはず。目をくらませた今が好機！　一冴はすかさず攻撃を仕掛けた。手中にさらなる一本の短刀が現れるや、頸部を狙って突進する。

ところが、英国人の刀があり得ぬ速さで閃いたかと思うと、落下音と金属音がほぼ同時に響いた。何かが床に落ちたらしい。床に視線を巡らすと、切断された一冴の手と短刀が転がっている。間髪入れず、忍びは頭巾の奥で目を丸くすることになる。彼の視界に、振り子のごとく揺れ戻り、頭上から降ってくる刀が飛び込んできたからだ。長年築き上げた腹筋がまるで存在しないかのように、鋭い刃が一冴の胴体をざっくりと裂いた。

「おまえは偉大なアサシンだが、剣術は今ひとつだな」毒のせいか、ロイドは息も絶え絶えにつぶやく。「おまえ程度の相手であれば、私の反射神経の一〇分の一で十分だ」

漏れ出た内臓を片手で押さえ、一冴は顔を強張らせながら微笑む。

唇の隙間から血が泡立った。突然、頭巾越しに息ができなくなる。

公使を殺すことはできない。生きてこの夜を終えることもない。悔やまれるが、任務には不確定要素がある。しかも、主たる目的だけでなく、副次的な目的もあるのだ。最善を尽くしたとしても、ロイドは毒に侵されている。自分は勝ったと思っているようだが、目下のロイドはこれまでにないほど脆弱なはず――。

身体を後方に傾け、目を上向きにして白目を剝くと、一冴はそのまま地面に崩れ落ち、横たわった。そして息を止め、微動だにしないようにする。

最後の攻撃は、左手から放たれる針だ。彼は、相手が近づいてくるのをじっと待った。針が開ける小さな穴ひとつで、毒の量は倍増する。今度は麻痺が内臓に広がり、確実に死に至るだろう。

「公使、大丈夫ですか?」ロイドが声をかけた。

「この者は死んだのか?」

「ご覧の通りです」

「それでは不十分だな」パークスは告げた。「聞いたことがある。忍びは複数の命を持ち、自分の灰から生まれ変わることができる、と。あまり近づきすぎず、首を斬り落とせ」

あまりにも滑稽で、一冴は声を上げて笑いそうになる。結局、忍びの噂が忍びの命取りになるとは。忍者たちは他者に恐怖を植えつけるため、己の功績や能力を大袈裟に流布したりする。それが今、彼にとって裏目に出てしまったのだ。致命傷を負いながらも最後の力を振り絞り、攻撃の準備を整える。彼はかっと目を見開き、目前の標的に狙いを定め、矢を投げるべく左手を上げた。

「私は何と言ったかな?」パークスが冷たく言い放つ。

机の後ろで立ち上がったパークスの手には、銃が握られている。意識が混濁しているせいか、一冴には銃口の穴がやけに大きく見えた。続いて、耳をつんざく発砲音が轟く。その後は、もう何も聞こえなかった。

五

篤湖は秋が大好きだ。夏の暑さは消え去って爽やかな空気に包まれ、山も田んぼも鮮やかに色づく。旅人は都に戻り、農民は冬支度をし、会津の町は本来の穏やかさを取り戻す。父親も家にいることが多くなり、家族の世話をする時間が増えるのだ。

しかし今年の秋は、彼女の心に苦々しい記憶を刻んだ。旅先での呪われた一日が頭にこびりつき、もはや嫌悪に震えずに兄を見ることができなくなってしまったからだ。

最悪だったのは、牛を引いて帰路を歩くこと一刻、ようやく町外れに着いたときの兄の反応だった。

「な、なあ。何が起こったか、みんなに話すつもりか？」地面に視線を落としたまま、揖深はそう訊いてきた。

「さあね。どう思う？」篤湖は刺々しく返答した。

すると突然、彼は目の前で膝をついたのだ。

兄の……

揖深が……

膝をついている。

自分の前で。

「頼む！　誰にも言わないでくれ。そんな屈辱を味わったら生きていけない。あの一件が知れたら、将軍に見向きもされなくなってしまう。せいぜい町を出て、浪人になるしかない。父上とて、絶望するに決まってる。俺に多くの望みを託してきたのだから」

「なら、望みなんて託すべきじゃなかったわね！」篤湖は大声を上げた。「ねえ、立ってよ。あたしこそ兄上のせいで恥ずかしい思いをするのよ。だけど真面目な話、一体何があったの？　どうして怖気づいてしまったの？」

「わからない」彼は震える声で答えた。「本当にわからないんだ。あいつの刀の刃を見た途端、全てが現実だと悟った……。あいつは正しかった。道場では稽古に明け暮れているけど、現実は遊びじゃない。一歩間違えれば命に関わる。どんなに大きな夢や希望があっても、次の瞬間には血の海に倒れ込み、将来の計画は何もかも煙のように消えてしまう。おまえが手にかけた三人の山賊は、誰ひとりとしてあの展開を予期していなかった。奴らは皆、驚きの表情を浮かべて死んでいた。山賊だって友や家族がいたはずだろ。死んだら全部おしまいだ」

「でも、あたしは後悔していない」篤湖はきっぱりと告げた。「何が言いたいの？　あたしたちは自分の身を守るべきじゃなかったとでも？」

「いや、おまえはなすべきことをした。俺には弁解の余地はない。でも、だからといって自分や父の人生を台無しにしていい理由にはならない」

篤湖は激怒した。あまりに頭に血が上ったので、市場の真ん中の木箱の上に立って真相を大声で暴露してやりたい衝動に駆られる。それでも思い留まったのは、父親の顔が浮かんだからだ。父を苦しめる気は毛頭ないし、夢が潰えて傷ついた彼がどんな表情を見せるか、想像ができたからだ。

怒りの感情を抱くだけでなく、篤湖は兄を憐れに思っていた。このまま真実を胸の中にしまい、前に進むのが最良の判断だ、と己に言い聞かせる。あの一件の全てを忘れ、元通りの暮らしに戻ろう。

ところがふた月後、状況はさらに悪化する。

剣の才能で皆に賞賛されながら、兄は普段通りの生活を続けていた。それを黙って眺め続ける妹の方は、着物を着た姿が艶っぽくなったと容姿ばかりが褒められる始末だ。松平容保（まつだいらかたもり）邸での宴に出席したときも、注目の的は揖深だった。彼は木刀での華麗な演舞を披露し、取り巻いていた侍たちの拍手喝采を浴びている。きっと揖深は旗本に選ばれる。誰の目にもそれは明らかだ。こんなこと間違っている。彼女は皆に向かって叫びたかった。兄上は英雄なんかじゃない。恐怖で固まったままで、妹を助けるどころか、小便を漏らしたのだ、と。

もちろん、篤湖は自制した。話しかけてくる廷臣ひとりひとりに礼儀正しく微笑み返し、適時に小さく声を立てて笑い、上品にうなずいて髪飾りを揺らし、自分が完璧な父の完璧な娘だと証明していた。誰もが催しは大成功だと口々に褒め、揖深は将軍階級のお偉方との会話に興じている。その年齢では、あり得ないほどの名誉だ。篤湖は篤湖で、婚姻の申込みをふたつ受け、真剣に考慮させていただくと約束した。もっとも、求婚者がいずれも裕福でもなく、朝廷で十分な地位があるわけでもないとのもっともらしい言い訳をつけて、父に早急に断りを入れたが。

もう無駄にする時間はない。彼女はよくわかっていた。旗本に選ばれなかったとしても、兄はもはや稽古相手ではない。兄が召し抱えられれば、彼の姿を毎日見なくて済む。揖深は家を空ける機会が多くなったが、番方の武士たちとともに颯爽と歩く揖深と街ですれ違うこともあった。ところが、彼は妹と目が合うとすぐに視線を逸らし、番方仲間と違う方向に移動していくのだった。

自分の人生がこれ以上惨めにはなることはあるまい。篤湖が投げやりにそう思い始めた頃だった。戦の噂が会津にまで流れてきたのは――。

司馬大之守(しばたのも)はほぼ常に上機嫌で、その笑顔は巨大な肩と同じくらい印象的だ。だから、父が眉間に皺を寄せ、苦しそうな表情で家に帰ってきたとき、篤湖はぴんと来た。何か深刻な事態があったに違いない。

「何も変わりはありませんか？」小さな声で訊ねてみる。

父の答えは、「大ありだ」だった。「何もかもがまずい。おそらく揖深は……」

言葉を詰まらせ、彼は立ち止まる。

武装した何者かが迫ってきた場面で、兄がとうとうぼろを出したのではないか。咄嗟に彼女はそう考えた。それならば、父がそんな顔をしている理由がつく。それなのに、心が真っ二つに割れるような痛みを感じ、我ながら驚いた。父と兄のためにも、自分はそんなことを全く望んでいなかったのだと悟る。

「おそらく揖深が……なんですって？」

娘に聞き返されたものの、父は畳の上でうつむいたままだ。時間をかけて呼吸を整え、顔を上げても笑顔は戻ってこない。しかし少なくとも、いつもの眼光が戻っている。

「帝は約束事をことごとく破り、徳川(とくがわ)家を攻撃した。徳川殿は平和的に退く、穏やかな権力移行に同意していたというのに。強力な政府を樹立するという口実で、帝は地方大名の権威を打ち砕くことを決めていたんだ。それがどういうことかわかるか？」

　衝撃の事実に篤湖は言葉を失った。水揚げされた魚のように口をぱくぱくさせるのが精一杯だ。これまで政に興味を持ったことはほとんどない。江戸で何か決められても、会津には小さな影響しか及ぼさない。

　ここでは、大名の権威が絶対である。何百もの場所で署名された政令よりもはるかに価値があった。

　しかし、軍略に詳しくなくても、父親が言おうとしていた言葉を代わりに口にすることはできた。

「戦」そのひと言だけ吐き出し、彼女は息をつく。「戦」

「そうだ」父が認める。「しかも、ただの戦ではない。内戦だ。同じ国の者同士が戦う。昨日までの同胞を殺さなければならない。どちらが勝っても、この国の半分が失われるだろう。我々がこの狂気から抜け出せるかどうかは、誰もわかるまい」

「でも、あたしたちは都から遠く離れているわ」篤湖が即答した。「戦火はここまで来ないかもしれない。もしかしたら松平容保殿は中立の立場を保つのでは？」

　篤湖が言い終える前に、父はすでに首を横に振っていた。

「容保殿は徳川家に忠誠を誓っている。絶対に約束を反故にしないお方で、その旗のもとに進軍するはずだ。ということは、わしも進軍する。揖深と同じく」

大之守は感情を抑えようとしたが、声が裏返ってしまう。

「おまえが良き相手に嫁ぐのが我が望みだった。だが、我々が発つ前にその願いが叶うことはない。わしが戻らなかったら、あるいは揖深が戻らなかったら、おまえは一体どうなってしまうのか……」

篤湖は父の発言を聞いて、怒りの波が押し寄せるのを感じた。しかし歯を食いしばり、酸っぱい胃液が上がってきたときのように言葉を飲み込む。

「出発は、いつです？」

「明後日」父はぼそりとつぶやいた。「請西（じょうざい）、長岡両藩の軍と合流し、徳川殿のもとへ行く」

明後日――。急に気分が悪くなり、彼女は深く息を吸う。何度か深呼吸を繰り返し、落ち着いたところで返事をした。

「勝てるのでしょうか？」

大抵の父親なら、娘の目を見据えて勝ちを約束しただろう。己の強さを誇示するように腕の筋肉を見せたり、お天道様が守ってくれると胸を叩いて約束したりする父親もいるかもしれない。しかし、大之守はそういった類の男ではない。とても正直だった。

「篤湖、わしにはわからない。帝は、薩摩藩や長州藩のように、徳川に対抗する藩の支持を期待するに違いない。そして言うまでもなく、英国が後押しするだろう。理論上では、我々の方が数が多い。しかし、戦いは熾烈を極め――」

そのとき玄関で足音がし、父は途中で口をつぐむ。篤湖が顔を上げるなり、揖深が居間に飛び込んできた。その顔面は蒼白だ。

普段の傲慢な態度はどこへやらで、兄は酒に溺れた老人のように身体を震わせている。狂気じみた目で妹を見て、それから父親を見た揖深は、ようやく己のひどい有り様に気づいたらしい。慌てて着物のひだを直し、歯を見せて笑ってみせた。

「父上、例の知らせを聞きましたか?」

「こんな重大な知らせ、耳が遠い者でも聞こえないわけがない」父はぶっきらぼうに返す。「こんなに早くおまえの初陣の日が来るとは思わなかった。だが、神々が決めたのだ。これまでの戦でわしをずっと守ってくれたように、神は戦うおまえを持ってくださるはずだ」

揖深は口を拭った。兄は演技がうまいから、彼をよく知らない者は、その内に秘めた恐怖心を見破れないだろう。だが、篤湖は馬鹿ではない。揖深が怯えるあまり、今にも小便を漏らしそうなのはお見通しだ。

「数か月前、父上が容保殿に私を紹介してくれなかったら、私は松平家の旗本には選ばれなかったでしょう」揖深は淡々と話した。「そして、まだここに住み、容保殿に忠誠を誓う義務もなかった——」

「その通りだ」父も同意した。「あの晩の宴は、おまえを認めてもらう最高の機会となった。揖深、おまえは容保殿の番方の中で一番若いが、一番有能だ。おまえと同じ年頃の者の多くは、『名誉』という言葉の意味も知らぬはずだ。名誉を手に入れる、願ってもない好機となろう。宮本武蔵も、おまえと同じくらいの若さで関ヶ原の戦いに参加したというしな」

「ええ、そのようですね。一説によると、武蔵は西軍に加わったものの、西軍は負け、彼は死んだものとして見捨てられたとか」

「とにかく、これは名誉の問題だ」父は断言した。「大名だけでなく、この国の制度そのものを守るのだ。帝が戦いに勝利すれば、我々侍は全てを失う。帝は何年も前から、我々の特権を剝奪しようとしてきた。刀を持つことさえ禁止しようとしているらしい」大之守は呆れたように大きく息を吐いた。

それから首を横に振り、彼はこう続けた。「息子よ、我々は幸運だ。我々は大切なもののために戦う。全ての侍が同じことを言えるわけではない。わしは若い頃の無意味な戦を覚えている。わずかばかりの無価値な土地の争奪戦。あるいは、思い上がった大名同士の罵り合いから発展した戦。馬鹿げた理由で戦が始まり、これまでに大量の血が流されてきた。だが今回は、我々が歴史を綴っていくのだ」

揖深は何も答えることなく、ただ頭を下げた。篤湖は数か月ぶりに、兄に同情した。彼は追い詰められていた。完全に抜き差しならない状況に陥っている。だからもはや、彼の立場をうらやましいとは思わない。最前線に立たされるため、精神を制御できなくなるだろう。同志の前で己の醜態を晒すか、覚悟を決めた敵の手にかかって死ぬか。道は、ふたつにひとつ――。

「容保殿からすでに聞いていると思うが、あと二日で出発だ」大之守は告げる。「おまえは立派に成長してくれた。余計な助言など不要だろうが、わしだったら、装備は万全にしておく。胸当てに油を塗り、食料を少し持っていくとか。商人がいつも軍隊の行進に付き合ってくれるが、彼らの売り値を聞いたらたまげるぞ。それから、あまり浮かれるなよ。出陣直前は血が騒いで、大酒を飲みたくなったり、余興場に行きたくなったり、夜通し騒いだりしたくなるものだ。しかし翌日目覚めたときに、必ず後悔する」

「いつもありがたい限りです、父上」そう礼を言う揖深の声は、どこか虚ろだ。「出陣祝いは、ほどほどにします」

生兵（新手の兵）の手配人たちは、町の真ん中に陣幕を張っていた。いつもなら、そこは宝石商の幹之助が立っている場所だ。彼は売り物に法外な値をつけるため、庶民から不評を買っていたが、どうにかして地域の金持ち衆を納得させていたらしい。だが今回ばかりは木戸御免とはならず、志願兵登録所に場所を明け渡さなければならなかった。

侍と呼ばれる者たちは、十分に守られ、十分に訓練され、十分に武装した精鋭武士である。だが彼らは、軍隊のごく一部でしかなかった。兵士の大半は駆り出された農民で、持参してきた物で間に合わせの武装をしていたに過ぎない。歩兵である「足軽」は、こうした武装農民が起源だという。

銃の使用がどんどん広まっていたにもかかわらず、農民兵は唯一の防御手段として兜を被り、武器は槍だけ。最前線に立つも、鎧もない彼らは通常、小競り合いのたびにひどい傷を負う。それでも、年頃の青年たちはこぞって入隊した。ある者は理想主義から。ある者は温かい食事を求めて。またある者は、名誉を欲して。征服者の人生は、農場で腰を痛めるよりも刺激的だと大勢が考えており、志願兵には事欠かなかった。篤湖はそんな若者たちに紛れるようにして、登録の順番待ちをしていた。

「苗字、名前、年齢は?」手配人がそう問うのは、その日、一〇〇回目であった。

「森泰輔です」篤湖が可能な限り低い声で答える。「槍を持ってきました」

彼女は何時間もかけて変装していた。父のお気に入りだった美しい髪に鋏を入れると、黒い束がばさりと床に落ちた。この数年間、彼女は何も気にせず揖深のお下がりを着ていたりしたが、そうした男子（おのこ）の服を入念に仕立て直した。色白の肌には、赤い軟膏で赤みを加えている。しかし、髭の生えない顎はどうすることもできなかった。胸にはさらしをきつく巻き、呼吸をしても身体の凹凸が目立たぬように工夫した。

それから彼女は、風刺画に描かれた粋がった若者のように誇張した姿勢をとった。片手は袖に隠したまま、田畑での苦役に慣れている農民同然に背中を曲げ、もう片方の手で槍を誇らしげに振りかざす。このときばかりは、彼女の腕の筋肉が有利に働いた。〝友〟である巴（ともえ）と安媛（やすひめ）は、「女にしては勇ましい」と思っていたかもしれないが、それなら、なおさら好都合だ！

採用担当の手配人がこちらの顔を見上げようともしなかったため、篤湖の男装は半分の労力で済みそうだ。彼は漢字をなぞり書きするのに必死だった。まるで最近読み書きを覚えたばかりの少年が必死に頑張っているようだ。やがて満足そうにうなずいたが、やはり篤湖には目もくれず、他の志願兵と合流するよう指示を出しただけだった。

「よし、泰輔。家族に別れを告げるなら、今しかないぞ。明日の夜明けには出発だからな」

篤湖は他の若者たちに続き、町外れの陣所（軍勢が集まる営所）に急ぐ。内面の不安を露呈しないよう、これまで他の町も見てきた人生経験豊富な青年のふりをして、世慣れた態度を装った。

まず驚かされたのは、人の多さだ。会津が何万人もの人口を抱える大都市であるのは知っていた。とはいっても、祭りの日でさえ、全ての民が同じ場所に集まるわけではない。

陣屋には一〇〇〇人近い兵士がおり、数多ある巨大な陣幕に虫のように群がっていた。視界に広がる風景には、焚き火がいくつも設置され、その上で煮えたぎった汁物の鍋がぐつぐつと音を立てている。

次に驚いたのは、騒音だ。この窮屈な場所全体が、耐え難いほどの不協和音に包まれている。皆が楽しげに叫び、笑い、冗談を言い合いながらお互いを知ろうとしていた。兵士たちは、自分たちが運命共同体で、戦場でお互いを信頼する必要があることを知っているのだ。だからこそ、彼らは黙ることなく、話し、話し、話し、話し続けた。しかも大声で！

篤湖が驚いた三つ目のものは、匂いだった。常に衛生面には細心の注意を払っていたので、稽古の終わりには必ず風呂に入ったものだ。しかし、彼女のような恵まれた環境で育ったことがない者たちの体臭には、心の準備をしてこなかった。農場の匂いが煙と混ざり合って、便所が焼けているのかと思わせる匂いになっている。

一体、自分はここで何をしているんだろう？　ふと彼女はそう自問してしまった。万が一女だと気づかれたら、それこそ大変だ。自分にとっても家族にとっても大きな汚点となるだろう。果たして秘密を守り通せるのか？　そして、自分は本当に戦場という危険な場所に身を置きたいのか？

「そうよ」彼女は己に言い聞かせるようにささやく。「迷いなどない」

　家で戦況の知らせを辛抱強く待つよりはいい。遣いの者が兄や父の訃報を持ってくるのではないかと心配するよりも、ずっとましだ。それに自分たちの軍が勝てば、彼女は人生の数か月を無駄にしただけで済み、また同じ居場所に戻れる。裕福で広い人脈を持つ朝廷の誰かと結婚するのを待つ生活に――。

「第一、あたしは揖深を助けなければならない」篤湖は己に言い聞かせた。

　心を決めたのは、兄が大名のもとへ旅立ったときだった。重たそうに足を引きずり、後ろを振り返ることもせずに歩き去る姿を見て、兄に対する気持ちが変わったのだ。ずっと心の奥で抑えていた怒りは、彼の身を案じる優しさと恐怖に変わっていた。兄はただの迷子だった。彼が立ち向かうには大きすぎる戦に巻き込まれ、恐ろしい事態が起きる数々の可能性に怯えている子供だった。そうだ、彼は臆病者だ。だけど、それが何？　だからといって、優しく、愉快で、知的で快活。それでいて、剣術の腕に優れた兄に変わりはない。ただ、彼には妹が必要だ。もしも他の山賊に襲われたら、篤湖以外に誰が彼を守ってくれるだろう？

　揖深を傷つけようとする者が誰であれ、たとえそれが帝であったとしても、容赦しない。兄の命は、自分が守ってみせる。

六

松生(まつお)は鼻に皺を寄せながら、目の前の使者を見た。自分は大きな考えを持つ男だと思っていた。アサシン教団と関わりを持つうち、この同胞の組織のより進歩的な考えを受け入れるようになっていたのは事実だ。心の底から、人の価値は外見や年齢、性別で決まるものではないと、承知している。信条を伴った行動こそが重要なのだ。だから彼は、世間では蔑まれた者たちの中にいるととても落ち着く。

それでもなお、会津軍と自分をつなぐ伝令が女性だとは夢にも思っていなかった。いや、女性というより、少女だ。

歳の頃は二二歳だったたか？　もしかしたらそれ以下かもしれない。

「品定めはお済みですか？」彼女は冷静な口調で訊ねてきた。

畳の上に膝をつき、すっかりくつろいでいる彼女は、性別を強調しないように袴を穿き、袖のない上着を羽織っている。彼女が誰であるかは皆が知っていた。藩の高官の娘。武芸の指南役。若くして才能を発揮した薙刀の名手。

しかし、それでもだ。

二〇歳？　一九？

松生は、自分が返事もせずに彼女を見つめ続けていることに気づき、照れ隠しに手を振った。

「許してくれ。てっきりおぬしが……」

「男だと……？」

「……いや、違う。とにかく、いずれでも問題はない」

「同感です」

松生は、その若い女性の目を見て安心した。彼女は戦士の目をしていたからだ。結局のところ、彼が求めていたのはそれだけではなかったのか？　彼女は人目を引くだろうが、彼はとっくに気づいていた。明るい光の中では気配を消すのが一番だと。一冴は忍びの闇に紛れる術を完璧に習得していた。それでも命を落としたのだ。

そして、教団の欧州支部から派遣されたジュール・ブリュネが、最近の動向に立腹していた。

「事態の深刻さがわかっているのか？」ブリュネが怒りを露わに問いただす。「テンプル騎士団は朝廷に潜入し、操り人形よろしく帝を操っている。彼らは、帝が将軍にも我々にも敵対するように仕向けた。英国はどんどん影響力を増していくはずだ。私は何年もかけて、徳川に少しずつ、法令ひとつずつでも民衆に権力を返すよう働きかけてきた。ところが今、この戦争は我々の希望を全て台無しにしてしまった。今の我々に選択の余地はない。何がなんでも、この戦いに勝たなければならぬ。帝を失脚させ、彼の軍隊を完全に解体、無力化させるのだ。そこまでして初めて、我々は日本を真の意味で〝独立〟させることができる。帝が倒れれば、どうだろう？　ここに共和制が栄えるかもしれない」

「当然、フランスの影響を受けてのことだろうが」松生が言う。

「もちろん」ブリュネは気もそぞろに返した。「しかし、何ごとにも順番がある。最初の一歩は、教団の支援を徳川に提供することだ。あくまで秘密裏に、慎重に進めなければならない。我々の目的は決して知られてはならないのだ」

こうして松生は、危険で不安定な状況と化した各地域で、協力者全員に指示を出さなければならなくなった。本当は戦場で大暴れしたかったのだが、情報伝達の任務に就けという命令に背くつもりはない。特にジュール・ブリュネからの命なら、なおさらだ。この浪人は誰も恐れていなかったが、その仏国人の青白い目が自分を見ると、どうしても身震いしてしまう。

「過去に、護衛の任務に就いたことはあるのか？」松生は鋭い口調で訊ねた。

竹子(たけこ)は眉をひそめた。彼女は感情をほとんど表に出さない。そのわずかな眉の動きから、彼女の中に生じた動揺や怒りが読み取れる。

「護衛？　どこかの大名の子守でもしろと？　そんな格下の仕事、冗談じゃないわ」

「教団のためなら、任務に貴賤はない」松生はたしなめた。「不満に思っているおぬしの気が晴れるかどうかはわからぬが、拙者の上に立つブリュネは、その大名が我々の使者の中で最も戦略的に重要な対象であると考えている。そんな人物の護衛を依頼するのだ。拙者がどれだけおぬしを信頼しているか、わかるであろう」

「護衛……か」竹子は軽蔑を隠さず繰り返した。「護衛には〝行動〟することより〝対応〟することが重要よね？　私の潜入技術は何も役に立たない」

「実際はもっと複雑だ。もしや、任務が怖いのか？」

松生の発言に、若い女子(おなご)の目が鋭く光った。どうやら今の彼女は、ほとんど感情を抑制できていないようだ。まだまだ若いな。松生は多少の不安を覚えながら思った。果たして彼女は、この仕事をこなせるだろうか？

「挑発しないで」竹子が刺々しく返答する。「私の才能の無駄遣いだけど、任務は引き受けるわ。誰を守ればいいの？」

「斉郷(さいごう)茅野(かやの)という大名だ」

「聞いたことがない」

「だとしても不思議ではない。彼は有名でも権力者でもなく、紀州藩の庇護下にある。会津藩ではなくて」

「それだけでは、その大名を守る理由がわからない。なぜ彼がそんなに特別なの？」

竹子の困惑顔を見て、松生は小さく噴き出す。

「彼の刀だ」

「何ですって？」

「彼の刀だよ」その浪人は繰り返した。「長男から長男へと代々五〇〇年近く受け継がれてきた代物。正真正銘の名刀『正宗』だ」

竹子は歯をぎゅっと食いしばった。刀は使えるが、その道を極めたとは言い難い。剣術の基本は知っていても、薙刀の方が好きだった。それでも、正宗については耳にしたことがある。正宗は、六世紀前に生きていた伝説の刀匠で、神から啓示を受けたとされる彼の作品は、生命を宿していたという。その話の真偽も、彼が作った刀が実際に岩を紙のように切れるのかも、彼女にはわからない。しかしその名の響きに、幼き頃の憧憬が蘇る。

「地方の小大名が、どうやって正宗を手に入れることができたんですか？　もう一〇振りも残っていないのでは？」

「その見立ては楽観的すぎる」松生はにやりと笑う。「ほとんどが偽物だ。拙者の知っている朝廷の有力者は、自分が持っていると言い張っている。間近で見る機会があったが、特別なものではなかった。確かに美しい刀だったし、贋作とはいえ、素晴らしい出来栄えだった。しかし、本物の正宗ではなかったよ」

「斉郷殿の刀は本物ですか？」

「ああ。だが、我々がその刀に興味を持ったのは、単に『正宗』だからではない。彼の先祖のひとりが千葉城跡で発見したのも理由だ」

次の瞬間、竹子はさっと顔から血の気が引く感覚を覚え、ぶるぶると震える手を膝に置いた。手の震えが収まり、ようやく松生の目をじっと見つめた。

「つまり……？」

「ああ、そうだ」松生は穏やかにうなずく。「教団は、それが宮本武蔵（みやもとむさし）の刀だと信じている。厄介なのは、テンプル騎士団もそれを信じているという事実だ。連中は、自分たちの目的のためにそれを奪おうとするだろう。想像してみてほしい。帝が武蔵の正宗を手に闊歩する光景を——。そして、そのような武器の驚異的な力は言うまでもない。その象徴的意味は、我々にとって壊滅的な打撃となってしまう。そんな事態は許せない」

「いっそのこと、その刀を私たちのものにしたらいいのでは？」竹子は目を見開き、そう提案した。

「正宗という存在があまりに大きすぎる。何より、伝説の力と引き換えに、失うものが多すぎる。斉郷茅野殿は我々のために、徳川軍で戦う。万が一、仲間だった彼が討たれたとしよう。そして不可解なことに、斉郷殿に受け継がれていた伝説の武器が将軍の手に渡ったとしたら、他の大名はどう思うかな？　将軍が不当に貴重な刀を横取りしたと、同盟者たちの間に深刻な不信感が広がる可能性がある。将軍と大名が結束して戦う必要がある現状でそれはまずい。事態を悪化させる、文字通り〝悪手〟の見本になるのではないか？」

竹子は己の軽々しい発言の浅はかさに気づき、恥ずかしそうに目を伏せた。しかし、それにしても、宮本武蔵ゆかりの刀だとは……。彼女は足先から頭まで震えが走り、全身が神秘的な恍惚感に包まれるのを感じた。

「それで、どうだ？　まだこの任務は簡単すぎて、やる価値はないか？」松生は声を立てて笑った。

「私の薙刀をあなたに捧げます」短い返事であったが、言葉以上の決意の忠義が込められていた。テンプル騎士団には、あの神聖な武器に手を触れさせてはならぬ。絶対に——。

最も難儀したのは厠(かわや)だ。

それ以外は、篤湖(あつこ)は驚くべき速さで適応していった。悪臭にも慣れた。そもそも彼女自身、行軍開始から七日間、身体を洗っていなかったくらいだ。胸を圧迫するさらしは、相変わらず不快だったが、その絶え間ない苦痛さえも彼女は受け入れ、そこまで気にならなくなっている。

すこぶる体調がいいおかげで、彼女は難なく他の者たちについていくことができた。低い声を出し、不必要に人に話しかけないよう細心の注意を払うことも忘れない。

しかし、用を足すのはまだ簡単にはいかない。厠がないことがほとんどだったからだ。

通常、足軽たちは毎晩、厳格な基準で野営地を設定しなければならず、その中には厠も含まれていた。疫病の蔓延を防ぐ上でも、それぞれの厠は、焚き火から最低五丈（当時の長さの単位のひとつ。一丈は三メートル）は離れている必要がある。そのため、暗闇で敵に鉢合わせしないよう、陣営の防衛戦となる土塁を長く積み上げていく作業も加わった。一日の行軍で疲れた兵士たちが必要以上に働こうとしなくなるのは、当然の結果と言えよう。かくして厠は忘れ去られた。

そこで足軽たちは、木や岩や野営所に立てかけた丸太に立ち小便をした。皆の前で憚ることも、会話を中断することもなく、肩越しに話しながら当たり前のように小便をしたのだ。時には二、三人が同時に脚半袴を下ろし、誰が一番遠くを狙えるか、誰が火を消せるかを競い合う。戦地への行軍中、気晴らしとなるものはほとんどなく、彼らは死について考えるのを避けるため、常に変化や刺激を求めていた。ゆえに、兵士たちは小便飛ばし競争をし、大声で笑い、冗談を言ったり脅かしたりするために互いに話をした。そうしながら、本当の恐怖の到来を待ったのだ。

そして篤湖は、気がつくとこの騒がしい若者たちの中にいた。今まで、この手の粗暴な振る舞いを避けてきたが、どうしても用は足さねばならず、彼女は夜中にこっそり抜け出さなければならなかった。陣営の片隅で事を済ませるまで、捕まるのではないかといつも怯えていた。

「自分はなぜこんなことをしてしまったんだろう?」

歩哨の足音が聞こえ、心臓が飛び出しそうになる。見張りが通り過ぎるのを待ってから、彼女は木々の後ろにしゃがみこんだ。

だが篤湖は、己に嘘をついている事実を承知していた。実際、細々した不便な点はあっても、彼女は今ほど自由で幸せだと感じたことはなかったのだ。誰も、彼女を他の兵士と区別して扱ったりしない。彼女の腕を槍の腕前を褒めてくれる者もいる。

時折、彼女は隣接する野営所にいる兄や父の姿を認めた。侍は下層階級の者たちとは交わらないので、彼らの陣営は遠く離れている。しっかりと隔離され、より豪華で、しっかりとした厠も設置されていた。篤湖は父が小便をする姿を想像しようとしたが、無理だった。笑いが漏れそうになり、必死で抑える羽目になる。

影が滑るがごとく音もなく移動し、彼女は皆に気づかれないように寝床に戻った。その日の行軍で疲労困憊だったため、すぐに眠りについた。

翌日、隊列の左端にいた篤湖は、反対方向に歩いていく兄に気づいた。武器を片手に、まるで任務を課された重要人物のような雰囲気だ。思わず、彼の頭のてっぺんからつま先まで凝視してしまう。胸当てを着け、兜を腕に抱えた姿はとても勇ましく、誰もが彼を伝説の英雄だと思うのも無理はない。あの日、あの丘での乱闘は本当にあった出来事なのかと、己の記憶を疑いそうになる。

物思いにふけっていたそのとき、彼女が目を逸らすよりわずかに早く、揖深がこちらを見た。兄妹の視線が交わる。彼は、そんな目つきで見つめる兵士に驚いた様子だった。

篶湖の変装はうまく、短髪にしたため、以前とは見た目が違っている。しかし、ふたりは一六年間も一緒に暮らしてきたのだ。兄を欺くことはできなかったのだろう。揖深は唖然として足を止めた。もう片方の手に、彼は文か何かを持っている。伝言を届ける途中だったのだろうが、その任務を忘れてしまうほどの衝撃だったのかもしれない。

咄嗟に篶湖は、そのまま道を進もうとした。どうか妹だと思ったのは見間違いだったと兄が思い直してくれますように……。そんな一縷の望みは、彼女を追いかけてくる足音によって断たれた。やがて彼女は肩に手をかけられるのを感じる。ああ、おしまいだ。篶湖の心臓が早鐘を打つ。柱の裏に連れていかれた彼女は、覚悟を決めた。

「おい」揖深はいつも部下に使う威厳のある声で言った。「君は強そうだ。この木箱を軍監のところまで運ぶのを手伝ってくれ」

「でも……」篤湖はそう言いかけて、口を閉じた。

足軽が侍からの命令を無視することはできない。ましてや組頭たちの目の前であればなおさらだ。彼女は兄に向かって頭を下げ、従うとの意思表示をした。

彼はしばしの間、足早に進んで、木箱が積まれた荷車の後ろに身を隠した。隊列を離れた口実を作るためだ。そして彼は、怒りに満ちた表情で妹の方を向いた。いつものわざとらしい笑顔は微塵もなかった。

「一体全体、ここで何をしている？　そんな格好で？　その髪型で？　完全にいかれたのか？」

篤湖は腕組みをした。誰も見ていない今、彼女は妹として彼に返事ができる。

「あたし、父上と兄上が戦いに行っている間、会津でじっとしてるつもりはなかったの」篤湖は努めて冷静に説明した。「戦地で戦う勇気もない男性からの求婚を断りながら、知らせを待っているなんて、それこそ頭がおかしくなってしまうわ」

「だからといって、ここまでするなんて！」揖深は息を吞む。その音は、口を塞いだ猫の鳴き声にも聞こえた。「おまえは下手な男より、ずっと腕前がいい。俺がおまえを高く評価しているのはわかっているだろう？　だが、無理なものは無理だ。女子が軍隊に入ることは許されない。おまえの秘密がばれたら、大変なことになる。危険だ」

「軍隊で女の人を見たわ」妹は言い張った。「名前は竹子。素晴らしい人よ。誰よりも見事に薙刀を使いこなすんですって」

「彼女は例外中の例外だ。彼女がいるせいで、俺たちにとって物事が面倒になるというか……できなくなることが出てきて……」

「できなくなること？　彼女の前では小便もできない？」彼女は悪意を込めて言った。「確かにねえ」

「そういう問題じゃない」兄も負けていない。「おまえがここにいることを、父上に知られてはならぬ。これが公になったら、父上は絶望するぞ。おまえが密かに会津に帰れるように、何とかしてみるよ」

今の今まで己を制していた篤湖だったが、今回ばかりは違った。両手を腰に当て、揖深と正面で向き合った。

「どこにも行くもんですか！　この生活が気に入ってるの。こんな解放感、あたしの将来について、父上が望んでいる結婚話を聞かされたときから、もう何か月も味わってなかった。それだけじゃないわ。兄上のために志願したの」

「俺のためだと⁉」揖深は、信じられないといった面持ちで目をまん丸にしている。

「戦場でどうするつもり？　兄上を不安にさせたくないけど、敵が持ってるのは木刀じゃない。研ぎの入った刃のある刀で、深刻な傷を負わせにくる。あの日、あの丘でやったような態度をとれば、最初の数秒で殺されてしまう。おかしな話だけど、兄上が臆病でも、あたしは兄上が大好きなのよ」

「そんなふうに俺の話をするな！」揖深は怒りに震えながら叫んだ。

「何度も言ったはずだ。あれは、事故だった。次は違う。毎晩半刻、他の侍と手合わせしているが、負けたことは一度もない」

「そう、木刀でならね」篤湖はさらに畳みかける。「兄上が間違っていないことを願うわ。おそらく本番では勇気を見つけられて、みんなが期待する英雄になれるかもしれない。でも、確信が得られるまで、兄上を見守るつもりだから」

「足軽のくせに、どうやって？　俺たちは同じ場所には配されぬぞ」

「甘いわね、兄上。だから、あたしは懸命に策を練って、たくさんの人に働きかけてきた。兄上と同じ西陣に配置してもらうためにね。いつでも妹を頼っていいのよ」

揖深は頭が痛くなったのか、鼻筋を揉んでいる。

「これ以上話しても無駄だ。とにかく、おまえを家に帰す。それ以外の選択肢はない。すでに鏡に映る自分を見るのも辛いんだ。戦場でおまえが殺されでもしたら、俺は生きていけない。ここはおまえの居場所じゃない」

会話が終わったことを示すため、揖深は背を向けた。そのため、妹の目に炎が宿ったのを見ていなかった。

「あたしを追い出そうとしたら、みんなに言いふらすわ。自分はこの人の妹で、兄を怖い敵から守るためにやってきたって。なぜなら、兄は意気地なしで戦えないからって。あ、そうよね。誰も信じないかもしれない。結局、兄上は英雄で、剣術の天才。みんなはあたしを笑い者にしてここから追い出すでしょうね。でも、疑いの種ってそうやって蒔かれるものよ。兄上を問い詰めたり、より注意深く観察したりする人たちがきっと出てくる。言うまでもなく、自分の妹に手を焼く侍が、戦場で兵士を指揮できるのかって思い始める人もね」

「いい加減にしろ！」揖深はますます激昂した。

「兄上にそんなことはしないわ」篤湖は冷静に告げた。「でも、そんなことしないでってお願いしても私を家に帰したら、あなたはもう、あたしの兄上じゃない。ただの臆病者。丘の上で乱暴されそうになった妹を守らなかった腰抜けよ。どうするの？　あたしを部隊に戻してくれる？それとも、あたしのことを告げ口する？」

揖深は唇を噛んで妹を見た。ためらっているが、すでに自分の負けだと気づいている顔だった。妹の言う通りだ。たとえ誰も信じなかったとしても、篤湖の暴露は破滅的な結果をもたらし、揖深が窮地に立たされるのは間違いない。彼女の告発が己の出世の道に打撃を与えることは、絶対に許されない。

観念したように天を仰ぎながら、揖深は自然と肩の力が抜けていくのを感じていた。篤湖の度を超した行動に対する憤りは簡単には収まらない。にもかかわらず、篤湖が同じ戦場にいるとわかり、大きな安堵感に包まれていたのだ。

竹子は、その侍と足軽がそれぞれの連隊に戻るのを待ち、少し離れたところに置かれた食糧箱の陰から出てきた。発見されるのを避けるため、敢えて近づかなかったのだ。彼らの会話の内容は聞いていない。しかし、兵士ふたりが結構な時間、何かを真剣に話し合っていた事実自体が非常に興味深い。

彼らのうち、ひとりはよく知っている。松平容保（まつだいらかたもり）の最年少の用心棒で、いずれは伝説の侍として名を残すとの呼び声が高い若者だ。焚き火の周りで噂をいろいろ耳にした。宮本武蔵に匹敵する逸材という話だ。

もうひとりの足軽の方は見たこともない。そもそも農民と交わる機会などなかったので、驚く話ではない。しかし、その足軽を上から下まで眺め回した際、彼女は不思議な感じがした。重要な何かを見落としているような、何かが巧みに隠されているような、そんな感覚だった。

あのふたりに共通点はあるのだろうか？　ろくに話す理由もないのだとしたら、何かを企んでいるに違いない。それともテンプル騎士団から送り込まれた者か？

熊を追う又鬼が槍をかつぐように薙刀の鞘を肩に掛けると、竹子は急いで陣営に戻った。

あの謎めいた足軽を監視しなければならない。直ちに。

七

その九人の侍は、数々の戦場で名を馳せた手練れである。彼らは皆、テンプル騎士団の信条に従い殺戮を行ってきた。たとえ、雇い主である団の思想を嘲笑していたとしてもだ。彼らにとって重要なのは、今以上の報酬を得ることだった。

それぞれの理由で、彼らはもう何年も前に名誉を放棄している。とりわけ、うち四人の事情は曰くつきだ。西津（さいづ）は大名に裏切られた。良禎（よしさだ）は死体の山で目を覚まし、それ以前の記憶がない。甘い笑みを浮かべる雅治郎（まさじろう）は、廷臣の奥方を誘惑した廉（かど）で有罪になった。信亮（のぶすけ）は怒りに駆られ、村を丸ごと壊滅させている。

彼らはこの国の制度や暮らし、民――何もかもにこれ以上ないほど幻滅していた。加えて、当たり前のように死を眼前にしてきた彼らは、何かに心を動かされることはない。それゆえ、他人（ひと）の死には無頓着だったが、己の身に降りかかる危険な匂いには敏感だった。血に飢えた野犬のような彼らだったが、今の〝飼い主〟からは一定の距離を置いていた。嗅覚の鋭い犬だからこそ、狼を避けるのだ。

「わかったか？」ウィリアム・ロイドは繰り返した。「任務は複雑ではないはずだ。斉郷茅野は大名とは名ばかりの小者で、警護の規模もそんなに大きくはない。我々の攻撃など、考えてもいないだろう」

「彼は軍隊の真ん中で野営をしている」良禎が告げる。「我々は忍びではない。武士だ。殺しの後に影に溶け込むことはできぬ。逃げ道は自分たちで切り開く必要がある」

「茅野には何人の武士がついている？」ロイドから渡された地図を見つつ、西津が訊ねた。

「貧弱な武器しか持たぬ連中が約四〇人。それから、そいつらの周囲にいる侍が五人……」

「九人対四五人？　いかに我々が手練れであっても、簡単ではないだろう」

　テンプル騎士は嘲笑の鼻息を漏らした。

「西津、笑わせるな。あの兵士たちは農民で鎧も着けていない。何が起こっているのか連中が理解する前に、少なくとも三人の首を斬り落とせるだろう。奇襲をかけることも可能だ。主人である大名が倒れて、その護衛たちが内臓をはみ出したまま死んだら、野獣のように突進してくるおまえらと、農民上がりのそいつらが戦い続けると思うか？」

「確かにそうかもしれん」刀の柄を撫でながら、信亮が唸るようにつぶやいた。

「いずれにせよ、おまえらが腕組みして突っ立ってるだけなら、これだけの大金を払わぬ。私のために働きたくなければ、他の浪人を探すまでだ」

「おっと、早合点はよしてくれ」すかさず雅治郎が訴えかける。「拙者はやるぞ。陣屋を襲って大混乱に陥れ、大名を殺して刀を奪ってみせよう。ところで、なぜ刀なんだ？」

ロイドは、この馬鹿どもに刀の本当の由来を話すのは賢明ではないと思っていた。テンプル騎士団は金で浪人の忠誠心を買った。だからこそ、武蔵(むさし)ゆかりの刀である事実を明かすことにためらいがあった。希少な芸術品を手に入れるためなら、親兄弟を売る者はいくらでもいる。

「正宗かもしれぬ」ロイドは話し始めた。「もちろん、本物かどうか検証する必要がある。だが、もし本当に刀匠正宗の刃物のひとつであれば、天皇にとって、それを回収することは大きな心理的勝利となるだろう」

信亮は目を輝かせ、西津は思わず唇を舐めた。武蔵のくだりを抜きにしても、正宗の二文字は彼らの目の色を変えた。ふたりは背筋を伸ばし、まるでもう競い合っているかのように互いを見定めている。その目は強欲さでぎらぎら光っていた。

もちろん、ロイドは彼らの反応を予測していた。集めた男たちに関しては、それなりに自信を持っている。高い報酬は、浪人たちの腕前に払うのであり、忠誠心に対してではない。

「心配するな。私もおまえらとともに行く」冷たい笑みを浮かべ、ロイドは続ける。「敵に勝てるかどうか訊ねていたな。私がいれば安心だ」

正宗を横取りできないと悟った途端、西津は顔をしかめた。だが、彼はいつだって現実的な男だった。

「あんたが長として一緒なら、もう勝ちは決まったようなもの。大名の兵士たちが哀れだな」

⩓

竹子は、揖深と一緒にいた男を一刻にわたって観察していた。今のところ、何もおかしな点は見受けられない。しかし直感が、重大な発見を目前にしているとささやき続けている。

組頭に彼のことを聞いて回り、いくつかの追加情報を得た。あの足軽が会津の部隊に入ったのは半月ほど前で、名前は森泰輔。竹子は「森家」について何も聞いたことがなかったが、別に不思議ではない。町の周囲に多く暮らす農民階級の中にいる機会もなかったからだ。

「優秀な新兵だ」組頭は自信たっぷりに言った。野営地唯一の女性に話しかけられて、まんざらでもなさそうだ。「射撃はあまりうまくないが、槍の扱いにはかなり長けている。天賦の才なのか、それとも子供の頃に相当訓練されたのか。とにかく、奴には何度か練習の手伝いを頼んだことがある。強くはないが、それを補うだけの素晴らしい柔軟性と速さがあるよ」

「他の者たちとはうまくいっていいます？」

組頭は困ったように頭を掻いた。「それは、どういう意味だ？」

「つまり、彼は友が多いの？　夜に仲間と花札で遊んだり、賭け事をしたりとかは？」

「いや、奴はとても控えめな性格だ。内に籠っているわけではないんだろうが。遠慮がちというか、ひとりを好むというか……。本当に泰輔に関心があるんだな。それとも何か問題でもあるのか？　見張っておくべきか？」

竹子は唇を噛んだ。この粗暴な男が自分の質問を皆に広めるのは望ましくない。万が一、あの兵士が本当に隠密であった場合、見つかりそうだと察した途端、夜の闇へと消えていくだろう。やりたくないとしても、解決策はひとつしかなかった。竹子は熟練者。あらゆる武器を自在に駆使することができる。

「いやね。なぜあの人に興味を持ったか言わせないで」彼女は頬を赤らめる。「器量が良くて魅力的だからよ。正直に言うけど、最も聞きたかった質問があるの。彼、会津に許嫁がいるかどうか知ってます？」

組頭は拍子抜けした表情で竹子を見つめている。今しがたまで、胡散臭い企てに巻き込まれるのではないかと身構えていた様子だったが、ふと得心がいったのだろう。この女子は、美男子の足軽を気にかけていただけか、と。秘密の協力者にでもなったかのように、彼は目配せをした。

「普段は、配下の兵にその種の問いかけはしないのだが、なんとか聞き出してみるか。言うまでもなく、慎重にな。しかし、まさかあの有名な竹子殿が――」

「何？」その若い娘は冷ややかに訊いた。

「いや、その、あの、別に――」口をついて出た言葉は行き場を失い、組頭はしどろもどろだ。

「失礼する。夕方までにはお答えを知らせると約束しよう」

彼が鬼に追われているかのごとく逃げ出した後、竹子は再び泰輔に目を向けた。

足軽の少年は、頭ひとつ分以上も背が高い相手と槍の稽古をしている。組頭の言葉通り、かなりの身長差があるのに、全く引けを取らない。農民のほとんどは槍の使い方を知っていたが、用途といえば、田畑に侵入してくる猪や野犬などの害獣を追い払うためだけだ。

ところが、泰輔の動きは明らかに違う。道場で過ごした経験があるはずだ。しかも、かなり長い年月を。間違いない。

「軽率だぞ、少年」竹子はつぶやく。「優秀な隠密は、素性を悟られぬよう己の才能を隠すものよ」

監視に気取られないよう、すうっと集団に混じる。何を見つけようとしているのか、自分でもよくわからない。すると、さっきの組頭が同僚たちと話す声が聞こえた。離れてはいるが、笑い声が彼女のいるところにまで届く。組頭は皆に、あの恐ろしい竹子にも心があると、楽しそうに語っていた。

まあ、せいぜい面白がってもらって構わない。意外や竹子には人間らしいところがあるのだと、彼らに思い込ませておけばいい。好感を持ってもらえれば、今後の任務で有利になるかもしれない。とはいえ、簡単に決めつけられるのは癪に障る。

さらに一刻が経ったが、竹子はまだ何の情報も得られていなかった。訓練を終えた泰輔は、そのまま陣所に戻り、翌日の行軍の装備を整えている。模範的な兵士だ。

お手上げだわ。竹子は、太陽が丘の向こうに沈んでいくのを見た。霞を追いかけて丸一日の休息を無駄にしてしまった。そろそろ自分の野営地に帰ろう。夕餉の頃だ。これ以上、無駄な時間を過ごすわけにはいかない。

彼女がまさに立ち去ろうとした矢先、泰輔がやけに気取った様子で周囲を見回し、大袈裟な動きで立ち上がった。彼は人目に留まるまいとしていたのだろうが、必死になりすぎて逆に目立ってしまっている。気を引かれた竹子は物陰に身を沈め、監視を続けることにした。

足軽は一旦、天幕の陰に身を潜めた後、森に向かっていく。ようやく何かを摑んだ気がした彼女は、後を追おうとした。望めば、自分は豹を思わせるしなやかさと静かさで、影の中の影になることができる。鎧を鳴らさず、鞘が地面に擦れないように薙刀を持った。

林の入り口に差し掛かるや、泰輔がぱっと振り向き、竹子は天幕に体を押しつけて息を殺す。追跡を再開するまで三拍待った。

森に入ったところで、辺りは夜の闇に包まれた。野営地の明かりはもう見えず、葉が茂って月明かりが差し込んでこない。前方が二間（間は尺貫法の長さの単位。一間は二メートル弱）先も見通せぬ有り様で、強く薙刀を握り締めた。

もし罠だったら？　もし……？

少し開けた地点に着くなり、彼女は息を呑んだ。

泰輔は茂みの陰にしゃがみ込んでいた。竹子は何を見ているのかに気づくのに数拍かかった。

ふいに姿勢が崩れ、大きな枯れ枝につまずいてしまう。足軽は飛び上がって袴を上げたが、時すでに遅し。秘密は明らかになった。

なんということ！

「まさか……」竹子が口を開いた。「あなた……」

だが、彼女は最後まで言えなかった。泰輔の槍が顔に向かってきたのだ。既(すんで)のところで身をかわす。そうしようと判断する前に、反射神経が働いていた。槍と薙刀、二つの刃が激しくぶつかり合う。竹子も本能的に、相手の顔面への突きで応戦した。泰輔もすかさず横にずれ、薙刀の尖先(きっさき)を回避する。あと少し——指の幅ほど——で頸動脈に穴が開くところだった。続いて地面すれすれに身を低め、こちらの足元を払うように蹴りを繰り出してくる。しかし竹子にとって、その拙い攻撃をかわすのは、造作もないことだった。

「待って、あなたを傷つけたくない！」竹子は訴えた。

足軽は聞く耳を持たず、傷を負った獣のごとく凄まじい気迫で再び襲いかかってきた。今度の出方はさっきよりもいい。迅速かつ正確で、効率的な動き。他の敵であれば、優位に立てたであろう。しかし竹子は、幼い時分から薙刀に触れ、長い歳月をかけてその技術を磨いてきたのだ。相手の攻撃を全て防いで防御の体勢に入ると、股間に膝蹴りを見舞った。

どんな男でも睾丸を強打されれば、数分間は動けない。だが、泰輔は男ではなかった。その一撃は彼女を地面に叩きつけただけだ。それでも竹子が相手の武器を蹴飛ばし、薙刀を喉元に突きつけるのに十分な時間を稼げた。

「危害を加えるつもりはないの」竹子は繰り返す。「お願い、落ち着いて」

泰輔と名乗っていた足軽は呼吸を整えると、冷静さを取り戻したように見えた。

竹子は和解の印として両手を上げ、武器を持っていないことを示す。

「どうして男になりすまそうと思ったの？　いいえ、最初から始めましょう。あなたの本当の名前は？」

それらしい嘘をつこうとしていたのだろう。相手はためらっていたが、彼女の強い視線を受けて観念したらしく肩を落とした。

「……篤湖（あつこ）」彼女は認めた。

「とても可愛い名前ね」竹子は穏やかに言う。「どうして男になりすましたの？」

「軍隊は女人禁制だから」彼女は不機嫌そうに答えた。「あなた以外は。そして、あたしはあなたじゃない」

なぜ女子が兵士になるのを、人々は止めるのか?

竹子もまた同じ思いを抱き続けてきた。彼女はゆっくりとうなずく。もう驚いてはいない。むしろ目の前にいる少女に好感を持った。この子は秘密を守るため、こちらを攻撃することに一瞬の迷いもなかった。素晴らしい気質だ。

しかし、篤湖に何を感じたにせよ、隠密に同情したわけではない。

「次の質問が今後の成り行きを決めるから、よく考えてから答えなさい」竹子は薙刀を少し押しながらささやくように告げた。「司馬揖深との関係は?」

またしても相手には、つける嘘を探しているかのようなためらいが見られた。そして、逃れられない真実があると、彼女の表情が告げていた。

「あたしの本名は司馬篤湖。揖深は兄です」

竹子はいくつかの展開を推測しており、悲恋の物語すら想定していた。だが、こんな答えが返ってくるとは夢にも思わなかった。

「兄君なの?　本当に?」

「……はい」少女は目を逸らし、拗ねたように返事をする。「あたしたち、同じ道場で同じ指導者のもとで同じ訓練を受けました。兄の刀の腕前があたしより上なのは、あたしが真っ先に認めるところです。ですがあたしは、同年代の若侍たちより立ち回りはうまいんです。にもかかわらず、兄は大名の護衛として前線に赴く名誉を与えられた一方で、あたしは良い縁談を待つよう家に留まることを言い渡されました。勝手に決められたそんな人生、到底受け入れられなかった。だから志願したんです」

篤湖が全てを話しているわけではないと感じたが、竹子を納得させるには十分だった。揖深との長い会話も、これで説明がつく。竹子は笑みを浮かべるのをやめられなかった。この娘は、森の中で自分と同じような人に出くわすとは夢にも思わなかったのだ。

「篤湖、あなたは相当腕が立つわね」竹子は指摘した。「刀と槍、両方の扱い方を知っている。短刀はどう?」

「普段使う武器ではありませんが、大丈夫です」意外な質問だったのだろう。そう答える篤湖は目を丸くしている。

「変装は見事だし、誰かになりすます術(すべ)を心得ていることも明白だわ。しかも、嘘をつくことに長け、他人の注意を自分から逸らす方法も知っている。そうでなければ、とっくにばれているはずだもの」

「あなたには見破られました」篤湖は苦々しげに返した。

「それは、あなたが不注意で、兄君に話したからよ。そうじゃなかったら、私はあなたを疑わなかったはずよ。とにかく、あなたは聡明で、素晴しい才能にあふれている。ねえ、私と一緒に働かない？」

八

外見で多くが判断される世の中で、斉郷茅野（さいごうかやの）は歴史上、異例の存在だった。彼の一族はある程度の権力を有していたものの、名だたる武将が鎬（しのぎ）を削った戦国時代に領地の多くを奪われて、農地だけが残された。田畑は依然として肥沃であったものの、かつての栄光が思い出せないくらい、一族は慎ましやかな存在となっていた。そして茅野には明らかに、現状を変えようという気配はない。

この大名は四人分の食事をたいらげ、四人分の酒を飲み、四人分の睡眠をとる。身長が七尺ほど（二メートル強）もある大男で、上背だけでなく、脂肪が骨身を覆い尽くすほど太っていた。三十路を越えたばかりだというのに、その姿はまるで巨大な熊のようだ。あまりに膨れた腹は着物から飛び出さんばかりで、公の儀式に臨む際も、鎧の紐を絞められぬ有り様だ。

彼の衣には、酒や醤油の汁が絶えず付着しており、なおさら見映えが悪い。そんなふうだから、たまにしか果たさぬ江戸出府でも、将軍は彼にあまりいい印象を持たなかった。当然のことながら、彼の地位はさらに低下していった。名誉に縛られ、ほとんどの旗本は彼のもとに留まったが、もっと刀にふさわしい主人を見つけるために去る者もいた。

茅野の腕はすっかり筋肉が落ち、着物はよれよれでみすぼらしく、かつての栄光は見る影もない。唯一輝いていたのは、常に脇に差していた刀だけだった。若い頃は刀剣の手並もそこそこだったが、いまでは武器を落とさずに振り下ろすのがやっとだ。それでも、彼はその刀を非常に誇りに思っていた。もはや誰からも相手にされないこの世界で、己がまだ重要な存在であるかのように感じさせてくれる過去の遺物である。

戦(いくさ)の知らせは茅野を驚愕させた。そして、自分には将軍の命令を無視する正当な理由がない現実に愕然とする。快適な住まいを捨てて埃っぽい道を歩き、心地よい寝床を荷車と交換しなければならなくなった。荷車にいくら座布団を敷き詰めても、左右に立ちはだかる壁の圧迫感から逃れることはできない。ご馳走を諦めて乏しい配給で過ごし、妾も楽人もお抱えの善奉行もない忍耐の日々を余儀なくされた。当然、銘酒の蔵もなしだ。

従軍開始からひと月で、茅野の体重は二貫（尺貫法の目方の単位。一貫は三・七五キロ）近く減った。

「この膳を済ませたら――」皿の上を滑る、悲しいほど小さな肉切れを眺めながら、彼はぼそりとつぶやく。「一戦を交えて薩長や土佐の田舎者どもを叩き潰す。そして、家に帰るのだ。うむ、あるいは、勝利を祝う宴を江戸で開くべきかもしれぬ。それはそれで価値があるだろう。なかなかの妙案ではないか。しかし、我らが将軍たちは臆病が過ぎる。堂々と戦いに赴くどころか、無意味な小競り合いで兵力を無駄にしておる始末。わしが采配を振るえば、直接、都に攻め込むところだがな。数では、我々の方が勝っておる。奴らはきっと震え上がるだろう」

「帝の軍勢は城壁を補強し、多くの大砲を持っています。英国の力添えがあることは、言うまでもありません」大名の護衛のひとりが、恭しくそう返した。「包囲戦は長く、血生臭いものになるでしょう」

「だからどうした？　我々はなすべきことをなすしかない。この戦役がすでに長く、血生臭いものになっているとは思わないのか？　この肉のように。これは焼きすぎだ。もしわしが決められるなら、料理人を晒し者にしてやる」

茅野はよく、「わしなら」という言い方をした。だが憐れなことに、茅野次第で変わる事態があるわけではなく、本人もそれは十分承知している。すると、幕舎の入り口の陣幕がまくれ、兵士のひとりが現れた。その地下足袋も脚半も泥まみれだ。振り向いた茅野は、ますます不機嫌になる。自分は一日中、悪天候を避けていたのに、寝床の近くに泥を持ち込まれたのでは、たまったものではない。

「今度は何だ？」大名は不満げに問うた。「おまえら全員で、今日はわしに逆らうと決めでもしたのか？」

「大名殿、申し訳ございません。実は、謁見を所望する女子がここに来ておりまして」

「女子じゃと?」茅野は急に興味を覚えた。

周囲にいるのは男だけだと、彼は承知している。通常、行軍中の軍隊には遊女、女の薬師や商人たちが集まってくるものだが、会津軍は強硬的な進軍を命じ、そういった者たちの宿営地への立ち入りを禁止していた。それには、大名も大いに失望していたのだ。そして、彼がここで耳にしている唯一の女性の存在といえば——

「竹子殿」横になっていた姿勢から慌てて上体を起こそうとして、茅野は情けなくもがき、彼女に声をかけた。

正確には、彼女が大名に頭を下げるべき身分だったが、彼は苦難の日々の末に、ようやく美しい女性に会えたことが嬉しくてたまらなかったのだ。手の甲で髭を撫でつけ、着物を整える。もっとも、せり出した腹のせいで、前身頃は腹を引っ込めても、まだ着物の前を完全に合わせることはできなかった。

「茅野様、お忙しいところお時間をいただきありがとうございます」深々と頭を下げ、竹子は謝意を伝えた。

彼女は真の玄人だ。己が守るべき相手を見据えたまま、眉ひとつ動かさない。

実際に謁見する前に、彼のことは調べていた。しかし、伝説の刀「正宗」を持つ人物は、報告書に書かれた〝事実〟とあまりにかけ離れていた。

「我々に面会の予定があったとは存じ上げませんでしたな。しかし、実に喜ばしい」茅野は魅惑的な声で返答した。

大名は美しい声——これぱかりは誰も彼から奪えない——の持ち主だったが、淫らな笑顔のせいで声の効果は台無しだ。彼は無心に刀の鞘を撫でつつ、重い身体を左右に動かして座り直した。

「容保様からお聞きになっていないのですか？」若い来訪者は驚きの声を上げた。「私たちの隠密はある陰謀を知りました。あなたの命を奪う企てです。そこで私は、茅野様をお守りする任務を命じられました。今のところわかっているのはそれだけです」

「そなたが、わしの護衛を！」茅野は喜びのあまり、思わず大声を出しそうになったが、はたと考えた。「待ってくれ。わしの命を狙う？　どういうことだ？　何の意味がある？」

竹子は冷静な面持ちで、こちらを見つめている。

「御大名様、私はただ喜んで命令に従うだけ。詳しいことは知らされておりません。ですが、茅野様が持っている刀が、良からぬ注目を浴びているようです」

「この正宗が？」茅野は息を呑み、宝石を散りばめた特注の青銅の柄に片手を置く。「まあ、驚くことではない。ここ数年で二度、私の屋敷に何者かが侵入している。いずれの場合も、わしの家臣が追い払ったがな。しかし、全て刀ひと振りのためとは！」彼は顔をしかめた。「待てよ。我々は軍営の真っ只中におるのだぞ。ここで誰がわしを襲おうというのだ？　冗談も休み休み言え。一〇〇〇人以上の兵が周囲に集まっているというのに！」

「御大名様、重ねて申し上げますが、私はただ命令に従うだけです。敵が何を仕掛けてくるか、予測はできませぬ。軍営の中に裏切り者がいるかもしれませんし、敵が忍びの力を持っている可能性もあります。何がなんでも、この企てを阻止しなければいけません」

茅野は寝床に身を投げ出した。竹子の言葉を聞いているうち、心に忍び寄っていた不安の影が少しずつ薄れていく。陰謀の噂が何であれ、ここなら安全だと感じている。それが、戦地に向かう道中にある唯一の利点だった。そして彼は、この野営地でただ一人の女性に守られることになる。まあ、竹子はそこまで自分の好みではないけれど、干ばつに見舞われたとき、水を選り好みしていられないのと同じだ。

「茅野様の安全を担う男たちを紹介させてください」竹子は表情を変えずに続けた。

「男たち？　そなたひとりじゃないのか？」大名の仄かな夢は敗れ、つい不服を口にしてしまう。

「信じてください。この脅威を真剣に受け止め、四人の侍が昼夜問わず同行いたします。そして、私の副将であり、最も優れた配下の兵士、森泰輔をご紹介しましょう」

竹子の合図で篤湖も幕舎の中に入った。彼女はまだ、何が起きているのか信じられなかった。つい数日前まで、軍隊の中で身分を隠して目立たぬように振る舞い、兄と父を遠くから見守ることで満足していた。ところが、竹子と出会ってから生活は一変。竹子は、泰輔の男らしさを際立たせるべく変装の手ほどきをする。篤湖の潜在能力を見極めるため薙刀で鍛錬し、さらには木刀で稽古をつけた。驚くことに、この一〇代の少女は竹子を負かしてみせた。竹子は怒るどころか、笑い声を上げて彼女を祝福した。

竹子が薙刀、篤湖が木刀で戦った次の試合では、文字通り互角の戦いとなる。若い女子ふたりはしばらく、互いに距離を保ちながら円を描くように動き、相手の虚を衝く隙をうかがっていた。どちらも防御の構えは完璧で、薙刀は攻撃の間合いが長く、木刀はより精密な動きが可能だ。最終的には竹子の勝ちとなったものの、彼女の中でこの新参者の評価がいっそう高まったのは言うまでもない。

「もっと訓練を続けることも考えたんだけど、あなたが泰輔のままでどこまでできるかを見極めたいわ」そう言いながら、竹子は眉間の汗を拭う。「大名が襲われる事態を想定し、彼の警護を頼まれたの。私がその場にいるという事実だけで敵を思い留まらせられるはずだから、実戦には及ばないかもしれない。でも、野営地の者たちより観察力や判断力がある衛兵たちに囲まれても、あなたが泰輔のままでい続けられるかどうかを見極められる。万が一、その衛兵たちの誰かがあなたが女性であることに気づいたら、全ては私の思いつきだと言って、あなたを非難から守ってあげる。ただし、あなたの任務は失敗と見なされるわ。いい？」

「わかりました」篤湖はうなずいたものの、不服と疑問が入り混じった言葉が口をついた。「でも、あたしがどうしてこんなことをしなければならないのか理解できません。変装や戦闘が何のためで、誰のためでしょうか?」

竹子は微笑んだが、その目は笑っていなかった。

「今はまだ、あなたは知らなくていい。重要なのは、私があなたの秘密を知っていて、あなたが私の言う通りにしなければ、真実を暴露できるってこと」それから少し柔らかい口調になり、さらに付け加えた。「でも、あなたは後悔しないはず。約束するわ。あなたは信じられないほどの能力を秘めているって。私にはわかるの。きっと見事な働きぶりを見せてくれる。それに、こんなふうに戦場に立つことをあなたは望んでいたでしょう?」

篤湖は認めざるを得なかった。竹子に従ったのは、彼女の脅しによるところが大きかったものの、男の世界でこれほど自由にしている女性への尊敬と憧れと羨望もあったからだ。

「ふむ、この兵士はあまり強いようには見えんが」茅野の言葉に、篤湖はぎくりとし、現実に引き戻される。「こやつは本当に副将なのか?」

「すでにお伝えしたように、他に四人の侍がいます」竹子は辛抱強く大名の問いに答えた。「ですが、泰輔の才能にきっと驚かれることでしょう。彼は、あなた様の命を救うために命を捧げます」

「わしの護衛に求めることはそれだけだ」大名はつぶやく。「しかし、そんなことはどうでもいい。この攻撃の脅威はいつまで続くのだ？　まさか、幾月もわしを監視するつもりではあるまいな」
「ご安心を。仏国側の協力者とともに、長岡藩と請西藩の両軍隊とまもなく合流します。我々が手を組めば、御大名様には誰も手出しはできません。しかしそれまでは、打てる手は全て打っておきたいのです」

◆

篤湖の変装は非常に巧みだった上、竹子の知恵も加わったおかげで全く疑われなかった。幸い、男子だと信じられていることで助かっている部分もあった。それでも茅野の信頼を得たとまでは言い難い。もし篤湖の性別を大名が知っていたら、事態はあっという間に複雑になっていただろう。

それでも、彼女の変装ではごまかせない相手がいた。しかも、すぐにその人物――揖深と顔を合わせなければならない。どんよりとした重い気持ちで、篤湖は兄の影がこの陣営を通り抜けるのを見かけた。彼は猫よろしく滑らかに動き、脇の刀は身体の一部と化しているかに思える。自信が滲み出て、それが彼に生まれながらの風格があるような外見を与えていた。そんな兄を見ていると、あの日の出来事はやはり夢だったのではないかと思えてくる。

「ここで一体何をしている？」篤湖の腕を摑み、揖深がささやく。「野営地で姿を見かけなくなったから、心配でおかしくなりそうだった。隠密だと疑われたり、拷問されたり、ひどい目に遭ってるんじゃないかと思ったぞ！」

「ごめんなさい。斉郷茅野殿の保護下に移されたの。夜逃げみたいに、暗いうちに陣屋から姿を消すしかなかった。御大名様は殺害予告を受けているそうよ。竹子様はそれを非常に深刻に受け止めているわ」

兄は妹を怪訝そうに見つめている。

「大名の護衛を頼まれたのか？　おまえが？　名高い司馬篤湖殿のような剣士ならまだしも、なぜ不器用な新兵の森泰輔に彼らは興味を持ったんだ？」

数日前であれば、篤湖は兄の視線に耐えられず、やましさのあまり数秒でへなへなと崩れ落ちていただろう。これまで、兄に隠し事などしたことがなかったのだから。しかし、自分は大きく変わった。へたり込む代わりに、無関心を装って肩をすくめてみせる。

「兄上が思っているほど、あたしは不器用じゃないわ。槍の腕は部隊一だって組頭に言われたし。それに、あたしは命令に従うだけ。あれこれ詮索したり、質問したりできる立場じゃないの。中野(なかの)竹子様から直々に、大名の護衛任務に誘われた。あたしはどうすればよかったの？　断ればよかった?」

「いや、そんなことはない」兄は渋々認めた。「だが、俺に知らせるべきだった。心配で居ても立ってもいられなくなり、危うく父上に相談するところだったぞ!」

父が話題に上がり、篤湖の鼓動が速くなる。だが、大丈夫。実際には、兄は父上には明かさないでいてくれたのだ。

「ごめんなさい。兄上には伝えるべきだったわね。でも、あたしはこれからずっと御大名のお側にいることになる。抜け出すのは難しいし、秘密を守るのはもっと難しくなるわ」

「あの大名の話は耳にしている」兄は顔をしかめた。「噂によると、食べてばかりいて、女にだらしないとか。『豚大名』と呼ぶ口の悪い者もいるとか。おまえに手を出そうとはしていないだろうな?」

「それはないわ。大丈夫よ。兄上、今あたしは森泰輔。男だってことを忘れないで」

「しかし……」

言いかけたところで揖深は躊躇した。遠くからこちらを監視している竹子を見つけたからだ。どうやら兄妹の会話に割って入る気はなさそうだ。彼はしばらく思案していたが、ふいに真顔になると、彼女の方に歩み寄っていった。階級の違いにもかかわらず、揖深は深々と頭を下げて礼儀正しく敬意を表した。

「竹子殿、こうして陣営でお会いできるのを、いつも光栄に思っております。僭越ながら、お願いがございます」

「司馬揖深殿、あなたの存在は私たちにとって名誉なことです。ご活躍は常々伺っており、あなたがこの戦の英雄になると確信しています。ご用は何でしょう？」

「大名の茅野殿が殺害予告を受け、あなたがその警護を担当していると聞きましたが、それは本当なのですか？」

竹子は彼を上目遣いで見た。その目からは、柔らかさが消えている。

「おっしゃる通りです。驚くほどよくご存知ね」

「ならば、私の主君の同意が得られた場合、私も茅野殿の護衛に加わりたいのです。万が一、敵が国の中枢を突破することに成功したら、それこそ大惨事。謹んで私の刀を捧げに参りました」

篤湖は泰輔であることを忘れて高い声を漏らし、愕然として後退りした。兄は何を企んでいるのか？　竹子はほとんど瞬きをしなかった。思いがけぬ要求に、彼女も驚いたに違いない。しかし、すぐに落ち着きを取り戻したようだった。

「あなたの刀の才能を不要だと断る者などいるでしょうか？　あなたが仕える御大名様が許してくだされば、申し出を喜んでお受けいたします。茅野様もあなたのような有名な守護者を得ることを喜んでくださるはずです」

揖深はもう一度頭を下げると、その場から歩き出した。変装が崩れるのを覚悟で、篤湖は兄を追いかける。

「どういうつもり⁉」妹は兄の背後から訴えた。「どうして同じ任務に参加するの？　あたしが有能だと思わないから？」

「もちろん、思ってるさ」彼は即答した。「おまえは一度決めたら、後には引かない。俺は妹の性格を誰よりもわかっている。敵は、茅野殿を襲おうなどと考えぬ方がいい。だが、なんと言うか……俺たちが同じ任務に就くのはいいことだと思う。万が一のことがあったら、俺が側にいて守ってやる」

「へえ、本当に？」篤湖は疑いの目を向ける。

「それに――」揖深は平静を装って続けた。「野営地では、延々と訓練が続いて飽き飽きしてきたんだ。この任務は完璧だよ。加えて、物資が充実していることで有名な茅野様の荷車も見てみたかったしな」

「敵が攻めてきたら？」

若き侍は笑い出し、何か所かある入り口に立つ歩哨たちを指差す。

「誰が脅しの話をでっち上げたのか知らないが、こんなふうに要塞化された陣営に侵入しようとする物好きがいると思うか？　大袈裟な法螺話に決まってるって。だがおかげで、俺は最も平和的な職を得ることができた。他の侍たちが敵を恐れて雨の中で泥道を歩いてる間、俺は暖かく乾いた馬車で旅ができる。これ以上の幸せは考えられない」

だが、揖深の言う平和は長くは続かない。

というのも、正宗を狙う九人の侍たちが茅野の荷車から四里（里は距離の単位。一里は約三・九キロ）と離れていないところに迫っていたからだ。

九

夜が明けると、兵士たちの多くは清々しい気持ちで、長い一日の行軍に備えて身支度を整える。中にはまだ、寝ぼけ眼の者もいたが、攻撃されれば疲れなど吹き飛ぶ。不意打ち攻撃を仕掛けるには不向きの時間帯だ。

日中、彼らは地平線まで伸びる長い縦列を組んで前進する。馬に乗った組頭たちは隊列を維持するべく縦列の前後を行き来し、斥候があらゆる方向を監視する。不意打ち攻撃を仕掛けるには不向きの時間帯だ。

夜になると野営地設営のために陣幕が張られ、柵が築かれる。昼間に比べると歩哨の数は少ないが、任務中の歩哨はより注意を払っている。その見張りを突破するには、侍ではなく、忍びの力が必要だ。些細な過ちが大きな騒動を引き起こしかねない。兵士たちは目を覚まし、絶望的な戦いになる。しかも真っ暗闇の中では、逃げるのも難しいのは言うまでもない。不意打ち攻撃を仕掛けるには不向きな時間帯だ。

夕方、組頭の命令で、兵士たちは柵を立てるために集合する。彼らは疲れ切っており、同じくらい疲労した組頭に急かされて機嫌が悪い。長距離を行軍したため足はくたくた。夕食にはまだありつけず、多くが焚き火の前で休むことしか考えていない。規律は守られずに秩序が乱れ、些細なことで怒りが爆発しやすい状態ゆえ、あちこちで小競り合いが起こる。兵士たちは小さな集団に分かれ、食べ物の調達や厠のための穴掘りに駆り出される。全ての作業を終える頃には、兵士たちは疲弊しきっている。おまけに日が落ちると、野営地の防衛柵周辺は深い闇に沈み始め、侵入者たちがその動きを悟られることなく容易に入り込めるようになるのだ。

不意打ち攻撃を仕掛けるには、最適の時間帯だった。

「侵入したら、迷わず斉郷（さいごう）茅野（かやの）を探せ。見つけたら、刀を奪って速やかに撤退しろ。熱くなり過ぎるな。場違いな英雄気取りも不要。夕陽を背にした派手な決闘はなし。効率的に動き、時間を無駄にしないこと。邪魔者は誰であっても殺す。背後から殴りつけるのも良し。何が起こったか悟られる前に逃げ出せ。以上だ。わかったか？」

ロイドは軍隊を鼓舞するのは得意ではなかったが、少なくとも話は簡潔だ。九人の侍は同意してうなずいてから、馬に乗り込んだ。彼らの後ろには、二〇人の勇敢な兵士たちが立っていた。

彼らは文字通り、わずかでもいいから飯にありつけられればと、隣村から入隊してきた歩兵だ。戦の惨禍により、資材は略奪され、田畑は焼かれ、住民は空腹を満たすものが何もない状態であった。まともな食事にありつけるという条件だけでほとんどの入隊者は満足したが、金の輝きは全員を納得させた。

もちろん、彼らは戦い方をほとんど知らず、任務の詳細を聞かされていない。これから自分たちが要塞化された野営地を攻撃するとは夢にも思っていない。実際には戦力にならずとも、敵の気を逸らす格好の囮となるだろう。全てを理解し、身を引きずって逃げ出そうとする頃には、多くの敵兵に背後から斬られる運命にある。それが、ロイドの狙いだった。

「突撃」低い声でロイドは号令をかけた。

掛け声とともに、侍たちは行動を起こす。ただし、その動きは〝突撃〟とはほど遠い、ゆっくりとしたものだ。敵に気づかれないようにするためでもあり、後続の部隊が追いつきやすいようにという配慮もあった。思惑通り、彼らは滞りなく、目的地となる敵の野営地の柵や土塁が並ぶ地点までたどり着いた。もっとも、いまだ何の妨げもないのは、野営地の連中が皆、到着した彼らを自分たちの味方だと思い込んでいたからだ。最前線の敵陣の野営地を攻撃するほど無謀な者がいようとは夢にも思わない。

彼らは、柵を築いている最中の兵士たちとすれ違い、まんまと隊長たちの幕舎のすぐそばまでたどり着いた。すると、二人の歩哨が近づいてくる。ついに何をしているのかと訊かれるのだろうか。それでも歩哨たちは威嚇することなく、槍を下げたままだ。うちひとりが舌打ちをした。きっと食事にありつくのが遅れてしまうため、面白くなかったのだろう。

「止まれ！　どこの隊だ？」もうひとりが問いただした。

ロイドは儀礼的な笑顔を見せる。次の瞬間、刀が鞘を離れるか離れないうちに、その歩哨の頭部が宙を舞った。もう一方の男は身を守ろうとも、警報を発しようともせず、ただ唖然として血飛沫の軌跡を見ている。そして瞬きする間もなく、同じ運命をたどった。

一斉に叫び声が上がる。もはや慎重に行動をとる時期は過ぎ去り、九人の侍たちは馬に拍車をかける。すぐ後ろにいた二〇人は、恐怖のあまりに目を剝いている。ここに至って自分たちの真の使命を悟ったのだ。彼らは殺される前に逃げ出そうと四散し、その場は一気に混沌となる。

ロイドが侍たちに怒鳴る。「思い出せ！　英雄を気取るな！」それから、大名の幕舎の方向に目を向けると、首を縦に振った。

◇

篤湖（あつこ）の変装には問題があった。泰輔（たいすけ）になりきらねばならないため、彼女はどうしても足軽として扱われてしまう。一方の竹子と揖深は高貴な生まれであるがゆえに、些末な雑務を行わないで済んでいる。篤湖は、大名の護衛兵という任務があるにもかかわらず、野営地での不快な仕事もこなさなければならなかった。

「泰輔を任務に集中させたいので自分のそばに置きたいと、頼むこともできるのでは？」最初の晩、篤湖はさりげなく竹子に抗議した。

「できるわ。でも、しない」竹子は穏やかに答えた。「私はすでに、素性の知らない新兵に大名の警護をさせてほしいと頼んでいる。これ以上特別扱いを求めて、あなたにもっと注目が集まってしまう事態は招きたくないわ。それに……」

「それに……？」

「野営地の仕事で、人格が磨かれるでしょ」

自分の人格形成はうまくいっていると思っていた篤湖は、ありがたい助言に対して皮肉で返したかった。大体、小さな鋤で厠用の穴を掘ったところで、運命が変わるわけではない。

だが、彼女は間違っていた。

なぜなら、その鋤が自分の命を救おうとしていたからだ。複数の馬の疾走音を耳が捉える前に、いくつもの蹄が地面を蹴る振動を察し、篤湖は振り向きざまに鋤を持ち上げた。彼女の頭に命中するはずだった刀の一撃が、頼りない農耕具に当たった弾みで肩をかすめただけで済んだのだ。

彼女がそれに反応する間もなく、その馬乗りは大名がいる幕舎の方角に向かっていった。

「武器を持て！」遠くで怒号が響く。

篤湖は我に返り、槍を摑んで戦闘地点へと走り出した。襲撃者が何人いるのか想像もつかない。自分に勝機があるのかなどと考えている余裕もない。大名を守ると誓ったのに、そばにいなかったことを恥じた。でっぷりと肥えて女好きの斉郷茅野は、豚大名と陰で笑われる存在かもしれない。それでも自分が命じられた任務だ。今こそ己の誉が問われるときだ。

襲撃者たちは、周到に準備された計画に沿って行動していた。茅野の幕舎を四方から取り囲み、邪魔になる兵士を次々と叩き斬っていく。不意を突かれた大名の守備隊は態勢を整える暇もなく、散り散りになったまま適切な陣形を作れないでいた。中には武器を持たない者、鎧を着ていない者もいて、やすやすと餌食になっていた。

敵の侍のひとりが到着するとほぼ同時に、篤湖は幕舎にたどり着いた。長身で痩せこけた坊主頭の男が刀を一閃させ、陣幕が大きく裂かれたのが目に入る。これ以上、好きにはさせない！彼女は背後から仕留めるべく、夢中で槍を突き出した。ところが第六感が働いたのか、武士ははっとして振り返り、篤湖の攻撃をいとも簡単に防いだ。

「おや？　おやおや」男は冷笑を浮かべている。「どうしてやろうか？」

威圧的に上段に構える敵を見やりながら、篤湖は相手が自分の背格好だけで判断し、こちらを侮っているのだと気づく。侍の思い上がりは、篤湖にとっては紛れもなく有利に働くはずだ。にもかかわらず、彼女は次の刹那で刺されそうになる。坊主頭は傲慢だが、少なくとも熟練した剣士だった。

上段の構えは、高いところから低いところへ向かって大きな打撃を与えるのに役立つと道場では習った。ところが男は、打ち下ろす途中で太刀筋を変え、横一文字に斬り放ったのだ。篤湖は相手の動きを見切れなかったが、咄嗟に槍を盾にした。反射神経も手伝ったものの、彼女の命を救ったのは運。刀の尖先（きっさき）が槍の柄の金具に当たった。その一撃の威力に篤湖は後ろに押し戻されたが、相手はそれ以上踏み込んでこない。篤湖の反応に驚いた彼は、大きく息を吸い込むと、刀を握り直した。

「悪くないな、小僧。普通、俺の攻撃に耐えられる奴はいないんだがな。頭領は時間を無駄にするなと言ったけれど、この良禎（よしさだ）様の秘技を見た者を生かしておくわけにはいかない。許せ。悪気はないんだ」

顔をしかめつつ、篤湖は防御の姿勢をとる。肩がひどく痛む。せめて刀があれば……自分の得意の武器であったら、この手強い戦士に対抗できたかもしれない――たぶん。だが、槍では到底勝ち目がなかった。それでも彼女は、槍の長さを利用して良禎との距離を開けようと懸命に試みる。しかし、ほとんど効果がなかった。相手は篤湖が守りに徹していることを見抜き、落胆の表情を浮かべた。

「もっと歯ごたえがある奴だと思ったんだが……。ここまで生き延びられたのは、単に運が良かっただけだな。さらばだ、小僧」

男が再び上段に構え、篤湖は必死に意識を集中させる。先ほどと同じ攻撃かと身構えたが、今度は普通の打撃だった。反応が遅れた篤湖が身を回転させようとするも、足がもつれて均衡が崩れてしまう。刃が胴衣を裂き、肌をかすめるのを感じながら、彼女は泥の中に仰向けで倒れ込んだ。その衝撃で武器を落とし、息を呑む。まだ生きている。だが、残された時間はあとどのくらいだろう？

「終わりにするとしよう。仲間を待たせているんでね」

言いながら良禎は地面に横たわっている相手に視線を落とす。そして胴衣が切り裂かれた篤湖を見た途端、目を丸くする。

「女？　おまえ、女なのか？」

篤湖の呼吸は整い、その手は槍の柄を探り当てた。そしてすかさず、困惑している良禎を横殴りする。熟練したこの侍は、おそらく様々な戦いの可能性を想定していたことだろう。しかし、この展開は予想していなかった。相手が少女だった事実に驚き、それを理解するのに時間がかかって飛び退くのが遅すぎた。鋼鉄が脛を強打し、彼は悲鳴を上げながら、後退りして体勢を崩した。敵とは異なり、篤湖は無駄口を叩いて挑発したり、自画自賛したりはしない。その隙を逃さず、まずは相手の腕を傷つけた。それから両手で、槍を男の胴に思い切り押し込んだ。良禎は瀕死の獣のような唸り声を上げ、腕の力だけで生き残れるかのように槍を摑んだ。だが次第に目の光は失われ、腕がだらんと落ちて彼は動かなくなった。

血塗れた胴衣はずたずただったが、自分はまだ生きている。篤湖は肩で息をしながら、しばらく倒れたままでいた。ようやく意識がはっきりした途端、はっとして飛び起きる。胸を隠さなければ……！　裂けた胴衣を帯でごまかし、事なきを得た。

やっとの思いで立ち上がり、良禎の刀を拾う。そして彼女は、再び戦場に戻っていった。

揖深は今の自分に満足していた。妹のおかげで、特別な立場にいることができる。茅野は評判が悪いかもしれないが、己を楽しませる術(すべ)を心得ていた。そのおかげで、どこよりもおいしい食事にありつける。何より、この任務が危険を伴わないのもいい。最初の戦地に着くまで、この任務にだけ携われるのなら、これ以上の幸運はないだろう。

大名が気前よく振る舞ってくれる酒も手伝って、幕舎の中は陽気な雰囲気に包まれている。酔っ払うほどではないが、皆の士気を高め、会話を弾ませるには十分な量だった。

「我々が勝利したら、どう祝う？」そう訊ねてきたのは、護衛のひとりで、口髭を生やした陽気な男だ。

「江戸の美しい外苑を散歩するんだ」揖深は夢見心地で返答をした。

その発言に座は爆笑に包まれ、彼は困惑する。「え？　何か変なこと言ったか？」

「なんでもない、なんでもない！　おぬしはまだ若いな。評判の高さゆえ、ときどきおぬしの年齢を忘れてしまうんだが」口髭の男が笑う。「だが、真面目な話、単なる庭園で勝利を祝いたい人間がいるとはね。竹や花に囲まれて、どんな女子と出会うのかな？」

「そうそう！」隣にいた、護衛の中で最年長の男が力強くうなずき、薄くなりかけた白髪を揺らした。「勝利は女と祝うべきだ。植物とではなくて！」

「しかし、美しい植物ならよかろう」今度は、茅野が茶化すように口を挟んだ。周りの笑いをさらに誘った大名は、満足げに座布団に身体を沈めた。

「花街には絶対に行くべきだ。まだ経験のないことは、想像もできないからな」

口髭の男の言葉に揖深は顔を赤らめ、場の空気を変える話題を探そうとした。そして、幕舎の中を見回すうちに、竹子の姿が目に留まる。部屋の片隅で一刻以上も座っていたのに、あまりに気配がしなかったので、彼女の存在を皆が忘れていたのだ。いつもの無表情さで、竹子はこちらの視線を受け止めた。揖深はさらに顔が赤くなるのを感じる。これは、女性が聞くべき会話ではない。幸い、妹は外にいる。きっと、厠(かわや)を掘る作業中だろう。

それにしても、あまりにも不公平だ。揖深は妹に思いを馳せながら考えた。篤湖は自分と同じ武家の人間だというのに、この待遇の大きな差に釈然としない何かを感じてしまう。もちろん、誰かが篤湖に軍に入ってくれと頼んだわけではないし、事情は複雑だ。自ら選んだ道の責任は、自分で負うしかないのだろう。

そのとき表でふいに悲鳴が響き、一瞬で室内の空気が凍りつく。

「何だ⁉ 何が起こっている？」茅野は、座布団から飛び上がらんばかりに驚いた。

口髭の男が陣幕の隙間から顔を出し、様子をうかがう。

「わかりません。喧嘩でもしてるのでしょうか……」

「何をもたもたしている？　さっさと見に行け！」

返事をする代わりに、その侍は固まった。次の瞬間、足と腕が人形のように折れ曲がり、首と胴が離ればなれになる。口髭をたくわえた頭は床を転がり、揖深の足元で止まった。凄まじい恐怖に襲われ、一気に口がからからになる。今ここで小便を漏らすわけにはいかない。揖深は必死に腹に力を入れていたが、斬首された頭から目を逸らすことができなかった。死体の濁った目が、こちらを非難するように凝視している。ほんの少し前まで冗談を言い合っていたのに、この男はもう誰かに触れることも、勝利を祝うこともない。

「おぬしら、大名を守れ！」茅野が叫ぶ。「わしを守るんじゃ！」

揖深は自分の身体が重くなるのを感じた。まるで水の中を進んでいるような感覚だ。刀に手をかけたものの、鞘から抜くという単純な動作さえ、途方もなく困難に思えた。周囲では、他の護衛たちが優美かつ的確な動きで戦っている。白髪の男は、もはや老人には見えず、経験豊富な殺し屋に変貌している。

しかし老獪な戦士であっても、一斉に繰り出される敵の攻撃を避けることはできなかった。襲撃者たちは、まるで何かに取り憑かれているかのように高笑いしながら刀を振り下ろし、白髪の護衛兵は三回斬られてくずおれた。

揖深は諦めたように刀を抜き、防御の構えをとる。今のところ、大名は目を閉じて神に祈っているが、命を落とすのは時間の問題だ。それでも、行動しなければならない。少なくとも、何かしているふりをしないと。どうせ、この攻撃は長くは続くまい。援軍はとっくにこちらに向かっているはずで、襲撃者たちはその全員を倒さない限り、脱出できない。希望はある。

だが揖深は、気づいていなかった。幕舎を守るべき他の者たちのほとんどが、恐怖で凍りついていたことを。

気持ちを奮い立たせ、彼はなんとか足を動かすことができた。この状況が長く続かぬことを願いながら、茅野の真正面に立つ。

「私を倒さない限り、大名様には指一本触れさせぬぞ」揖深は虚勢を張って宣言した。

「小僧、そいつはお安いご用だ」白髪の兵の身体から刀を引き抜くと、襲撃者は舌舐めずりをした。

一〇

野営地は完全に混沌と化し、日暮れ時の薄明かりの中では、敵味方の区別がつかなかった。篤湖は新しい刀の斬り癖を確かめながら、大名の幕舎へと疾走していく。この刀は持ち主の良禎の体格に合わせて作力されているようだ。それは刀の柄の太さからもわかった。扱いにくいほどではないが、普段とは少し握り方を変える必要がある。

幕舎の守りを任されていた兵士たちは、侵入者を迎え撃つため自分たちの持ち場を離れた。そして、その途中で逃げ惑う敵の歩兵たちに出くわした。当然ながら味方の兵士たちは、遁走する腰抜けを追いかけることになる。しかし、腕の立つ襲撃者たちは、陣地に残ったままだ。もし幕舎に着くのが遅すぎたら、とても自分を許すことはできない。走りながら、篤湖の喉から嗚咽が漏れそうになる。すすり泣きを押し殺しながら必死に足を駆り、速度を上げた。

恥ずかしながら彼女が思いを馳せたのは、守ると誓った大名ではなく、兄と竹子だった。万が一、彼らに何かあったら、あたしは――。

いや、そんな事態は絶対に起きない。彼女の指南役は無敵だった。だが、兄は？　彼があの日の出来事に影響されていなければいいのだが。もしも恐怖で麻痺していたとしたら……。

篤湖が幕舎にたどり着くと、ちょうど竹子が陣幕の出入り口から飛び出してきた。周囲から振り下ろされる敵の鋼の刃を薙刀で受け止めている。竹子を追い詰めようとしたふたりの侍は、己の腕を失わないよう、後退りを余儀なくされた。

「おい、雅治郎（まさじろう）。こいつ、女にしては上出来だな」一方がにやりと笑う。

「相手が誰であれ、見事だ」雅治郎と呼ばれた独特の髪型の男が刀を構え直し、仲間をたしなめた。「女だからと侮るな」

普段であれば、篤湖はこのような発言を喜んだだろう。しかし今、その発言によって敵はさらに危険な存在と化した。竹子の実力を正しく認識した彼らはより慎重になり、全力で立ち向かってくるに違いない。篤湖がここに来る前の戦いで生き延びられたのは、相手がこちらを甘く見ており、彼女の正体に驚いたからだ。それと同じ展開は期待できない。

突進する進路を変えることなく、篤湖は刀の先を雅治郎の背中に向け、一気に貫通させようとした。だが男は、まるで彼女の剣が風になびく葦であるかのごとく、労せずしてその攻撃を防いでしまう。

そして刃を薙ぐまでもなく、こちらの動きを見切って、手のひらで篤湖を軽く押したのだ。その単純なひと押しで均衡が崩れ、彼女は不格好なほどにふらついた。危うく転ぶところだったが、ぎりぎりのところで足を踏ん張って体勢を立て直す。いとも簡単に倒れそうになった自分に腹を立てつつ、唸りながら敵と向き合う。

「おい、西津。見ろよ、また女だ」雅治郎が面白がって笑い声を立てた。「今度は変装してるぞ」

「何を言っている？」西津が言い返す。「そいつは男だ！」

「目があっても、見えてはいない――」雅治郎が唐突にそう口にした。「キリスト教の宣教師から聞いた言葉だ」

「あんたの身の上話はどうだっていい。さっさとこいつらを片づけて、正宗を手に入れよう」

言葉を返すと同時に、西津は低く短い突きで陽動を図って竹子を後退させた。彼の作戦は、経験の浅い相手になら成功しただろう。竹子は西津の巧みな攻めで陣幕の中に押し込まれそうになったが、ひらりと身をかわして踏み留まる。彼女は知っていた。時間の経過が自分たちに有利に働くことを――。

「おまえときたら、女を侮辱してばかりだな」雅治郎は呆れたように首を振り、再び身構え直した。「西津、だから誰にも見向きもされないんだぞ。女子は拙者のような男に惹かれるんだ。真面目な話、女たちよ。相手を選ぶとしたら、我々ふたりのどっちがいい？」

雅治郎はこちらを斬り殺そうとしているとは思えない、親しみやすい口調で話しかけてきた。はからずも、その気さくな笑顔に油断しそうになる。しかし、唇の端にちらりと浮かんだ薄笑いから彼の本性が透けて見え、ぞっとした篤湖は反射的に飛び退いた。間一髪だった。雅治郎の目にも留まらぬひと振りが、彼女の髪を束で切り落としたのだ。目の前の浪人は、すでに姿勢を正している。恐ろしいほどの俊敏さ。もしかしたら揖深(いぶか)よりも動きが速かったかもしれない。そんな浪人がいるなんて――。心臓の鼓動が激しくなり、手のひらが汗ばむ。落ち着けと己に言い聞かせて、彼女は防御の体勢に戻った。

「西津、見たか。こやつは拙者の攻撃から生き延びたぞ。だから侮るなと言っただろ」

当の西津は竹子の猛攻を防ぐのに精一杯で、何も答えられない。攻めに転じた彼女は、刃部が霞んで見えないほど凄まじい速さで薙刀を回転させた。武器の長さを利用し、竹子は敵の足、次に頭、そして胴を正確かつ冷酷に狙っていく。とはいえ、相手も簡単にやられる標的ではなかった。このような戦士との戦いに慣れていなかったとはいえ、まだ一度も刃に当たっていない。顔を強張らせて舌を出し、竹子の周りを舞うようにして、その攻撃全てを防いでいる。他の連中とは異なり、彼は両手に武器を持って戦っていた。まるで魔法でも使っているかのような、脇差での防御が見事だ。毎回、鎬(しのぎ)で薙刀の刃を受け流し、髪の毛一本ほどの僅差で竹子の攻めをかわし続けている。

一歩後ろに下がった西津は、武器を空中でくるりと回し、満足げな笑みを浮かべた。

「おぬしはすごい、それは認めよう。だが、わしには及ばない。最後に立っているのはわしだ」

相手の挑発を受け、竹子は軽蔑と怒りを込めて返す。「大口を叩く奴ほど、肝っ玉は小さいのよ」

篤湖はというと、しばし雅治郎と鋼をぶつけ合っていたが、どちらも優位に立つことはできなかった。瞬く間の戦いではあったが、天地がひっくり返るまで永遠に続くようにも感じられる。良禎との決闘から息つく暇もなく刀を振るい続け、篤湖は集中力を失いかけていた。目の前の雅治郎は、相変わらず爽やかな笑顔を見せ、余裕綽々だ。

彼女の反撃で後退させられながらも「お見事！」と、褒め称えてくる。「なんという華麗な太刀捌き！」

篤湖が彼の攻撃を防御するなり、「並々ならぬ腕前！」と、口笛を吹きながら絶賛する。「答えは聞くまでもないが、敢えて問おう。寝返る気はないか？　喜んで弟子として迎え入れよう」

彼女は何も答えず、必死に息を継いだ。敵は腕の長さも相まって、わずかながら間合いがこちらより上回っており、動きも一瞬速かった。この男の防御を破るのは不可能だ。援軍は近くまで来ているに違いない。しかし、雅治郎にこうして翻弄されている間、自分は大名の側にはいないのだ。幕舎の中で何が起こっているのかわからない。もしかしたら、茅野(かやの)は身体を斬り裂かれている最中なのかもしれない。篤湖は危険を承知で陣幕の方を一瞥した。ひゅんと敵の刀が振り下ろされ、危うく喉を掻っ切られるところだった。その刃は、頸動脈のすぐ横をかすめた。

「おいおい、そんなふうに拙者を見くびらない方がいいぞ。手合わせの途中で目を離すのは良くな――」攻めに転じた侍は篤湖をいさめようとしたが、ふいに衝撃を感じ、言葉を遮られた。陣幕の布地を突き破って飛び出してきた揖深が、雅治郎の背後から激突したのだ。男は驚くべき反射神経で両手を地面に着き、転倒を防いだ。だが、刀を握る手が緩んでしまう。

今だ！　防御手段がない敵の首を狙い、篤湖は一気に斬りつけた。雅治郎の目を見ると、彼は悲しげに微笑んだ。あたかも、この戦いがかくも拍子抜けな形で幕を閉じたことを悔やんでいるかのように。

篤湖は刀を振り上げ、咄嗟に機転を利かせた。地面に倒れた敵にとどめを刺す代わりに、身を翻し、竹子の猛然たる斬撃に応戦中の西津の背中を叩き斬ったのだ。

鋭い刃が無防備な脇腹に突き刺さり、敵は驚きのあまり口をあんぐりと開けた。最後に暴言を吐くこともなく、西津は静かに崩れ落ちた。

とどめを刺されなかった雅治郎は隙を突いて、なんとか立ち上がった。一瞥を仲間の亡骸に投げてから、迫りくるふたりの女を見据える。同時に、地面から起き上がろうと哀れに奮闘する若い青年の姿も視界に入った。

「武士たる者、己の敗北を知る。また、己の命を救った者を忘れず」雅治郎はそうつぶやくや、すばやく後方に飛び退いた。

竹子は最後の攻撃に備えて咄嗟に身構え、そのため貴重な一秒を失った。敵を追いかけることができたのに！　雅治郎は鞍にしがみつき、馬の腹を蹴る。そして、行く手を遮る者たちを斬り倒しながら、暗闇に消え去った。

唖然として見送る竹子と篤湖の背後に新たな敵が現れる。幕舎から揖深を蹴り出した浪人だ。


信亮は苦戦を予想していたが、大名の護衛は意外なほど手応えがなかった。目の前にいるのは、でっぷりと肥えた大名のみ。もはや正宗は手にしたも同然だ。ふいに、このまま伝説の刀を自分のものにし、誰も知らない辺境の地に逃げてしまいたいという衝動に駆られる。

そこへロイドが幕舎に現れ、叛心の思いは地に落ちた砂のごとく消え去った。

「殺さないでくれ」大名は懇願して頭を床にこすりつけた。「欲しいものは何でもくれてやる！　金も、情報も――」

「欲しいのは、そなたの刀だ」テンプル騎士は答えた。

「も、もちろんだとも！　ほら、ここに――」

茅野の言葉は唐突に途切れた。このイギリス人の一撃が大名の額を両断し、脳漿が飛び散る。

「臆病者は嫌いだ」ロイドはそう吐き捨て、正宗を奪い取って腰に差した。「よくもまあ、こんな奴がこれほどの芸術品を長い間持っていられたものだ」

そして彼の視線は、部屋の隅で縮こまっている若造に向けられた。両腕で身体を包み、がたがたと震えている。ロイドの嫌悪感はこの上ないほどに膨れ上がった。

「ここにも臆病者の格好の見本がいるぞ。しかし、今日は十分、刀を血で汚した。信亮、この小僧はおまえに任せよう」

信亮は素直にうなずき、刀を振り上げた。だが、その心中は複雑だった。正宗を目の前にして、自分のものにできない歯痒さ。片手で事足りるほどの腰抜けの始末を任される屈辱。彼は鬱憤を晴らす必要があった。おもむろに、臆病者の肩を摑み、身体の向きを変えさせて思い切り背中を蹴り上げる。勢いづいた若造は、陣幕の隙間から転げるように飛び出していく。

さて、どんなふうにして殺してやろうか。ところが、陣幕の外へ出た途端、信亮は若い娘ふたりと顔を合わせた。どちらもひどく不機嫌そうな面持ちをしていた。

⩓

任務は完璧に遂行された。作戦開始から三分も経過していない。そろそろ撤退戦を始める時間だ。大名は死に、自分が正宗を腰に差している。ロイドは有頂天だった。

幕舎の外には西津の死体が横たわっていたが、ロイドの高揚した気分は損なわれない。こちら側も無傷で済むとは思っていなかった。この程度の損失ならば想定の範囲内だ。信亮はふたりの相手と対戦し、苦戦しているようだった。とはいえ、もはやそれは問題ではない。彼が生きようが死のうが、任務は成功したのだから。

あと少しで馬をつないでおいた場所に着く。多少土埃に覆われているだろうが問題ない。このまま馬にまたがることができれば、最初の銃声が鳴り響く前に野営地から脱出できるはずだ。ロイドがそちらに向かおうとした矢先、先ほどの臆病者の若侍が馬の前にいるのに気づいた。顔は無表情だが、全身を震わせている。

「おまえを殺せと、信亮に命じたと思ったんだが」英国人は苦々しくつぶやいた。

すかさず少年の側に移動し、彼は腹に強烈な一撃を加えようとした。その一撃が命中すれば、たちまち内臓を露出させるが、血を空っぽにするのに時間がかかる。絶命まで計り知れない苦痛を与えるのだ。臆病者はまともな死に値しない。

ところが、少年の刀はロイドの強烈な一打を防いだ。攻撃は失敗したのだ。テンプル騎士は顔をしかめる。何が起きた？

馬を目の前に少し焦りすぎたか……。次はそうはいかないぞ。ロイドが再び攻撃を仕掛ける。

今度は本気で殺すつもりだった。確実に致命傷を与える喉へのひと突きが、無駄のない動きで繰り出された。

だが、なんということだろう。再び相手の刀に妨げられ、渾身の一撃は不発に終わる。一度目は偶然だったかもしれない。しかし二度目となると、それは通常、凡人の中には存在しないような反射神経と才能を必要とする。

「おぬし、何者だ⁉」ロイドは信じられないという面持ちで問いただした。

少年は何も答えない。恐ろしさのあまり言葉を発することもできないのか。この臆病者は刀を前にして、力なく構えている。防御の構えをとろうともしない。

ロイドは長い間、テンプル騎士団で剣の修練を積み、戦いには冷静さが必要だと知っていた。怒り、憎しみ、そして恐怖は、反射神経と先読みの能力を鈍らせる、と。目の前にいるような恐怖で腰抜けになった者が、自分の打撃を防ぐなどあり得ない。だとすれば、答えはひとつしかない。こいつは優れた剣士ということだ。

相手を観察しようとして、ロイドは瞬きをした。俄然、興味を覚えたのだ。血が滾るのがわかる。高揚感が全身に広がって時間の流れを緩やかにし、彼の視覚を研ぎ澄まさせる。刀を立てて頭の右側に寄せたロイドは、これまでの戦で幾度となく己に勝利をもたらした八相の構えをとった。斜めに振り下ろされる刀は、とてつもなく速く、強力ゆえ、たとえ攻撃を予想していた相手でさえ防ぐことができなかった。目の前の侍は瞳孔が開き、顔面蒼白で、汗が滴り落ちていた。こんな若造など、脅威でもなんでもない。ライオンに睨まれたウサギも同然だ。

しかしながら、このテンプル騎士は危険を冒すことを望まなかった。背中と足を使い、渾身の力を攻撃に込める。ほとんどの日本の男を凌ぐ体軀で、筋肉質であるがゆえ、彼は数々の敵を圧倒してきた。想像を超える力の前では防御も意味をなさない。そうやってバランスを崩した相手を切り倒してきたのだ。

だが、目前の臆病者はリズミカルに後退りしながら、信じ難いほどの巧みさでロイドの刀に対応し、絶妙に刃を制している。ほんの一瞬、それ以上でもそれ以下でもない刹那、図らずも、自分が無防備な状態になっていることを悟る。相手が前に武器を突き出せば、ロイドの心臓は打ち抜かれるだろう。

ところが少年は相変わらず防御の姿勢をとり、それ以上斬り込んでこない。ようやくロイドは目の前の若き侍がただの臆病者ではないことを理解した。だが、いつまでも彼と遊んでいる時間はない。ロイドが手を焼いているうちに、兵士たちがこちらを捕らえようと四方から近づいてくる。彼らは目を見開き、あんぐりと口を開けている。素人の戦士たちにも、達人同士が戦っていると理解できたようだ。

「いつかまた会おう、小僧」英国人は言い放った。「それまでの間、もっと強くなっておけ。次は手加減しないぞ」

　ロイドは後方に走り、進路を遮るひとりを斬り倒し、もうひとりの兵士を股から頭にかけて真っ二つに斬り裂いた。そして周囲が茫然としている間隙を利用して、馬の手綱を掴む。

　そのときだった、篤湖が刀を振り上げて彼の背中に飛びかかったのは。勘が鋭いロイドは背後からの攻撃を察知し、刃が振り下ろされる直前に左手を繰り出した。左の拳が篤湖の喉を突き、息を詰まらせた彼女は後ろに倒れていく。ロイドはすかさず馬の背中にまたがった。

　後ろを一瞥して状況を確認したが、すでにわかりきっていた展開だった。信亮は、女子ふたりとの戦いに生き残れず、骸が地面に横たわっている。想定内の損失。すでに予想がついていた結果だ。彼は馬を駆り、一路、野営地の端へ向かった。幸いなことに、防御用の柵も土塁もまだ未完成で、辺りは混沌としている。これなら楽々脱出できそうだ。

　銃で武装した兵士たちを目にし、ロイドは顔をしかめた。だがこいつらは、何が起こっているのか理解するのにまだまだ時間がかかるだろう。標的を狙う頃には、自分はかなりの距離を稼いでいるはずだ。案の定、最初の銃弾は、彼から遠く離れたところを通過し、二発目もよける必要がなかった。そして三発目は、彼が森の比較的安全な地点にたどり着いたとき、木々の間を抜けて消えていった
　彼は勝ったのだ。要塞化された野営地を制し、敵の反撃に打ち克った。あの大名は死に、武蔵(むさし)

の刀は彼の手中にある。テンプル騎士団は喜ぶだろう。

ところが、腰に手を当てた瞬間、勝利の笑みが憤怒で歪んだ表情に変わる。

混乱の最中、彼は腰に差していたはずの正宗を失っていたのだ。


ゆっくりと揖深の感覚が戻ってきた。まるで悪夢の中にいるかのように感じており、現実なのか虚構なのか説明ができない。自分は本当に戦ったのか？　恐ろしい形相の男が目の前にぬっと現れたのは覚えているし、どうやって生き延びたのかも記憶にある。それにしても、あの敵は、かなりの手練れだった。完全防御の体勢でも、何度も危うく攻撃が命中しそうになった。

これが戦なのか？　あの日の丘での出来事より、はるかに恐ろしかった。あまりにも大勢の死、あまりにも多量の血。どちらを向いても、死体しか見えない。野営地を襲撃した浪人たちのものもあったが、それよりずっと多かったのは、友や同僚の亡骸だ。

妹もここにいたはず！　そう思い出した彼は「篤湖」と、かすれた声で呼んだ。

守ると約束したのに。なんて愚かなんだ！　万が一、篤湖が死んでしまったら、自分を許せるわけがない。父上に何と言えばいいのだ？

「あたしはここによ」ふいに隣で声がした。

はっとして振り向くと、彼女は傍らに立っていた。頭からつま先まで血にまみれ、その姿はまるで殺人鬼だ。声はがらがらで、目が腫れ上がり、喉をさすりながらしかめ面をしている。だが、妹は生きていた。その事実が何よりも重要だった。

「相変わらず臆病者ね」篤湖が口を尖らせて言う。「でも今回は、少なくとも役に立ったわ。逃げ出そうとしてた大男の敵を足止めしてくれた。おかげで取り戻せた物を見て！」

痛みで顔をひきつらせながらも、妹は勝利の笑みを浮かべ、正宗を掲げて見せた。ロイドの背中に飛び乗ったときに、奪い取ったらしい。揖深は刀がなくなっていた事実に気づかなかったし、篤湖は大名を守れなかった。しかし少なくとも、名刀は死守できたようだ。

竹子は、それが最も重要なことだと告げた。

揖深は恭しくその武器を手に取り、吟味する。

「これが奴らの目的だったのか」小さくつぶやく。「たったひと振りの刀のために、軍勢全体に襲いかかるとは……」

彼は周囲から迫りくる叫び声に気づき、言葉を途中で切った。会津の大名が、精鋭の兵士と銃を構えた鉄砲隊を従えて、ようやく現場に到着したのだ。

「何があった？」松平容保(まつだいらかたもり)は大声で問い、鎧を着て腕を組んだ若い男を見やった。「司馬(しば)揖深、教えてくれ。どんな細かいこともだぞ」容保はそこでひと息つき、周囲を見回した。「ところで、大名の茅野殿はどこだ？」

揖深は開きかけた口を閉じた。何と答えたらいいのだろう？　容保を納得させられる答えが思いつかない。自分は全てにおいて失敗した。皆に、己の臆病さを露呈してしまった。今回ばかりはおしまいだ。恥辱を受けて家に戻されるだろう。自害を命じられなければ……の話だが。

すると、誰かが背後から声を上げる。それは、戦いの様子を目撃していたひとりだった。

「揖深は英雄です！　敵の頭を止めたのは、彼です。武蔵の名に恥じない見事な戦いぶりでした！」

「彼の刀捌きは風よりも速かった！」別の兵士が目を輝かせながら訴える。「反撃するまでもなく、圧倒された敵は尻尾を巻いて逃げ出したんですから！」

「幕舎を襲って死んだ敵の武士たちの死体を見てください。揖深の活躍は見事でした！」

「敵が奪おうとした正宗を取り返したんですよ」他の者が明かした。「ほら、今、彼が手に持っています」

揖深は茫然とし、ロイドとの戦いを見ていた兵士たちを見回した。隣では、妹が目を伏せている。その表情からは何も読み取れない。

若き侍は容保の前にひざまずいた。

「容保殿、私の振る舞いは許しがたいものです。私は茅野殿の警護を任されていましたが、約束を果たせませんでした。茅野殿は、襲撃者の刃を幾度となく受けられ、命を落とされました。私はどんな罰でも受ける覚悟ができております」

大名は死体で埋め尽くされた戦場を見渡し、それから、自分の前でひざまずく少年に視線を落とした。守るべき主人が死んだ。それは看過できない。しかし、容保は公正な男であった。目前の旗本が立ち上がるのを助けようと手を差し伸べたとき、彼の声は震えていた。

「そなたは自分よりはるかに強い力と戦った。そして、多くの犠牲者が出た。司馬揖深、そなたは、茅野家代々の正宗を取り戻すことに成功し、敵の首領を追い払った。そなたでなければできなかったことだ」容保は褒め称え、さらに言葉を続けた。「高名な大名の死に関して、そなたには責任がないと確信した。今ここに宣言する。そなたは英雄として行動した。そなたの勇気ある行いは、現世でも来世でも、その正当な価値に応じて報われる。立つのだ、我が友、我が戦友よ。わしの幕舎に来るがよい。茅野殿の近しい者たちとともに、彼の思い出に敬意を表そう」

揖深は信じられない思いで立ち上がった。篤湖は隣で歯を食いしばっている。

竹子は何か言いたげな表情のまま、少し離れた場所で見守っていた。

一一

その地図は、朝廷でも名の知れた画家のひとりによって描かれた見事なもので、色彩で調べを奏でているようだった。川の青と森の深緑が際立つ中、都周辺の耕作地の明るい緑が一層映えている。四隅では龍が雲間をうねり、海には異形の生物が息づいていた。

しかし一番目を引いたのは、地図ではなく、精密な立体模型の小さな人形たちである。

それぞれが異なる兵の役割を表しており、どれも姿が違う。手作業で仕上げられたそれらは、几帳面なほどに細部まで贅沢に作り込まれている。勇ましく刀を振り上げる武者もいれば、今にも敵に斬りかからんばかりの構えを見せる侍もいた。大きすぎる鎧を身に着ける痩せすぎの槍の使い手。火縄銃に火薬を込める足軽。号を出す武将。馬に拍車をかける騎馬武者。大砲に装塡する砲術師。実に種々様々な兵の人形が並んでいる。

ところが睦仁天皇は、この芸術作品に心を動かされることはなかった。彼の気を引いたのは、視界に入る軍隊の不均衡だけだったのだ。敵軍の兵が一五〇〇〇人以上いたのに対し、こちらはわずか五〇〇〇人。個々の人形がいくら精巧でも、その事実を隠すことはできなかった。

「高松、会津、伊予松山、桑名……みんな裏切り者だ。どうして私はこれほど長い間、事態を正しく認識できていなかったのだろう？　徳川がまだ江戸に住んでいるうちに処刑すべきだった。彼を追放したに留めたせいで、軍隊を集めさせる好機を与えてしまった」

「陛下がそのようなことをしていれば、彼は民心を集める義士となっていたでしょう」ハリー・パークスは落ち着いた口調で言った。「もちろん、一部の者は陛下の毅然とした対応を称賛したでしょう。しかし、ほとんどの大名は、次は己が標的になるのではないかと、危惧したに違いありません。おそらく、もっと深刻な反乱が引き起こされる結果になった可能性があります。少なくとも、徳川が自ら行動を起こしたことで、陛下にとって優位な状況が生まれました。暴君のように見られる恐れなく、平然と彼に立ち向かうことができるのです」

「平然と立ち向かうだと？」睦仁は、武士の人形をいじりながら繰り返した。「敵の数は、こちらの三倍だぞ！　我々は虐殺されてしまう！」

「軍隊の力は兵の数だけでは決まりません。古代ギリシアのアレキサンダー大王は、ガウガメラの戦いで自軍の五倍規模のペルシア軍を相手にしました。フランス帝国のルイ＝ニコラ・ダヴー元帥は、二倍以上の兵力を持つプロイセン王国軍を破っています。仏国人を賞賛したくはないのですが、これはまごうことなき事実です」

「確かに事実かもしれんが、例外中の例外ゆえ、すぐに思いついたのであろう」睦仁は不機嫌そうに返す。「通常なら、そうした兵力差は克服できない」

「ご自分を過小評価しないでください」パークスは訴える。「徳川の兵は、ほとんどが急ごしらえの徴集兵で、農民に槍や武器を手渡しただけです。確かに数は多いですが、少しでも状況が不利になれば、大半は逃げ出すでしょう」

「我々は英国民とは違う」睦仁は反駁した。「敵前逃亡は許されぬ。農民でも逃げ出して名誉を損なうくらいなら、討ち死にした方がましだと考えるはず」

「結局のところ、連中は死ぬことになるというわけですね」パークスは、眼鏡を丁寧に磨きながら言った。「この着色された小さな人形から見えてこないのは、兵たちの経験や装備する武器の違いです。陛下側についている長州藩や薩摩藩は、小銃や大砲を十分に装備している。どちらの武器も我々英国が提供し、使い方の訓練も施しました。私は侍の剣術の才能には最大の敬意を払いますが、賭けるとしたら、銃や大砲を持つ側を必ず選びますね」

天皇は顔をしかめ、もう一度地図を見た。パークスとて、彼を責めることはできない。天皇はまだ若く、適切に配置された大砲の破壊力を自身の目で見た経験がないのだ。もちろん、欧米の艦隊による日本の港の砲撃事件については聞かされていただろう。しかし、話を聞くことと、実際に目にすることは全くの別物だ。

世の中は変わりつつある。それが真実だ。何世紀にもわたって、欧州の戦場では騎士が支配的な存在であった。ところがクレシーの戦いで仏国が英国軍に敗北し、鉄製の鎧を着ていても、長弓による集中攻撃には敵わないという事実が証明された。それは、日本の武士とて同じ。リボルバーや小銃、さらには大砲に対して、刀が何の役に立つというのか？　侍の時代は終わりに近づいている。

徳川の軍勢も、まもなくそれを思い知るだろう。

パークスが侍の人形を手に取るや、はっと息を呑んだ。人形が持つ小さな脇差の鋒が、彼の親指を切ったのだ。真っ赤な血の滴が染み出し、睦仁天皇は子供のように笑い出した。

「公使、気をつけるんだな。我々の武士は、そなたが思う以上に危険な存在だ」

埃にまみれてようやく江戸に戻ったロイドは、殺気立っていた。任務に失敗することは滅多にない。今回の任務は特に重要だった。あんなふうに正宗を失うなど、全く馬鹿げている。戦いで殺されることも、多数の軍勢を前にして退却しなければならないことも受け入れられる。だが、こちらが気づかぬうちに、ただの子供に刀を盗まれてしまうとは、己の自尊心が許さない。

殺すために刀を振るった一撃を、事もなげに防がれたようなものだ。戦いがあと数秒続いていたら、間違いなく血で血を洗う結果になっただろう。しかし、そんなふうに考えるのは、自己憐憫に過ぎない。

怒りがそのまま顔に出ていたのだろう。というのも、ロイドが江戸城を横切って自分の宿舎に着くまで、誰も声をかけてこなかったからだ。パークスもまだ天皇と謁見中だろうから、翌朝までロイドを訪ねてこないだろう。

ところが、ロイドが自身の執務室に到着した途端、衛兵が急ぎ足で近づいてきた。

「実は、お伝えすることが……」

「落ち着け。悪い知らせは少し待ってくれ。風呂に入って、道中の埃を落としたいんだ」

「ですが……」

肘掛け椅子に座る細いシルエットが目に留まり、彼は衛兵が何を言おうとしているのかを理解した。気を落ち着けたいという考えは、たちまち頭から消えてしまう。

「ご来客です」弱々しくそう告げて、衛兵は頭を下げた。

苛立ったロイドは手を振って衛兵を追払い、執務室に入ると、後ろ手に扉を閉めた。

「こんなに早くお会いするとは思いませんでした」

「私としても、君の帰りがこんなに遅いとは思わなかったよ」相手は冷ややかに返した。「正宗はどこだ?」

「複雑な事情がありまして……」

「複雑な事情？　そんなことはいつものことだ。いいから私の質問に答えてくれ」

ロイドは尋問を好まない。彼はテンプル騎士団の思想を信じていた。それは慈悲深く、父性に富んだ指導のもと、全ての大陸で、文明の進化を可能にする完璧な秩序を作り出すという考えであった。この崇高な理想を実現するためなら、彼は何でも成し遂げる覚悟ができていた。しかし、だからといって組織の厳格な階級構造が過度に抑圧的になると、どうしても上の人間や組織に激しい怒りや反発心を覚えるのを止められなくなるのだ。この客人は、己の命を懸けて戦ったことなどないだろう。その才能は、むしろ陰謀や政治の分野に適しているからだ。とはいえ相手は、ロイドを見下すのをやめない。こちらが一瞬でその身体を真っ二つにできるほどの凄腕剣士にもかかわらず、だ。

「正宗は手元にありません」歯ぎしりをする思いで、ロイドは告げた。「ですが、大名の茅野は死にました」

「それでは、我々の計画が進まないではないか」相手が鋭く指摘する。「茅野は何の実権も持たぬ落ちぶれた大名に過ぎない。大切な刀を失ったことは、彼にとって致命的な打撃だっただろう。これで茅野の席に後継者が座ることになるが、その継ぎ手は有能で手強い存在かもしれぬ」

「それが問題ですか？　我々は彼の旗本たちを殺し、兵を散らした。斉郷の藩は立ち直れないはずです」

「わからないのか、ロイド？」見えはしないが、男の顔が厳しさを増したのは想像に難くない。「君の言う通りだとすれば、彼の家門が崩壊したことになる。だが、宮本武蔵の刀を守れなくなり、もっと野心的な別の大名に刀を譲ったとしたらどうなる？　刀はより厳重に守られるようになるだろう。我々には、あの美術品を手に入れるチャンスがあったのに、君はそれを逃してしまった。騎士団の重鎮たちは喜ばないだろうな」

この結果に不満があるなら、自分たちで戦場にいけばいい。やれるものなら、やってみろ！　ロイドは思わず声に出して答えそうになる。だが、その前に憤りをぐっと抑え、不平の言葉を呑み込んだ。

かつてのテンプル騎士団は、自らの信念のために十字軍に参加し、聖戦に赴くことを恐れない偉大な戦士たちが集っていた。ところが、最近はどうだろうか。炉の中に長く放置された刃物のように、鈍ってしまっている。ヨーロッパの要塞に安住すればするほど、彼らは現実の世界を見失うのだ。

ロイドは衝動的ではあったが、愚かではない。余計なことは口にせず、「団からの指示は何ですか？」とだけ訊ねた。

使者は微笑んだ。

「全てが失われたわけでない。天皇は君を賞賛し、公使と頻繁に会っている。徳川は将軍の職を解かれ、日本は近代化に向かって驀進するだろう。ただ、正宗の件の失態を挽回するには、あとひとつだけやることがある」

「というと？」

「この戦争に勝利し、将軍の軍勢を粉砕することだ」

篤湖は、人生で最も恐ろしい夜を生き抜いた。これまでに立ち向かったどんな相手よりも意志が強く、優れた腕前の敵たちと戦い、目の前で兵士が何人も殺されるのを見た。そして、自分が守ると誓った大名の血の中を滑りながら歩いたというのに、夜が明けると何も変わっていなかった。

軍は何ごともなかったかのように行軍を続けた。兵士たちは遺体を運び出したが、地面に残る大きな血溜まりを消し去ろうという考えは、誰の頭にも浮かばなかったらしい。むしろ野営地を襲った暴力の記録として、そのまま残しておきたいかのようだった。

結局のところ、唯一大きく違ったのは、守るべき大名を失い、足軽の森泰輔に逆戻りしたことだ。任を解かれた篤湖は通常の部隊に戻され、そこで質問責めに遭った。

「で、一体何があった？　誰も教えてくれないんだよ」

「野営地が襲撃されたって、本当かい？」

「敵は一〇〇人以上いたらしいな！」

「奴らの目的は何だったんだ？　彼らに勝ち目はなかったんだろ！」

「おまえも戦ったのか？」

「どうやって生き延びた？」

「おい、認めろよ。怖かったんだろ？　小便、漏らしたか？」

「司馬揖深のこと、教えてくれ。見事な活躍だったたっていう話だ」

「たったひとりで四人を相手に戦ったんだってな！」

「こうやって首をずばっと斬って、斬って、斬りまくったんだろうなあ！」

篤湖は歯を食いしばり、作り笑いをして、何が起こったかを彼女なりに精一杯説明した。自分がふたりの侍を倒したと明かすと、仲間たちはじっと彼女を見つめた後、同情するように「そうかそうか」とうなずいた。もうやめよう。馬鹿みたい。誰も自分の話を信じなかったし、そんなことはどうでもよかったのだ。

しかし、陣営内に広まった兄についての噂は、篤湖を悩ませるだけだった。もちろん、認めざるを得ない。鬼のように恐ろしい異人の攻撃を防いでいるときの揖深の姿は、本当に印象的だった。だが、恐怖を克服することも、茫然自失状態から脱することもできず、磨き抜かれた剣の腕は実戦ではほぼ役に立たなかった。それでも、誰もが彼を賞賛し、英雄として戦ったと思い込んでいたのだ。彼の伝説はますます広がっていき、誰もが揖深の名前を口にするようになっていた。

正宗は大名の松平容保の手元に渡り、今は彼が肌身離さず身に着けている。容保が正宗を所有する権利に異議を唱える者はいなかったものの、彼は徳川将軍に面会し、祝福を仰ぐと言い張った。容保は、それが武蔵のものだとは知らなかった。彼は茅野とは異なり、実権を握っていた。はるかに大勢の部下を持ち、高い地位を有し、優れた戦術眼の持ち主である。いかなる侍の集団も、陣営に潜入して正宗を奪うことはできないだろう。

部隊で再び自分の居場所を見つけた今、篤湖が兄と会う機会はほとんどない。とはいえ、他の者たちの目を盗み、竹子と一緒に過ごすことはあった。誰にも気づかれずに彼女と落ち合うことも、日々の鍛錬のひとつとなる。

休憩時間に抜け出す言い訳がだんだんと上手になり、隊列の反対側を通り抜けて自然の中に消える行動も達者になっていく。かつてはこっそり用を足しに行くだけでもかなり苦労していたが、今では驚くほど容易に周囲の光景に溶け込めるようになった。

子供時代に受けていた訓練のおかげで、篤湖の身体は十二分に柔軟であったが、竹子はもっと柔軟になる必要があると言う。たわいもなく体を動かし、筋肉の柔軟性を高め、会話をしながらどんどん強度を上げていく。篤湖が苦労していた曲線的な姿勢は、訓練を積むにつれて要求される水準が上がり、同時に行軍による疲労も重なって、さらに困難なものになっていった。

「兄君をどう思ってるの？」

ある夜、四つん這いになって首筋の汗を拭いながら、竹子がそう訊いてきた。

予期せぬ質問に即答できず、篤湖は曖昧にうなずくしかない。

「言いたくないってことかしら？」

「変に誤解してほしくないんです。なんていうか、簡単には説明できないけど……兄は才能にあふれていて、信じられないくらい腕が立つ。でも、それだけじゃなくて……」

「――勇気のかけらもない」竹子は篤湖の言葉を継ぎ、驚く相手に微笑みかけた。「私も戦いの場にいたのよ？　覚えてるでしょう？　彼の行動というか行動しない姿を見たわ。私ひとりの判断だったら、彼の臆病さを上官に伝えたでしょうね。でも、黙ってた。それが彼にとってどんなに役に立ったか、わかる？　今や彼は生きる伝説よ」

「あたしの考えをすでに知っていたなら、なぜ質問したんですか？」

竹子は腕を組んで横になり、夜空で瞬く星を眺めた。

「この先どんなことがあっても、彼を大切に思うあなたの気持ちは変わらない。そのことを確かめておきたかっただけよ。そうじゃなかったら、あなたはここにいなかったでしょう？　あなたは冒険を夢見ていたけど、彼が徴兵されなかったら、最初の一歩を踏み出すことはなかったはずよ。私があなたを最大限に活かすためには、あなたの動機を知る必要があるの。それだけよ」

「私を最大限に活かす？」篤湖も横になり、竹子の言葉を繰り返した。「あたしはあなたにとってそれだけの存在なんですか？」

竹子の頬が緩む。

「私たちの間にそれ以外の関係を望んでるわけ？」

「それ以外の関係？　例えば……？　あっ！」意図せず匂わせてしまったことを察し、篤湖は息を呑んだ。「違います、違います！　ごめんなさい、そういう意味じゃなくて。ただ、あたしがただの道具みたいに言われている気がしただけです。正しい方向に狙いを定めればいいだけの武器っていうか……」

「そっか。残念」竹子は優しくつぶやいた。「あなたがそういう意味で言ってたんじゃなくて。でも、そうよ。あなたは道具。私と同じようにね」小さく息を吐き、竹子はさらに続けた。「私たちは、自分たちをはるかに超えた力のために働いている。私たちに求められるのは、この国の人たちの平和と幸福に貢献することで、私は自分たちの行動が良い結果をもたらすことを願ってる。なぜなら、行動には責任が伴うから。兄君にも聞いてみるといいわ」

篤湖は眉間に皺を寄せた。

「どういう意味です？」

「彼は、他の人たちにとって半分神様のような存在になった。彼がしてもいない行動のおかげでね。けど、あなたも私も知ってる。実際に侵入者を倒したのは私たちで、彼じゃないって。それなのに、彼が崇拝されている。だけど……」

「だけど、何です？」

「だけど、その状況が妬みを生み、栄光の座を狙う愚か者の血を沸かせてる。明日の行軍を観察すれば、私の言っている意味がわかるはずよ」

「兄を観察する？　あたしたちは隊列で同じ場所にはいないのに、どうやって？」

「その通り、それが明日のあなたの課題よ。気づかれずに兄君を観察するの。やり方は任せるわ」

「上官たちの目がある行軍の真っ最中に？　それは――」

「不可能？　ちょっと複雑なだけよ。それに私、あなたがあの浪人たちにひるむことなく立ち向かう姿を見たわ。あの夜に比べたら、人目を避けて見張りをするくらい、造作もないことでしょ？」

一二

侍集団に潜入する最善の策は何か？　篤湖（あつこ）はずっと考えていた。行軍の隊列順序は厳格に定められており、同時に隊列の中での兵士の並びも決まっている。階級を無視して隊列を乱そうとすれば、組頭にとがめられるだろう。しかも作戦の成否は、周囲にいる者が篤湖の不可解な行動を上官に密告しないことが大前提となる。

あらゆる方法で竹子（たけこ）から課された作戦を試行錯誤し、篤湖は諦めかけていた――午（うま）の刻（正午前後の時間帯）が過ぎる頃、解決策を閃くまでは。それは単純かつ巧妙で、なおかつ予測不可能な方法だった。

彼女は休憩時間を利用して組頭に近づき、怯えた犬を彷彿とさせる萎縮した態度でこう告げた。

「竹子様に会いたいと言われまして。御大名様襲撃のことで、また尋問されるんだと思います」

「行軍中に？　彼女は今夜の野営まで待てないのかね。自分を何様だと思ってるんだ？　唯一の女戦士だから、規則を破っていいと考えているのか？」

「そうなのかもしれません」篤湖は重々しい声で答えた。「そういうことですから、ここにいてもいいですか？　他の誰かに何か言われたら、かばってもらえますか？」

組頭は隊列の前方に目をやった。彼は馬鹿ではない。竹子からの直接の命令に逆らおうとすれば、どうなるかはよくわかっているはずだ。しかし、下級兵を統べる役割ゆえ、組頭は軍の規則に忠実に従うのが常。その逆のことをした場合、上官に問い詰められ、彼が積み上げてきた評判は台無しになりかねない。篤湖が持ちかけた頼みのせいで、この組頭は非常に難しい選択を迫られている。さて、どう転ぶか――。しばらく考え込んでいた彼だったが、急に堂々とした雄鶏のごとく胸を張り、背筋を伸ばした。

「問題外だ、泰輔！　おまえは軍人だ。己の行動に責任を持たなければならない。おまえが御大名様をしっかり守っていれば、こんなことにはならなかった！　急いで竹子様を探すのだ。ぐずぐずしていたら、私がおまえを竹子殿のところに連れていくぞ！」

組頭の見事な芝居に、篤湖は怯えたふりをしてみせる。そして、組頭の目配せを合図に、早足で隊列の先頭に向かっていった。何人かの士官が不思議そうに彼女を見た。厳しい規律を遵守する訓練を受け、全員が規律正しいのが当然だと考えている彼らは、状況が即座に呑み込めていないようだ。この足軽は、何かの命令でここにいるに違いない。そうでなければ、こんなふうに隊列を乱すわけがないし、組頭がそれを許す理由もわからない――頭の中で、そんな考えが渦巻いているはずだ。

ほどなく竹子の階級の列までやってきた。篤湖を認め、竹子は顔をしかめている。

「ここで何をしているの?」

「任務を遂行するため——」篤湖は答えた。「侍の中に混じっているんです」

「変装もせずに?　巧妙な策略でも使ったわけ?　どうやって自分の部隊を離れることができたの?」

「大名の死の経緯について話すよう、あなたに命じられたと彼らに言いました。だから今は全て、あなたの出方次第です」

「えっ?　でも、どうして……?」

竹子は立ち止まり、少し悔しそうに笑みを浮かべる。

「見事だった。私の指示をもっと明確にすべきだったけど、実際、これも数少ない解決策のひとつだわ。多衆に溶け込むのに、変装する必要がないこともあるってわけね」

篤湖は褒められて、無性に誇らしく思った。照れ隠しに咳払いをして、それから、侍の隊列にいるはずの兄を目で探す。

「揖深を見に来てほしかったんですよね?　何を見れば?」

「すぐにわかるわよ。彼はとてもしつこいの」

「誰のことですか?」

「少し辛抱して待つといいわ」

そう指示すると、竹子は口をつぐんだ。篤湖は、言われたばかりなのに、自分が我慢の限界にきているのを感じる。揖深は旗本の小さな集団の真ん中にいた。仲間のひとりが冗談を言い、彼は笑いながら振り向いている。すっかりくつろいだ様子だ。思えば、兄はいつも注目の的だったし、そんな立場に慣れている。

次の瞬間、篤湖は兄の表情がさっと変わるのを見た。

少し年上の侍が集団に割り込んできたかと思うや、揖深を押し、会話の邪魔をしたのだ。その侍は、もっと若い頃はさぞかし美男子だったろうに、辛い人生を過ごしてきたのか、魅力が抜け落ちてしまった感じだった。疱瘡（ほうそう）による痘痕（あばた）だらけの顔の中央には棍棒か他の鈍器で殴られた傷が残り、鼻は横に折れて歯も何本か欠けている。肉食動物を思わせる威圧的な笑みを浮かべる彼は、揖深よりも頭ひとつ分背が高く、肩幅は父の大之（たのも）守くらい広かった。

距離があるため、篤湖はふたりが何を話し合っているのかわからなかったものの、親しげな様子ではない。

「彼は誰ですか？」篤湖は指南役の方を向いて訊ねた。

「上椙（うえすぎ）よ。優れた武士だけど、道理も良識もない野蛮人。普通、外見が醜いからといって内面までもが美しくないとは限らないけれど、彼の場合はその見てくれが、内面も物語っている」

「では、いかにして旗本になれたんでしょう？　名誉の心得が必要不可欠だと思っていました」

「刀の腕前がとにかく素晴らしいの。あなたも承知していると思うけど、天才は多くの欠点を許されるものよ。食事のとき、皆が顔を背けて彼を見ないようにしてても、彼の才能は変わらない。今まで容保様は彼を一番頼りにしていた。ところが、同じように剣術が達者で、しかもずっと社交的かつ魅力的で人前に出しても恥ずかしくない人物——あなたの兄君が現れたことで、上相は期待の星から、陰に隠れる存在となってしまった。当然ながら、彼はそんな状況を全く快く思っていない」

篤湖の視線の先で、上相は再び揖深を乱暴に押し、よろめいた兄は、受け止めてくれる仲間がいなければ地面に倒れるところだった。姿勢を正した兄は、明らかに怒っている。篤湖の位置からでも、それがわかった。

「心配は要らない。刀を抜くまでには至らないから」竹子は落ち着いた口調で告げる。「こんな感じの衝突が三日続けて起きてるけど、あなたの兄君は、一度も相手の挑発には乗っていない。私たちは、それがどうしてなのかと不思議に思ってる。たぶん、恐れているから？」

篤湖は問いかけには答えず、歯を食いしばる。

「現時点では見たところ、みんな、司馬揖深の味方ね」竹子は続けた。「周りの者たちは、兄君が上相の挑発に乗らず品位を保ってることで、自身の名誉を証明していると考えているわ。そして、その毅然とした態度が彼の美徳だと見なしてる」

何も返さず、篤湖は揖深を見つめていた。

竹子はさらに語った。「でも、何度も挑発されているうちに、周囲の見方が変わってくるかも。〝毅然とした態度〟が、いつ〝臆病さ〟だと解釈されてしまうかわからない。私もあなたも、そうなった場合に何が起こるかを知っている。兄君の伝説は徐々に消えていき、疑念の種が植えつけられて、最終的には、完全な恥辱に至るまで圧力が高まっていくでしょうね」

「むしろ、それこそがあたしの望みかもしれない」それが、篤湖の返事だった。「真実が明るみになることが――」

竹子はしばらくこちらを見ていたが、やがて微笑みを返してきた。

「でもあなたはそういう人間じゃない。どんな代償を払っても、兄君を守りたいはず。今の状況だと、上椙はすでに彼の脅威になっているわ」

「兄の代わりに決闘を申し込むなんて、あたしにはとてもじゃないけどできません。そんなことしたら、逆に兄の評判を傷つけてしまう！」

「そうね。それにあなたが勝てるかどうか、確信もないし。あ、悪気はないのよ。あなたの戦いぶりを見て、素晴らしい腕前だとはわかってる。だけど、上椙は――さっきも言ったように、あなたの兄君が来るまでは、会津随一の武芸者だった。おそらくあなたは勝てるかもしれないけれど、あなたを育てるために費やしてきた労苦を、このような無謀な勝負に賭けるわけにはいかない。とはいえ、万が一、上椙が不慮の事故に遭うとしたら……」

篤湖はぎょっとして指南役の方を見た。

「何を言いたいんですか？」

「別に。ただ、あの侍が今後、大きな悩みの種になりかねないってことは事実よ。今日は、あなたには柔軟な発想があるのを見せてもらった。もしも兄君を助ける方法を見つけ、あなたに問題を巧妙に解決する力があることを証明してくれたら、一石二鳥ね」

「でも……」

「何よ、そんな顔して。鏡で見せてあげたいわ！」緊張した篤湖をなだめようとしたのだろう、竹子はおどけた調子で言った。「とにかく、今すぐ決める必要はない。もう一度、あなたに助け舟を出すとするわ。あなたたち兄妹に任務があるの。つまり、ふたりにはしばらく陣営を離れてもらう。その間、上椙は揖深殿に何も手出しができないし、兄君はさらに輝きを増して戻ってくるかもしれない」

「何を企んでるんですか？」篤湖が問いただす。「それに、なぜ兄があなたに力添えをすると思っているんです？」

「この任務を拒否すれば、大名襲撃事件の真相をみんなに打ち明けるわ」声は穏やかだったが、竹子は揖深の目を見つめて真顔で告げた。「そして私の言うことが真実だと証明するために、あなたに決闘を申し込む。どちらか死ぬまで戦うの。それとも、あなたが嫌がらせをした、と訴えましょうか？　その方が、物語にちょっとだけ面白味を加えることができるわね」

「本気で俺に勝てると思ってるのか？　足元であなたの首が転がることになるぞ」揖深は彼女の目を見据えた。

しかし脅してみたものの、彼はすでに竹子の鋭い視線に萎縮していた。彼女は高笑いをする。

「片手を後ろ手に縛られたままでも、あなたなら私を倒せるはず。でも、あなたにはその勇気がない。あなた自身、それをわかってるし、私もわかってる。あなたの妹もわかってる。とにかく、これはとても重要な任務だから、命を賭ける価値もある。あなたはどちらを選ぶのかしら？　任務を受ければ、陣営を離れられる。すなわち、あなたの人生を台無しにしかねない上椙からも遠く離れられる。それとも私の命に逆らって、自分の秘密が白日の下に晒されるか。よく考えてみて。後者だったら、上椙はあなたの人生をさらに苦しめることになるはず。そして、私があなたに刃を向ける可能性も忘れないで」

篤湖の背筋に戦慄が走る。こんなふうにぞっとするのは初めてだ。竹子と出会って以来、いつも強く凛とした彼女に憧れていた。竹子は女性であることを誇りに思い、自らの野心を隠すことなく、誰も何も恐れずに思うがまま生きている。しかしそれは、全て見せかけに過ぎなかったのかもしれない。彼女の明るい瞳の奥には、己の計画を進めるためなら、脅迫や殺人をも厭わない者の闇が潜んでいた。

あたしは一体何に巻き込まれてしまったのだろう？　篤湖は兄に目を向け、自分自身に改めて問い直す。自分たちは一体何に呑み込まれてしまったのか――。

「仮に同意したとしても、自分は大名、松平容保(まつだいらかたもり)殿の旗本だ。容保殿は、俺が他の誰かのために任務に出るのを快く思わないだろう」

「大名様は私に借りがある。それに、私には完璧な理由がある。あなたは伝説の武士でしょう？　危険な任務を遂行するのに、あなた以上の適任はいないわよね？」

揖深ははっとした。

「危険な任務？」

「あまり深刻に考え過ぎないでね。それじゃあ、容保様が承諾したら受けてくれるのね？　武力行使はしたくない。潔く受け入れてほしいの」

「もちろんだ」兄は承諾した。彼はいつだって譲歩する。

「それで、我々は何を?」

「よかった」竹子は安堵した表情で息を吐いた。「話は簡単よ。我が軍は常に江戸の状況に目を光らせている。我々は同盟軍と合流すべく南に向かって進軍しているけど、情報が正しければ、伏見村辺りで敵に出くわす可能性があるわ。敵が先にそこに到着し、陣所を作ると考えられているの」

彼女は胴衣から、茅野(かやの)が毎日空けていたのと同じような瓶を取り出した。しかし、酒にしては色が濃すぎる。

「篤湖、これを村の井戸に注ぎなさい。そしてその役目を終えたら、絶対に井戸水を飲まないこと。うまくいけば、この単純な行動が、この先の戦いに決定的な優位をもたらすことができる」

「俺はどうすれば?」揖深は焦って訊ねた。「何をすればいい?」

竹子は瞬きもせず、氷のような目で揖深を見つめている。ふたりの間には、もはや好意的な感情はない。おそらく、竹子の恫喝が関係を悪化させてしまったのだろう。

「あなたは……妹の任務に同行しなさい。途中で彼女が襲われないようにするためよ」

「あたしは自分の身を守れます」篤湖は訴えた。

「それは私も疑っていない。だけど、それがかえって困るの。刀や槍を使ってひとりで戦える女子(おなご)。山賊をも恐れない女子。どうしても人目を引いてしまう。それこそが、この任務で避けたい事態。兄君がいれば、信憑性のある口実ができる」

「俺はただの飾りなのか？」揖深が不満げに口を尖らせる。

「それが問題？　しばしの間、上棡と揉めなくていいんだから、喜ぶと思ったのに」竹子が答えた。


彼は悔しそうに目を閉じた。

篤湖の勘が叫んでいる。何か腑に落ちない。

「なぜあたしたちなんですか？　この地域をよく知る経験豊富な斥候なら他にたくさんいるし、土地勘のある毒薬師だっているに違いありません。なのに、なぜあたしたちをわざわざ不慣れな土地に送り込むんです？」

竹子は感心したように首肯した。

「いいところに目をつけたわね。兵たちはもちろん、斥候たちも彼らの大名に従属しているから、私の命令では動かないけれど、今のあなたたちは、私に忠誠を誓うべきだわ。私はそう考えているけど、間違ってないわよね？」

「――そうです」小声で返答するふたりに、竹子は満足そうにうなずいた。

「わかってくれたようね。それに、この任務は危険なものになるかもしれない。斥候たちにはいくつも長所があるけれど、危険に直面したときに逃げ出すかもしれない。あなたたちの方がきちんと武装しているし、何か問題が起きても勇敢に立ち向かえると、私は思ってる。少なくとも、どちらかひとりはね」

最後のひと言に、揖深が目を伏せる。篤湖は怒りが湧き上がるのを覚えた。彼に対してだけでなく、隙あらば兄を挑発する竹子に対しても。確かに、自分とて兄をからかいたい気持ちはあるが、それは実の妹だから許される部分がある。しかし、他の誰かが自分の代わりにそうすることは望んでいなかった。

「あたしたちは、あなたの道具。それはわかりました」篤湖は不快感を隠そうとせず言い放った。「そして、あなたがあたしたちを高く評価していないことも。従えと言うなら、従います。でも、兄をそんなふうに苦しめるのはやめて」

「あら、私がどれだけあなたを高く評価しているか、わからないのね」竹子は微塵も感情を表に出すことなく答えた。「だから、あなたにこの最も重要な任務を遂行してほしいのよ。あなたの真の能力が、実際の世の中でどこまで発揮されるのかを見てみたいの。もしも見事な成果を上げてくれたら、それにふさわしい提案をさせてもらうわ」

一三

　平時の足軽は自前の羽織や半纏、股引き、脚半、草鞋という出で立ちで過ごす。そして、行軍時には奇襲を用心して鎧を装着した。言うまでもなく鎧は通気性が悪く、長時間の着用後は身体がひどい臭いを放つ。特に男どもに囲まれると、強烈であった。

　それでも、篤湖は足軽の服装がすでに恋しかった。何しろ彼女が今、着ている農民の服は、糞尿臭いのだ。しかも、ごわついた麻の布地が腕を擦り、小さな虫が肌のあちこちを走るのを感じる。悲鳴を上げて地面に転がらずに済んだのは、兄の冷静な態度のおかげだ。

「どうしてそんなに落ち着いていられるのよ⁉」苛つきのあまり、つい大声で訊いてしまう。

「敵の刀を前にすると完全に自制心を失うくせに、この不快な虫に対して岩みたいに動じないって、どういうこと？」

「虫は俺をばらばらにしたりはしないだろ」揖深は笑みを浮かべた。昔から知っているいつもの兄らしい笑顔だ。「虫なんて、ちょっと気持ち悪いだけだ。少なくとも、俺の恐怖は筋が通ってる。妹よ、俺は二〇歳にもならずに死ぬのは嫌だ。戦闘で若くして人生を失うことを恐れるのは、虫への不快感より理に適ってると思うんだがね」

篤湖は左腕を掻きむしりながら軽口を叩く。「理に適ってるんじゃなくて、単に臆病なだけでしょ」

彼らは荷車を引きながら進んでいた。運んでいるのは、欠けた食器、刃に錆が浮いた鎌、虫に食われた麻布、湿った藁など、がらくたばかり。竹子は、陣営内で見つけたごみ同然の不用品を寄せ集め、嬉々として荷台に放り込んだのだった。

「あなたたちは行商人よ。村から村へと旅をして品物を売っているの」竹子は真面目な顔で説明した。

「でしたらなおさら、何か役に立つ物を用意してくださいよ」篤湖は折れた槍の柄を拾って抗議した。「これじゃ、何の価値もないわ！」

「今は戦の最中なの」竹子は即答した。「どんな品物を積んでいても怪しまれる可能性がある。あなたたちは、裸足の行商人。最後までその役を演じ切って」

こうして篤湖は、泥田の真ん中を不用品でいっぱいの荷車を引きずって歩くことになったのだ。間の悪いことに、雨までも降ってきた。

「臆病者かもしれないけど、俺はまだ生きている」そう揖深は言う。「大名の名にふさわしくない茅野殿を守るために勇ましく、立派な行動をとっていたら、幕舎で死んでただろうな」

「あるいは、敵を切り刻んでいたかもしれない」妹は言い返した。「平々凡々の剣士ならまだわかるけど、兄上は同じ世代の誰よりも才能があるとみんな言っているのよ」

「あんなに大勢の敵を相手にしたんだ。たとえ俺が世代一の才能を持つ剣士だとしても、そんなことはあの場面では何の役にも立たない。特に、敵どももはかなりの腕前だったから。名誉のために戦っていたら、惨殺されていたはずだ。他の旗本たちと同じようにな。だから俺は、臆病者でいる方がいい」

篤湖は顔をしかめた。兄は変わってしまった。かつては勇敢に戦うことに疑念など持たなかったし、恐れることを恥じていたというのに……。今は臆病な性格を認め、平然としているように見える。こんなにも屈辱的な話を、なぜ容易に受け入れられるのだろう？


兄妹は京都の外れまでやってきた。伏見の家並みも見える。伏見は古都京都の縁に位置する小さな村で、田畑と密集した掘立て小屋が入り混じっていた。

住民たちは、都に近接することで、諸色高値、公家の傲慢さ、何も恩恵を受けられぬ年貢や賦役の重圧など、あらゆる不都合の犠牲にされていた。少し離れると急に開けた土地になり、巡邏(じゅんら)

も行き届かず、野盗や無頼の徒からの防御は十分ではない。

しかし、住民たちは文句を言わなかった。言ったところで、どんな意味があるというのか。彼らは両親や祖父母がそうしてきたように、背中を曲げて土地を耕し続けた。権力者たちが自分たちを無視し続け、颯爽と馬に乗って通り過ぎてくれることをひたすら祈りながら――。お偉方の目に留まれば、決まって厄介な事態になるからだ。

偽の行商人のふたりを最初に見つけたのは、円という若い女性だった。夕日がまぶしかったのか、額に手をかざした彼女は、突然、歓喜の声を上げながら村の中心に向かって走り出した。

「商人だ！　商人がいる！」

すると、どうだろう。住民たちが家から、馬小屋から、そして古い水車小屋から姿を現したのだ。皆、希望に満ちあふれ、目を輝かせている。京都の大きな市場――上等な正絹の反物やら高価な香油までもが並ぶ――からはそれほど離れていないものの、彼らは、自分たちがそこでは歓迎されないこと、そこで法外な値段の品を買う余裕がないことをよく知っていた。しかし一方で、行商人たちは喜んで、鶏や農作物と引き換えに、粗末な布地を売ってくれる。結局のところ、畑仕事に豪華な晴れ着は必要ないのだから。

農民たちの歓声を聞き、篤湖の胸は高鳴った。同時に、竹子からもっと質の良い品物を調達できなかった自分を悔やむ。荷車に積んでいるがらくたを見て、彼らはどんな反応をするだろう？

「このつるはしはいくらかね？」ぐらついた道具を掴んだ男が問いかける。

「これは？」小さな穴がいくつも空いた胴着を指差し、別の農民が訊いてきた。

値段さえ合えば、何でも買い手がつくようだ。そしてもちろん、住民たちが最も興味を示したのは商品ではなく、都や戦地の様子だった。

「あんたらはどこから来た？」つるはしを手にした農民が食い入るように訊ねる。「大阪？　軍勢の行進は見たか？」

「軍隊がこっちに来るって噂だけど？」

「徳川（とくがわ）将軍様は、本当に帝を裏切ったのか？」

「とんでもない！　徳川将軍殿は御上を長州藩と薩摩藩から解放するために来たんだぞ！」

「声を潜めろ。藩の役人に聞かれたらどうする！」

「奴らがここまで来るもんか。みんなが思ってることを大声で話して何が悪い！」

ざわめく会話の中、揖深と篤湖は何十人もの手に押され、集落の中心にある広場へと向かっていく。そこで、村長からふたりに一杯の汁物が振る舞われた。

軍の糧食に慣れていた兄妹は、辛うじて卵と呼べるものが浮かんでいるだけの味気ない汁でも、顔色ひとつ変えなかった。しかし、農民たちは自身の食いぶちを減らしてまで、篤湖たち客人に食べ物を提供してくれているのだ。彼女は罪悪感を抱きながらも、ありがたく頂戴した。

「ちょうどいいときに来たね」村長は大きな笑顔を見せた。「円と桂太郎が明後日結婚するんだよ。よければ、祝言に参加してくだされ」

「そ、そうなんですか……」当然の申し出に篤湖は口ごもってしまう。「ですが、行商の旅に戻らないと。同じ場所に長くいたら、仕事に差し支えるし……」

「まあまあ、遠慮せずに！　めでたいことなんだから！　歌あり、踊りあり。大きな祝いの火も焚く。周辺の村々からも皆がやってくるし、鶏を丸ごと一羽、料理するんじゃよ」

　篤湖は思わず唾を飲み込んだ。鶏肉など何週間ぶりだろう？　ご馳走が食べられるという条件は、想像以上に魅力的だった。食卓の反対側では、円が恥ずかしそうに微笑んでいる。見ると、隣に座る農民の手を握っていた。きっと夫になる桂太郎だ。時折ふたりは、夢でも見ているかのように、はにかみながら互いの顔を覗き込んでいる。なんと似合いの男女だろう。自分のような武家の女子は、簡単に伴侶を選べない。両親の取り決めがなければ、適した結婚相手を選ぶのはとても困難だ。

　篤湖は、自分で相手を選べたとしたら誰かを好きになっただろうか、とふと考えた。周囲にいた青年たちに興味を持ったことはなかった。彼らはあまりにも愚かで不器用すぎた。

「どうする？　残ってくれるかのう？」なおも、村長は懇願する。

　兄妹は顔を見合わせた。ここまで言われると、どうにも断りにくい。行商人は通常、旅の予定など決めておらず、宿や食べ物の申し出を断らないのである。

「では、お言葉に甘えて」ついに揖深が折れた。「せっかくですから」

「それじゃあ、決まりだな！」村長は椀から口を離して声を上げた。「白玖のところに泊まってもらおう。あいつは鍛冶屋だが、作業場に寝床を作るのにも慣れておる」

食卓の向かい側にいた「白玖」と呼ばれた男が、こくりとうなずいた。かなりの大男だったが、子供のような天真爛漫な笑みを浮かべている。嬉しくて椀に指を突っ込んで舐めている様子を見ると、どうやら幼稚さが抜けていないのかもしれない。だからといって、それは彼の歓待の誠意をいささかも減じるものではなかった。

夕方も質問攻めであった。どんな些細な噂でさえ、この孤立した村では信じられない反応を引き起こしたのだ。揖深は会津藩で起きた出来事を面白おかしく語り、聴衆を魅了する喜びを感じていた。農民たちは、彼の話に登場する人々を知りもしなかったが、子供のように目を輝かせ、会津の武士や公家たちの恋愛模様に聞き入っている。

「――夫が帰宅すると、魚屋が服を整えている間に、妻はさっさと服を着ていた。妻が夫に何と言ったと思う？『市場で必要なものを探してくるように言ったのはあんたよ！』だとさ」

大きな笑い声が室内を満たした。篤湖もつられて笑ってしまう。この国は男女の上下関係に厳しいが、食卓を囲んでの冗談に、皆の緊張が解けた。

「お次は、魚の釣り方を知らなかった女の話だ。ある男が彼女に求婚したとき、彼はこう説明した。少なくともおぬしと一緒なら、寿司を食べる必要はない、とね」

再び爆笑が起こり、篤湖の緊張もすっかり解れていた。彼女は、農民たちが自分たちよりもずっと大変な生活をしていることを知っていた。彼らに刀の稽古をする時間はない。土を耕し、家畜の世話をし、地元の領主に年貢を納めるのに忙しいからだ。しかし、そうであっても、このような時を過ごせる今、たとえ限られたものであれ、彼らの自由がうらやましいと思った。

寝床に就く時間となり、外に出ると、満月が空に輝いていた。

「こっちだよ、こっち」まるで秘密の隠れ家にでも連れていくかのように、白玖は子供のように楽しげに兄妹に手招きする。

彼は間違いなく鍛冶屋だった。しかし、もし彼に本当の才能があれば、とっくに京都か他の都に出ていただろう。彼が自信満々に「工房」と呼んでいたものは、急ごしらえの小屋に過ぎなかった。散らばった刃物の破片が、刀を作ろうとして失敗したことを物語っている。部屋の片隅には、おそらく彼の作品の最高峰なのか、胸当てがぽつんと置かれていた。白玖は生涯ここで、蹄鉄を直したり、鋤を研いだりしていくのだろう。

「大きくはないけど、ここがおいらの家さ」彼は誇らしげに言う。「火のそばに横になれば、寒くない。待ってて。薪を取ってくるから」

「手伝うよ」揖深が申し出たものの、彼は「大丈夫、大丈夫！　ふたりともくつろいでくれ」と返事をして、行ってしまった。

確かに、大男は何の助けも必要としていなかった。戻ってきた白玖は大きな薪を何本も抱えており、それを炉の前に置く。

「布団は一枚しかない。ごめん、それしかないんだ」彼は謝った。「水が必要なら、家の前に井戸がある。便所は家の反対側だ。少し歩くけど、おかげでここは匂わないよ！」

得意げに話しながら、少しだけ会話を長引かせて喜んでいた彼も、工房の脇にある寝所に向かっていく。ほどなく、壁を揺らすほどの豪快ないびきが聞こえてきた。

「夜も更けてきたし、みんなが寝静まるまで、あと半刻待った方がいいだろうか？」

揖深の小声の問いに、篤湖は答えない。妹に目を向けた彼は、その表情を見て驚いた。彼女は怒りで顔面をくしゃくしゃにしていたのだ。

「どうした？　気に障ることを言ったか？」

「違う。兄上のせいじゃない」篤湖はぼそりとつぶやく。「ただ……」

「ただ……何が？」

「あたしたちは、井戸に毒を流して、ここに来る敵軍に少しでも痛手を負わせろと言われた。でも、ここの人たちはどうなる？　きっと毒に冒された水を飲むわ。村長も、あたしたちに寝床を提供してくれた鍛冶屋の白玖も、祝言を控えた円と桂太郎も。任務を遂行したら、みんな死んでしまう。あたし、将軍様に協力は惜しまないけど、罪のない人を殺したくはない。井戸に毒を入れるのはごめんだわ」

　揖深はあんぐりと口を開けた。

「それはできない！　これは竹子殿から与えられた使命だ。反逆罪になるぞ！　そしてもっと悪いことに、おまえの秘密——俺たちの秘密を陣営内に洗いざらい暴露されてしまう！」

「その責任は、あたしが負う。とにかく、あたしの心は決まってる。泊まる場所を与えてくれた優しい白玖を殺すことはできない、円も桂太郎も、他の人たちのことも。無理よ。彼らはすでに、この戦の犠牲者なのよ。これ以上、背中を刺すことはできないわ」

「刺したりはしないけどな」

「例えとして言っただけよ！」

「どちらにせよ、おまえは竹子殿の命令に忠実に従うと思っていた。彼女に会ってからというもの、おまえは彼女の話ばかりしてたからな。竹子はこうだ、竹子はああだって。彼女をひどく失望させることになるが、それは気にならないのか？」

　兄の言葉で、篤湖は一瞬ためらった。しかし、気持ちは変わらない。覚悟を決めて顔を上げた。

「彼女はきっと、あたしの決断を理解してくれるはず。少なくともあたしはそう願っている。兄上、自分たちが竹子様を必要としているのと同じように、彼女もあたしたちを必要としている。そうでなければ、こんなふうにあたしを鍛えてくれてないでしょ。戦に犠牲は付きものだってことは承知してるけど、自分は馬鹿じゃない。無辜の民を殺すなんて、できないわ」

篤湖は胸に膝を引き寄せた。炉端に座っているのに、部屋が寒く感じられる。

「数千人を救うために、一〇〇人を犠牲にすることが時に必要なんじゃないか？」揖深は再び説得を試みた。「全体の利益のために少数を犠牲にするってことだ」

「そうかもしれない」篤湖は兄の意見を認める。「あたしの決断は、きっと身勝手なものよね。でも、なぜこの行為の重荷を、あたしが負わなければならないの？　将軍様には何千人もの支持者がいる。なのにどうして、ここの一〇〇人を殺し、それを一生背負って生きていくのがあたしなの？」

彼女は揖深の目をまっすぐに見て、今の気持ちを理解してもらおうとした。そして、自分が抱える苦しみや、自分が追い込まれている苦境も。篤湖の思いは届いたらしい。揖深は目を逸らし、長いため息をついた。

「妹よ、よかろう。いずれにせよ、この任務の中心にいるのはおまえだ。俺はただ、おまえが途中で襲われないようにここにいるだけだ。しばし行商人のままでいることにしよう。もう二度とこの話はしないから」

このような大きな決断をした後はなかなか眠れないだろうと思ったものの、疲労には勝てず、篤湖のまぶたはすぐに重くなる。そして、まだ小さかった頃、何をするにも一緒で、何に対しても同じ意見だった時分のように、兄に寄り添って身体を丸め、眠りに落ちていった。

一四

翌朝、空が白み始める頃、兄妹は出立の準備を整え始めた。胸に隠した小瓶に手を当て、篤湖(あつこ)は先祖に祈るようにつぶやく。果たして自分の決断は正しかったのだろうか？

円(まどか)が興奮した面持ちでこちらに向かって走ってくる。その姿を見て、自分は間違っていなかったと確信した。

「本当に祝儀まで残ってくれないの？」円が問いただす。

「ええ。この地域の政治的な動向が不安で……」篤湖は深刻な表情で説明した。「ここには戦(いくさ)が近づいている。小さな荷車で戦場の真ん中を進むことになるのは避けたいの。もちろん、あたしたちもできることはするつもりよ。この辺りの村の人たちに危険が迫っていることを伝えるわ」

「それから我々の商品を売り、少しでも収入を得ることにするよ」揖深(いぶか)が妹の言葉を継いだ。

「その通り。あたしたちにとって絶好の商機なの。だけど円、あなたには幸せな結婚をしてほしい。桂太郎(けいたろう)は素晴らしい人のようだし」

「彼はあなたのお兄さんほど美男子ではないけれど、そこは妥協してるの」円が篤湖の耳元でそうささやくと、控えめに物憂げな視線を揖深に投げた。

篤湖は唖然とした。やはり、ここを早く離れるべきだ。揖深のせいで、円の結婚が破談になったら大変ではないか。

村を出ようと歩き出した矢先、白玖が走って追いかけてきた。

「待って！　贈り物があるんだ」

鍛冶屋は自慢げに、刃の曲がった短刀を荷積みの上に置く。工房の片隅にあったもので、この出来ではきっと誰も欲しがらないだろう。その材料を使えば、別の物を作ることもできたはずだ。とはいえ、金属の価格だけを考えれば、少なくとも行商人であるはずの彼らにとってはそれなりの価値がある。

「受け取れないわ」篤湖は首を横に振った。「あたしたちこそ、あなたにお礼を渡すべきなの。だって、一晩泊めてくれたじゃない。だから、ここまでしなくていいのよ。そうだ！　待って！」そう言うと、彼女はごそごそと荷物を漁り、胴衣を取り出した。

「はい、どうぞ。白玖、ありがとう。感謝の印よ」

まるで天皇からふさわしい着物でももらったかのように、鍛冶屋は恐る恐るその胴衣を胸に当てた。

「誰かから贈り物をもらうのなんて、初めてだ」彼は、驚いて息を呑む。「ご先祖様があなたたちの旅を守ってくれますように！　あなたの行く手に鬼が立ちはだかりませんように！」

兄妹は手を振りながら村を後にした。

「ねえ、兄上。戦況を有利に進めるためなら、あんな気立てのいい、罪のない人たちを殺しても仕方ないと思ってたの？」篤湖は問いかけた。今は、自分の決断が間違っていなかったのだと、さらに確信を強めている。「竹子(たけこ)様はきっとわかってくれる」

「そうだといいな」揖深はうなずく。「そうだと願おう」


それから二回、巡回隊と遭遇したが、行商人の変装は、彼らをやり過ごすのに非常に役に立った。しかし、やがて将軍の斥候と対面することになる。ふたりが任務に就いている間、徳川の軍勢も同時に進軍していたのだ。兵たちは、この地を見下ろす丘の上に陣を敷こうとしていた。

「すまない。あんたらが悪いわけじゃないが、ここには入れない」行商人の姿を見た兵士がそう言い放った後、「だが、もっと服が必要なんだが……」と顎をさする。

「それと酒だ！　間違いなく酒がもっと必要だ！」別の兵士が声を上げた。

「ああ、もっともっと酒を！」斥候も口を揃える。「しかし、おぬしたちのような商人であっても、野営地の半里以内に近づくことはできぬ。我々はそう厳命されている」

「よかろう。しかし、俺は商人ではない」揖深は返答し、頭巾を取って顔を見せた。

彼は有名人なので、兵士たちは慌てて頭を下げる。その様子に、篶湖はどうしても嫉妬を覚えてしまう。いろいろとやっているのは自分の方なのに、敬意を示されるのは、いつだって兄なのだ。兵士たちがお辞儀をしている間、彼女は考え込む。村での行動をどう説明し、なぜ井戸に毒を入れなかったのか、いかにして竹子様を納得させればいいのか……。命令に逆らってまでも己の信念に従って行動するには、勇気が必要だった。道徳的に正しい選択をした自分の勇敢さが、この明白な命令違反を正当化するのに十分であることを願う――今できるのは、それだけだった。

やはり竹子は、宿舎で出迎えるのではなく、彼らを人目のつかない場所へと導いていった。入っていったのは、一見、他の兵士たちのものと同じに見える陣幕だったが、似ても似つかぬ場所だった。中には簡易的な寝床があり、衣類が干してある。ぱっとと見ただけでは、誰もそれ以上調べようとはしなかっただろう。しかし、ここでの生活にすっかり慣れた篶湖の嗅覚は、すぐに違和感を覚える。汗の臭いが全くしないのだ。

「ここなら誰にも邪魔されないわ」竹子は置かれていた木箱の上に腰を下ろす。「ふたりとも無事でよかった。生きて帰ってこられただけで、上出来よ。じゃあ、何があったのか教えて。作戦は成功した？　特に問題はなかったと思うけど、一応確認しておきたいの。見張りのいない無防備な井戸に瓶の中身を注ぎ入れるのって、全く難しいことではなかったわよね？」

「その件ですが……」篤湖はどうしても口ごもってしまう。「お伝えしたいことが――」

「作戦はうまくいったよ」揖深が妹の言葉を遮った。

「えっ？」兄の方を振り向いたが、彼は篤湖の目を見ようとしない。

「妹の行動は見事だった。俺が村人たちの気を引いている間、篤湖が瓶の液体を井戸に注いだ。あそこに水を飲みに来た斥候は、三日以内に死ぬだろう。間違いない」

「素晴らしいわ」竹子はうなずく。「それなら、任務の成功を祝うまでよ。お疲れさま。数日間の休養を楽しんで。近いうちに戦いに出陣することになるだろうから。初戦の結果が、今後の戦いの行方を決定づけるはずよ」

ふわりと優雅に立ち上がった竹子は、兄と妹、それぞれに礼をした。それから、誰も見ていないことを確認し、外へと滑り出ていく。

重い沈黙の中、ふたりは陣幕の中に取り残された。静寂を破ったのは篤湖だった。

「竹子様に嘘をつくなんて。無謀すぎる」

「篤湖」揖深が穏やかに呼びかけた。

「井戸に毒を盛らなかった事実は、いずればれる。今、竹子様は喜んでいるけれど、真実を知ったら激怒するわ」

「篤湖……」

「ちゃんと本当のことを打ち明けた方がいい。正直に言った方が、最後には報われる。やらないって決めたのは、あたしなんだから」

するとと、揖深がやや声を荒らげた。「篤湖、俺は本当に毒を注いだんだよ！」

彼女は信じられない思いで兄を見る。そして胴衣の中を探って、毒の小瓶を取り出した。まだ液体がなみなみと入ったままだ。栓を確認したところ、開けられた形跡もない。

「あり得ない。何を言ってるの？」

彼はまだ妹を見ようとしない。

「竹子殿はおまえの勇気を疑っていた。何の罪もない村人を殺せないんじゃないかとね。それで、作戦の打ち合わせをした後、彼女は俺のところに来て小瓶を渡し、こう言ったんだ。『篤湖が躊躇していると感じたら、それを使いなさい』とね。案の定、おまえは躊躇した。だから、おまえが眠っている間に、俺は起きて、井戸に毒を注いだんだよ」

今の告白を証明すべく、彼は篤湖が持っていたのと同じ瓶を取り出し、地面に転がした。それは、完全に空だった。とはいえ、彼女には証拠など必要なかった。兄の声で嘘をついていないことがわかる。

「勇気？」ゆっくりとその言葉を繰り返した。「勇気ですって？　へえ。兄上は、勇気について語るつもりなの？　兄上はあたしの行動を予想していた。竹子様もそう。その上で、ふたりともあたしを操っていたのね！」

「篤湖――」兄はもう一度、名前を呼ぶ。まるで名前を繰り返すだけで、妹を落ち着かせることができると考えているかのように。

「兄上が傷つけたのは、あたしだけじゃない。円は？　白玖は？　彼は、持っていた唯一の短剣を贈ってくれたのよ。桂太郎は？　貧しいのに、あたしたちに食事を振る舞ってくれた他の人たちは？　なのに、兄上は――」

激しい動悸がして、彼女は目を閉じた。ここ――斉郷茅野の野営地――に戻るのに、三日を要していた。彼女が今、口にした人たちは皆、すでに死んでいるだろう。

篤湖は地面に崩れ落ち、寝床の脇で嘔吐した。胃液だけになるまで吐き続け、胃を空っぽにした。身も心もぼろぼろで、最悪の気分だ。目から涙がどっとあふれる。

「どうして？　ねえ、どうして？　どうしてなの？」彼女は繰り返した。

「それが最善の解決策だったんだ。おまえもわかっているはずだ」兄が説明する。「それに、おまえ自身もそのことに気づいていたはずだ」

「あたしが？　いつそれを悟ったっていうの？　兄上は、人殺しのくず野郎だわ！」

「おまえは、決断が自分の肩にのしかかっている現実を嘆いた。自分の代わりに誰かが対応してくれたことに感謝すべきだ。罪悪感を覚える必要はない。今、責任の重荷は俺の肩にあるんだから」

篤湖は立ち上がり、唇の端についた唾を拭いつつ、初めて兄を見るかのように彼に目を向けた。

「罪悪感を覚える必要がないですって？　もちろん覚えるわ。竹子様を信じたことに。司馬揖深を兄に持ったことに。あたしはどこまで愚かなの？　ここで何をしているんだろう？　兄上があたしなしでもうまくやってるのに、あたしは兵士ごっこをしてるだけ。兄上がしなければならないのは、いつも通り、何もしないこと。たまに、罪のない人を殺すこと以外は――」

最後の言葉を揖深の顔に吐き捨てると、篤湖は怒りに任せて陣幕を飛び出した。竹子のように周囲を確認することもなく。もう、どうでもよかった。何もかも。自分の人生がこれからどう続いていくのかわからないが、このままではいられないだろう。ここから逃げ出さなければならない。人生の目的は、あとで見つければいい。

自分がここにいる理由はない。全てを振り切るように、篤湖は野営地の門口を出ようとした。当然ながら、歩哨に「何をしている？」と彼女――彼――は問われたが答えはすでに用意してあった。篤湖は完璧に訓練されていたのだ。嘘をつくことも、隠れることも、そして、どうやら殺すことも。

「容保殿から、偵察の任務を仰せつかったのです」

「では、大名様に、それはできないと伝えないとな、小僧」兵士は、門を開けようとせずに告げた。

おかしい。いつもなら、大名の名前を聞いただけで誰でも協力せざるを得ないのに。

「容保殿直々の命令ですよ」姿勢を正し、改めて主張する。

「あいにくだが、私の命令は将軍様から直接受けているんでね。誰も陣地に入ることも出ることもできない。敵軍はすぐそこまで来ている」

一五

ジュール・ブリュネは、楽観視できない現実に直面していた。

明るい材料も少なからずある。徳川勢は、すでに戦場として最適な場所を選び、そこに陣を構えている。将軍の軍隊は敵よりも数が多い。ただし、装備は劣っているから、敵の攻撃による被害を最小限に抑えられる陣地を見つけるのが、唯一の解決策である。森や丘陵地、あるいは村だ。村の場合、家々が遮蔽物となり、弾丸や大砲の脅威から身を守ることができる。白兵戦になれば、侍が刀や槍で奇跡を起こすことが可能だ。ゆえに、十分に敵に接近できる地形が重要になってくる。

さらに、二〇〇人近い敵兵はひどく体調を崩しており、まともに戦える状態ではないらしい。何者かが、敵兵が利用する井戸に毒を入れたようだ。そのため、徳川軍はさらに数の上で有利になった。

しかし、朗報もそこまでだ。

将軍の軍勢は何も持っていない。特に軍需品は。仏国は多くの鉄砲を揃えてくれたが、弾丸や火薬がなければ役に立たなかった。備蓄は非常に少なく、兵士たちは実弾を使った訓練すら許されなかった。ほとんどの兵士は、士官の命令で銃を肩から下げて行進するだけで満足している。標的となる人形が見えると、「ばん！」と叫んで射撃音の模倣をしていたに過ぎない。士気高揚にはいい訓練かもしれないが、兵士たちの戦いの準備は全くと言っていいほどできていなかった。

「向こうは数多く大砲を配備しているのに、こっちは空砲も同然だ」

ブリュネは地図を見ながら、ため息をつく。

その上、将軍が高熱で倒れていた。食あたりだろうというのが大方の見方だったが、将軍に近しい者たちは、敵の忍びの仕業かもしれないと疑っていた。いずれにせよ、将軍は軍を率いるほど元気ではなく、この事態は大きな災難だった。たとえ将軍が武士でなかったとしても、その存在があるだけで、兵士たちを鼓舞するには十分だっただろう。ブリュネは、陣営に流れている噂が兵士たちを不安がらせることを懸念していた。どうやら、兵たちは将軍の病を勘繰っているらしい。

「将軍様は本当に病気なのだろうか？　前線に行かなくて済むように、体調を崩したふりをしているだけではないのか？」

「俺も戦いの直前に、軍医のところに駆け込みたいね。痛い、痛い！　頭が割れそうだ。診察してくれ！」

「なら俺は、腹痛だ。この痛みは重症に違いない！」

味方兵の士気の低下よりも憂慮すべきなのは、英国側の動きだった。英国海軍の船舶が接近し、大阪港に圧力をかけていたのだ。そのため、将軍は軍の一部を大阪港に残さなければならなかった。英国は戦争に直接介入しないとはいえ、天皇との同盟関係は明白である。

「英国の行動は、我々のやり方と同じだ」ブリュネはつぶやいた。協力する相手は異なれど、仏国も英国も似たようなことをやっている。

ただひとつ違うのは、英国は戦いの準備がはるかに早かったという点だ。

今、この国の命運を分ける戦いの火蓋が切って落とされようとしている。山城の国のふたつの町、鳥羽と伏見の地で――。


篤湖(あつこ)は、もう兄や竹子(たけこ)と関わりたくないと思っていた。ふたりの恩恵も特別待遇も受けなくていい。こうして彼女は、足軽兵のところに戻ったのだ。男に変装をした彼女を、組頭は初めて見るような目で見た。

「森(もり)……享輔(きょうすけ)……だったか？」

「森泰輔です」彼女は訂正した。

「享輔でも泰輔でも、どちらでも構わん。俺が気にしているのは、おまえが出世主義者になってしまったことだ。おまえは出自も仲間たちも見捨てて、貴族連中と付き合うことに忙しくなり過ぎた」組頭の言葉からは、蔑みの気持ちが滲み出ている。ひとつ息を吐き、彼はさらに続けた。

「それをなかったことにできるとでも？　俺たちが柵を作っている間、おまえは竹子殿に色目を使ったり、侍連中と仲良くしたりしてただろう。おい、本当に自分が彼らと同じ格だと思ったのか？　実のところ、向こうはおまえのことなど、なんとも思っていないさ。ちょっとばかし、彼らを楽しませたかもしれんがね。戦が始まった今、おまえは以前と同じ立場に戻ったことを思い知るだろうよ。他の足軽と同じ鎧を着て、同じ槍で身を守る。唯一の違いは、俺たちと一緒に訓練してこなかったことだ。それが破滅を招く。隣で戦うことになる同志を知ろうともしなかった。おまえのせいで、我々の陣形全体が危険に晒されるんだぞ」

「ですが――」篤湖は反論しようとした。

　こんなの不公平だ！　つまり、自分の部隊と一緒に時間を過ごさない兵は、何の価値もないというのか。

　そういうことだったのか？　過去一か月の行動を振り返り、彼女は唇を噛み締める。確かに時には、自分の力ではどうにもならない出来事の犠牲になったりもした。しかし、一介の足軽には口にできない食事を得る機会、他の任務に送り出してもらう機会、あるいは、仲間たちから離れた寝床で寝る機会があれば、それに飛びつこうとしていたのだ。泰輔が出世主義者だと、皆から思われていたとしても無理はない。ある意味、まさにその通りだったのだから。

「それゆえ、おまえを我々の陣形には加えられん。おまえの力量を判断できていないし、最後の瞬間に逃げられては困るからな。おまえは我々の左方の守りにつくことになる。おまえの任務は、我々の防衛網を突破した敵に対処することだ。わかったか?」

「――わかりました」篤湖はうなずく。

ある意味、それは悪いことではなかった。

兵たちの汗ばんだ身体に押し潰され、闇雲に前方を突く代わりに、もっと広い空間で、竹子が教えてくれたように槍を振り回しながら戦うことができる。

重苦しい静寂の中、彼女は隊列の定位置につき、行進の命令を待った。

結局、一番大変なのは待つことだった。優れた武器を有し、訓練も行き届いた兵士たちを前にしても、死ぬまで戦う覚悟はできていた。ところが時間を追うごとに、士気が失われていくのを感じ、胃の中に恐怖感がこみ上げてくる。

真っ先に野営地を発ったのは、侍たちだ。彼らは馬に乗り、威風堂々としていた。篤湖は、揖深がこちらの目を引こうとしているのに気づき、わざと目を逸らす。兄を許す気にはなれない。

少なくとも今はまだ……。

だが父親の姿が目に飛び込んできたとき、彼女の心臓が飛び跳ねる。この数週間、父を避けるためにあらゆる手を尽くしてきたのだ。運命はそれを聞き入れてくれた。父は相変わらず印象的だった。その幅広い肩と、鞘から刀を抜かずとも敵を打ちのめすことができそうな大きな手。篤湖は、父がこの戦いで生き残ることを祈り、気づかれないように一礼した。

ついに、彼女の集団が前進するときがきた。組頭が号令をかけると、足軽たちは一斉に走り出す。彼らは冗談を言い合ったり、互いに不安を口にしたり、家族のことを思いやったりしていたが、誰ひとりとして彼女に話しかける者はいなかった。

立ち込める薄霧は、まるで先祖の亡霊までが出陣の準備をしているのかと思わせる。遠くの敵は蟻のように見え、何千匹もの虫のごとく蠢きながら配置についていく。時折、大砲の轟音が聞こえてきた。砲手たちが最適な射程距離と角度を見極めるべく、試し撃ちをしているらしい。その中で最も不安だったのは、大砲の音が同じ場所から聞こえてくるわけではないということだ。それゆえに、将軍の軍隊はどの方向にも進めないでいた。

篤湖は左側を見て、安心した。そこには、砲兵の一個中隊が全員、鉄砲を手に覚悟を決めた表情で立っていたからだ。彼らは高台という有利な地形を陣取っている。相手が丘に登ってこようがものなら、敵軍は一網打尽になるだろう。

「よし、みんな！　尻を引き締め、歯を食いしばり、神仏に祈れるだけ祈れ。もうすぐ栄光の瞬間だ！」組頭が叫んだ。「薩摩と長州の間抜けどもに、俺たちに逆らうことへの代償を見せつけてやれ。帝を奴らの影響から解放する！　英雄ぶって一度にまとめて倒そうとするな！　ひとりずつ殺せば、それだけで十分だ。我々はすでに数で勝っている！　だから、我々の思い通りにならないわけがない。慌てず、この地を、おまえたちの仲間を守れ。わかったか？」

「おぉ！」足軽たちは威勢よく吠えた。

自信満々の表情とは裏腹に、全員が手のひらに汗をかいており、緊張した面持ちで周囲を見回している。その名にふさわしい鎧もなく、最前線にいる彼らは、最初の一撃からひどい傷を負うことになるだろう。この戦いに勝とうが勝つまいが、今宵、天幕に帰れない者もいるはずだ。

篤湖は、兄や竹子の姿を見つけようと、限界まで首を回す。兄は左手の集団の中央にいた。おそらく攻撃を指揮しているのだろう。ふん、ご立派なこと。兄を助ける気持ちはもうなかった。彼は自ら己の運命を選んだのだから。もうひとりは、不埒な笑みを浮かべながら総督と談笑していた。篤湖は歯を剝く。かつて、この女を崇拝していた。しかし、竹子は篤湖の庇護者を装い、いいように操っていただけだ。

命令が聞こえ、篤湖の思考は中断された。部隊はゆっくりと前進し、突撃の準備を整える。足軽たちは順番に進み出し、足並みを揃えようとした。しかし中には、他の者より足が速く動く者もいて、隊列はなかなか揃わない。篤湖は口の渇きを覚えると同時に、急に尿意を催してしまう。

「初陣か？」古参の兵が緊張した面持ちの彼女に話しかけた。「心配するな。最初は誰でもそうだ。いいことを教えてやろう。時間の余裕があれば、倒した敵に小便をかけろ。膀胱を落ち着かせるだけでなく、恐怖心を和らげる効果もあるんだ」

「倒した相手に小便をかける……」彼女は苦笑しながら繰り返す。「ありがとう。覚えておきます」

行進の混乱の中、老兵が歩調を緩めたので、篤湖は彼とはぐれた。おそらく、同じような素晴らしい助言で、別の新兵を元気づけるためだろう。

だが、もはや思案している場合ではなくなった。目の前の森から、肩に銃を担いだ敵兵たちが一気に飛び出してきたのだ。銃が煙の雲を作り出す中、周囲の足軽が次々と倒れていく。銃弾が彼女の肩をかすめたと思った次の瞬間、後ろにいた兵の眉間に穴が空いた。

「そのまま進め！」奇跡的に無傷だった組頭が叫ぶ。「進み続けろ！　止まったら死ぬぞ！」

組頭の言う通りだ。動き続けていなければ、容易に狙いをつけられる。しかし、それには狂気に近い勇気が必要だった。突撃し続ければ、また新たな弾丸が待ち構えている。前進すればするほど、撃たれる可能性が高くなることを兵士たちは知っていたからだ。

しかし、足軽たちは一瞬たりともためらうことなく走り続け、篤湖を驚かせた。仲間の亡骸を乗り越えながら、足を動かし続けている。心臓が口から飛び出しそうなほどの恐怖を感じつつ、篤湖は身を低くして彼らの後を追った。日暮れの決闘で死ぬのと、戦いが始まった矢先に流れ弾に当たって死ぬのとは全く別物だ。今、死んだら名誉も栄光もない。あるのは、深淵の冷たさと、名もなき墓に放り込まれて忘れ去られる虚しさだけだ。

今一度、銃声が一団に死の雨を降らせた。この距離で最も印象的だったのは、音だった。火を噴く銃にこんなに接近するのは初めてで、兵士たちの叫び声を掻き消すような爆音は予想していなかったのだ。自分を安心させてくれた老兵が、すぐ目の前で倒れた。彼の身体につまずいた篤湖は、態勢を崩して草むらに四つん這いになってしまう。それでも、すぐに飛び上がり、突進を続けていく。

彼女がようやく至近距離に到達する頃には、帝の兵士たちは次なる攻撃を準備していた。唇を丸め、歯を剝き出しにし、血に塗れた自分の顔は、猛獣同然に見えるだろう。握っていた槍の鋒が、最初の敵に何の抵抗もなく突き刺さった。その一撃で、相手は銃の狙いを定めた格好のまま倒れた。

武器を引き抜くと同時に、空中に血飛沫で弧を描き、反対側にいた敵の喉に槍の刃の平たい部分を押し込む。喉笛を切られた相手は、必死に息をしようとしている。その間に、彼女は三人目の敵の足を切り落とし、激戦の真っ只中に飛び込んだ。そこで敵の隊長と鉢合わせになる。彼は己がすでに乱戦の只中にいることにひどく驚いたようだった。

「さあ！」思わず篤湖は叫び声を上げた。「死者の仇を討つぞ！」

耳鳴りがひどかったせいか、自分の声は誰にも届いていないものだと思っていた。ところが、仲間たちは、躊躇なく彼女の叫びを復唱したのだ。

「死者の仇を討つぞ！」

「死者の仇を討つぞ！」

「死者の仇を討つぞ！」

足軽たちは大きな代償を払い、恐怖に囚われ、凄まじい怒りを感じている。その感情を誰かにぶつける準備は、十分に整っていた。帝の兵士たちは、自分たちの隊列を再び固めようとする。しかし彼らは、徳川軍とは真反対の問題を抱えていた。射撃の訓練に注力するあまり、白兵戦の準備がおざなりになっていた。そして、あまりに鉄砲の力を過信していたために、身を守るべく短刀を抜くのではなく、次弾を装填しようとした。だが、その試みはほとんど成功しなかった。

汗が目に入り、視界がぼやける。篤湖は慌てて拭い、手が赤く染まってぎょっとする。血だ！自分が出血しているのか？　いや、そんなわけがない。少なくとも、そうでないことを祈った。

戦闘が始まったばかりの頃、彼女は竹子との訓練の成果を試そうと、槍の柄と鋒の両方を使って周囲に壊滅的な打撃を与えようとした。だが、体力の消耗が激しかったため、すぐに基本に戻った。敵兵のみぞおちを突き、刃が骨に当たる前に引き抜く。その動作を繰り返した。

やがて敵軍の士気が乱れ、砲手たちが逃げ始めた。最初はひとり、次にふたり、そして一〇〇人と——。足軽たちは勝利の雄叫びを上げ、彼らを追撃していく。背を向けた者を仲間が容赦なく虐殺する中、組頭は必死に秩序の回復を試みた。

頭がくらくらする。心を鎮めるために深呼吸をし、篤湖は周りを見渡した。ここで初めて、周囲の戦況を把握する。

心臓が止まるほどの衝撃だった。惨状としか言いようがない。

どうやら、自分の部隊は敵の支援隊だけを相手にしていたようだ。一方で、敵軍の精鋭隊は侍たちを両側から攻撃している。耳を澄ましてみると、回転式の鉄砲の発射音が何回も轟くのがわかった。あの強力な火器は、戦闘の才能があるなしに関係なく、侍たちを軒並み麦のように倒していく。

「揖深……」恐怖に駆られた篤湖は思わず兄の名をつぶやく。

今度はさらに大きな声で呼んだ。

「揖深！」

二度と兄とは関わりたくないと思っていた。しかし、それは間違いだった。たった一度の裏切りで、ふたりの血のつながりや一緒に過ごしてきた年月が消えてしまうわけではない。兄がしたことは許せない。彼を嫌いになったし、彼の欠点を非難した。それでも、何があっても兄に生きていてほしいと願う気持ちは変わらない。揖深が地面で苦悶している姿を想像しただけで、耐え難い胸の痛みを覚えた。

篤湖はためらうことなく隊列を飛び出し、前方の小競り合いが起こっている方角に走っていく。その途中、将軍側の鉄砲隊に出くわし、希望の光を感じた。今なら敵兵が背を向けている。鉄砲隊があと一〇〇歩前に出れば、広範囲の敵を一掃できるはずだ。

「こっちだ！」躊躇することなく、彼女は叫んだ。もはや身分や所属を気にしてなどいられない。「敵の背後を撃て！」

血まみれの泰輔の姿は強烈だ。咄嗟の判断だったが、彼女は自分の言うことを聞いてくれる者がいることを願った。ところが、一番近くにいた砲手は苦々しく笑うだけだった。

「背後を撃つ？　一体どうやって？　弾薬が一個もないんだぞ」

「えっ⁉」篤湖は愕然とする。

「弾薬が間に合わなかった」その兵は悔しそうに答えた。「どの銃も弾切れで、使い物にならない。今やれることは、威圧的な雰囲気を醸し出して側面を守ることだけだ。そうすれば、こちらの火力の方が優っていると、敵に思わせることができるからな」

今度は、篤湖が失笑する番だった。絶望的な状況での涙ぐましい奇策。どうして笑わずにいられようか。自分の兄と指南役は、罪なき村人たちを犠牲にしてまで、敵軍を毒殺する作戦を実行した。それは、戦で有利に立つためだったのではなかったのか。それが、兵站の準備不足のせいで、全てが無駄になったのだ。軍需品なしでは、将軍の兵士たちに勝ち目はない。

篤湖は再び戦場を見渡した。自軍が破れつつあることは、戦略の専門家ではない自分の目にも明らかだ。数ではかなり優勢だったにもかかわらず、全方向で後退が止まらない。槍と刀では、鉄砲や大砲には敵わないのだ。

「揖深！」心の中で兄の名前を繰り返す。

鉄砲隊による反撃を諦め、篤湖は前線で戦う侍たちを追いかけた。彼らの戦いぶりは印象的なものだった。しかし、勇敢なだけではだめなのだ。最後まで名誉に忠実だった彼らは退却するどころか、全員粉々に吹き飛ばされた。

いや、全員ではない。彼女は視界の端で、木の陰に隠れていたひとりを認める。長い黒髪と引き締まった体格を見るまでもなく、それが兄だとすぐにわかった。

彼が逃げ出さずに、ここまで持ち堪えたのは奇跡と言っていいだろう。おそらく、敵の監視や攻撃が厳しく逃げ出すことさえできなかったに違いない。

篤湖は兄に腹を立てるべきだったものの、怒りを大きく上回る強烈な安堵感に包まれた。揖深は生きていた！

そのとき、ひとりの侍が持ち場を離れ、揖深の方に向かっていくのが見えた。見覚えのあるその姿を見て、篤湖は血の気が引いた。間違いない。あの侍は上相(うえすぎ)だ。

一六

なぜ自分は、まだ生きているのだろう。揖深にはわからない。

彼は、他の武士たちとともに馬に乗った。顔に笑顔を貼りつけ、どうせ訓練と同じようなものだと、何度も何度も己に言い聞かせた。

ところが、現実は全く違っていた。訓練では、兵士たちの興奮と緊張と恐怖が入り混じった生々しい臭気――発汗、失禁、嘔吐、出血の匂い――などなく、火薬と煙で空気が重く澱むこともない。

自分の周りでは、他の侍たちが笑いながら、まるで子供のように背中を叩き合っていた。

「やっと来たか！　退屈してたところだ」

「連中にお灸を据えてやろうぜ！」

「薩摩の武士はどうせ臆病者ばかりだ。俺たちが迫るのを見たら、逃げ出すに決まってる」

中には冗談を言う者もいた。

「おい、長州の奴らが女子にもてるような面かどうか知ってるか？　誰にもわかりゃしないよな。

だってよ、あいつら逃げ回ってばっかりだから、背中しか見えないだろう!」

だが、揖深は笑える状態ではなかった。彼にとって本当の意味での初陣だ。その彼に課せられたのは砲術隊の撃滅だった。作戦を練るのは得意ではない。それでも、砲撃の雨の中を突進するのが無謀であることは理解できる。

「そいつは理に適ってるんだよ」右側にいた老兵が口を開いた。「我々が敵の砲術隊を排除しなければ、我が軍は壊滅的な打撃を受けるだろう」

そう、理に適っているのだ。将軍側に勝機をもたらすべく、誰かが銃や大砲を使えなくする必要がある。しかし、なぜそれが自分の部隊でなければならなかったのか。

「だが、戦場では我々侍の方が役に立つ。どうして足軽が先に突撃しないんだ?」

「砲術隊に近づく前に、木っ端微塵に吹き飛ばされるからだ。それが理由さ」老兵は苦笑した。

「足軽は俺たちのような訓練も受けていないし、まともな甲冑も持っていないだろ」

半寸にも満たない厚みの刃と長年の刀の鍛錬は、自分を弾丸から守ってくれるのだろうか?揖深には想像もつかなかった。とはいえ、もう退くことはできない。

彼は馬の手綱にしがみつき、自分を圧倒する恐怖と必死に戦おうとした。そして、大名の合図を待った。

その合図は、彼が望むよりもずっと早く発せられた。五つの藩から集まった数百人の侍たちとともに、彼は突撃した。瞬く間に恐怖は消え去り、勝利の確信に変わった。この軍勢に立ち向かえる者などいない。我々を見れば、敵は逃げ出さずにはいられないはずだ。

しかし、鉄砲隊の一斉射撃が始まると、揖深の希望は一瞬にして砕け散った。悪夢でも見ることのない惨状が目の前に広がっていく。仲間は次々と倒れていった。何週間も一緒に訓練を受けた者たちもいる。戦争が終わったらどうするのかと質問してきた武士は、揖深の目の前で頭が破裂した。つい前日、妻と子供の話を聞かせてくれたばかりの侍も。彼らは皆、突撃から数拍もしないうちに死んだ。

猛攻撃に頭を屈めていた揖深には、奇跡的に一発も命中していない。自分の幸運が信じられなかったが、とにかく今は森に逃げ込むことで頭がいっぱいだった。しかし生き残った者たちは、彼を引っ張りながら突進を続けていく。

「徳川様のために！」揖深の目の前で、ある侍が叫んだ。

徳川様？　冗談だろ。将軍様はここにはいない。たまたま病気になって寝込んでいるのだ。揖深もできるなら、同じことをしたかもしれないが、武士道の掟では、自分が立っていられなくなったとしても、命尽きるまで戦わなければならない。それが将軍と侍の違いだった。

とうとう騎馬隊は、敵軍の前線に突入した。恐怖に襲われる中、目を半開きにし、揖深は美しい鬼のごとく戦った。今の状態でも、彼は見事な剣士だ。周りでは、ばたばたと人が倒れていく。

再び一斉射撃が始まり、今度は三〇人以上の侍が崩れ落ちた。先ほどまでためらいがちだった敵が今や雄叫びを上げ、躊躇していた分を取り戻そうと、前へ前へと飛び出してくる。

そのうちのひとりの長刀が揖深の馬の脚を切り落とす。そのまま馬は前のめりになって倒れ、彼は前方に投げ出された。刀の刃が閃くのが見え、瞬時に横に転がる。斬られる寸前だったが、彼は本能の赴くままにその攻撃を受け流した。相手の手が血にまみれ、ぽとりと草むらに落ちる。

長州藩の侍について冗談を言っていた男は、胸に銃弾を受けて倒れた。ついに揖深は、幕府軍の陣形に隙を見つける。今だ！　寸時たりとも迷うことなく、彼は森に——自由に——向かって疾走した。

自分の行動がどう見えるかなど、気にしていられない。始まる前から負けていた戦いから逃げるのは、卑怯ではないのだ。純粋な実利主義と言えるかもしれない。この場に留まることは勇敢ではなく、ただ愚かなだけだ。そう己に言い聞かせながら、彼は森を目指して一目散に走った。背中から銃弾で貫かれるかもしれない。飛んでくる矢のしゅっという音や、迫る騎馬隊の蹄の音が聞こえるかもしれない。刻一刻とそう覚悟した。

ところが、そうした瞬間は訪れなかった。

息を切らし、胸当ての下で汗をかきながら森の端までたどり着くと、木陰に身を投げる。ここなら大丈夫だ。揖深は安心して大きく息を吐いた。

このとき彼は全く気づかなかった。背後から巨大な影が迫っていたことに――。

篤湖（あつこ）は胸当ての帯を外し、胴丸（どうまる）を脱ぎ捨てた。一刻も早く揖深のもとへたどり着くため、彼女は走る速度を上げた。兄の姿はもう見えない。

上椙（うえすぎ）は最後に憎しみを込めて森を睨みつけると、ゆっくりと戦場に戻り始める。そのとき、足軽が小走りで近づいてくるのが目に留まり、眉をひそめると同時に刀を振り上げた。ところが、相手が身に着けていた袖印を見て、武器を下ろした。

「なんだ、味方か。ここで何をしている？」上椙が問う。その視線は、泰輔（たいすけ）の左方へと向いている。「我々は勝っているのか？　左方は総崩れか？　さあ、話せ！」

上椙はこちらが伝言を持ってきたと思っているらしい。このように下級兵が隊列を乱すのは、それ以外の理由がないからだ。

「なんとか持ち堪えてはいますが、我が軍の損失は甚大です」澱みなく彼女は答えた。「詳しい報告をするために、あなた様の上官を探さなければなりません。そちらの戦況はどうなっておりますか？」

「我々も散々な目に遭っている」上椙の声は怒りで震えていた。「おかげで、たくさんの鼠が逃げ出している。それがおまえの報告に加えられることだ。みんなが期待していた輝かしい英雄は、臆病者に過ぎず、脱走兵になり下がった。生き延びられたら、俺は天地神明に誓って、奴の評判を失墜させてやる。上官に聞かれたら、そいつの名前を必ず伝えてくれ。尻尾を巻いて逃げ出したのは司馬揖深。伝説の申し子で、将来の宮本武蔵と目されていた男だ。もっとも、奴が生き残れる可能性は万にひとつもない。敵の弾に当たる前に、俺がこの手で叩き斬るからな」

篤湖は苦笑した。彼が言ったことは全て真実。しかし、それを聞いて、自分がここまで傷つくとは予想していなかったのだ。農村での裏切りの後、彼女は兄と縁を切ることができたと思っていた。しかし。そうではなかったようだ。

万が一、上椙がこの戦いで生き残り、彼が目撃した事実を明かしたら、終わりを迎えるのは揖深だけではない。司馬一族の名は地に墜ちるだろう。そんなことはさせない、絶対に。

「必ず伝えます」心とは裏腹に、篤湖は首肯した。

何より、揖深を殺そうとしている上椙をこのまま行かせるわけにはいかない。兄が逃げるのを見たのは、この頑強な侍だけ。他の者は、敵と戦うのに忙しかったに違いない。ということは……、殺るなら今しかない。

彼女は立ち去ろうとするかのように後ろを向いたが、すかさず踵を返し、武士の腹を刺した。

兄が臆病だという事実を握る、唯一の証人を排除するために。

どんな相手に対しても、不意打ちは効果的で、勝算は高い。いや、高いはずだった。しかし、上椙は並みの侍ではなく、揖深と同じくらい洗練された反射神経を持っていた。何が起きたのかを彼の頭で理解するより先に、本能的に身体が動いたのだ。しかし、完全にかわすことはできず、篤湖の武器は上椙の左脇腹を切り裂いていた。

「どういうつもりだ⁉」彼は唸るや、怒りでかっと目を見開いた。「この裏切り者め！」

傷は深かったが、致命傷ではない。自分が今逃げれば、彼は生き残る方法を見つけてしまうだろう。そこで槍を振り上げ、戦う意志を露わにした。止まらぬ出血が、すぐに相手の体力を奪うことに望みをかける。そのくらい上椙が不利でなければ、こちらに勝ち目はない。

ところが、上椙は攻撃の手を緩めなかったのだ。篤湖は激しく動揺した。こちらの出方を見るべく防御の体勢をとりながら、彼は慎重に行動するのではないかと思っていたからだ。それは、道場でよく揖深がしていた行動だった。

だが、ここは道場ではない。しかも上椙は、これまで彼女が直面したどの敵よりも傲慢だった。不意打ちを受けようが、深手を負おうが少しも困惑しておらず、ためらいを微塵も抱いていない。そもそも、己の勝利を全く疑っていないようだ。

振り下ろされた刀を、槍の柄で防ぐ。すかさず一撃を受け流し、木製の柄が砕けてしまわぬよう衝撃を巧みに逸らした。二度目の攻撃は、地面に身体を投げ出した彼女の頭をかすめた。そのまま転がって、連続攻撃を避け続ける。

「なんだ、おまえの戦い方は⁉」じらされた上椙は憤怒を募らせている。「踊るのをやめろ！」

「刀の方が踊りやすいぞ。試してみたらどうだ？」言いながら篤湖は、さらに二歩後ろに下がった。

槍の利点は長さだけだ。防御に徹すれば、刀と大差はない。彼女は槍を回転させ、喉、心臓、股間に三発の深傷を負わせにいく。

上椙は槍の使い手とは戦ったことがなかったらしい。大抵、槍は農民が使うもので、拍子を合わせて打つことと、相手の胴体を突くことしか訓練していなかった。ゆえに、三発目の攻撃には彼も驚かされたに違いない。

篤湖の想定では、そうだったのだが――。

上椙や揖深のような剣士は、一〇年に一度現れるかどうかの稀有な存在だ。厳しい鍛錬を積み、反射神経を驚くほどに研ぎ澄ませていただけでなく、彼らには、もはや神秘的とも言うべき直観力があったからだ。上椙は最初の二撃をかわした後、負傷した脇腹を守るためにひょいと横を向く。相手の下腹部を捉えるはずだった篤湖の攻撃は、鎧をかすめただけで終わってしまう。

「ほう。どこでそんな戦い方を覚えた？」

「教えてやってもいいが、その前におまえを殺さねばならない」足軽の篤湖が睨みつける。

「小僧、おまえはよく耐えた。しかし、槍では刀とは張り合えぬ。これがその証拠だ！」

彼は防御の姿勢を保ちながら、見た目は粗野で技巧もない大振りの打撃を連続で繰り出した
――少なくとも、そう思えた。しかし、その一撃一撃が致命傷を狙ったものだったのだ。若い女子が受けられないほどの強さで押し、真似できないほどの速さで薙ぎ、逃げられないほどのすばやさで振り被ってくる。彼女はただ、後ろに、後ろに、さらに後ろに下がるしかない。今できるのは、枝や隠れた岩につまずかないように祈ることだけだ。

「槍は腹にしか当たらない。刀は腹にも当たる」上椙は残酷な笑みを浮かべた。

彼の凄まじい猛攻に押し切られた篤湖は均衡を崩し、草むらにどさりと仰向けに倒れ込んでしまう。

「これで講義は終わりだ」上椙が高く持ち上げた刀が光る。

そのとき、眩い閃光とともに爆音が鳴り響いた。


いつの間に目を閉じていたのだろう。わからない。耳鳴りがひどく、周りの音が聞こえない。

まぶたを開いても、視界がぼやけている。目を怪我したのかもしれない。いや、涙だ。熱い涙を流している。意識がはっきりしてくると、辺りに重たい煙が漂っていることがわかる。空気は火薬の匂いがした。

弱々しく立ち上がるも、視界がぐるぐると回っていて、方向感覚が狂っている。槍が地面できらめくのがわかり、杖代わりにしようと慎重に拾い上げた。

服は左側が破れ、軽く火傷しているようだ。命に別状はないが、ひどく痛む。篤湖はふらつきながら一歩、また一歩と前へ進んでいった。すると何かにつまずき、前のめりに転んでしまった。何につまずいたのだろう？　足元を見た篤湖は思わず悲鳴を上げた。叫んだ拍子に鼓膜が破れた。

飛んできた砲戦が直撃したのであろう。上梠の身体は散り散りとなり、わずかに頭だけが血の海で浮かんでいた。驚愕の表情が貼りついた顔は、絶命時のこの侍の胸中を物語っている。彼の天賦の才も、不運と砲弾の前では何の役にも立たなかった。

心臓が口から飛び出しそうになるくらい戦慄しつつも、篤湖は再び立ち上がり、足にまとわりついた上梠の血肉を必死に拭い落とそうとした。自分は生きていた。自分は生きていて、上梠は死んだ。卑劣なこの男を私怨で殺さずに済んだのだ。それだけでよかった。揖深が逃げるのを他の誰も見ていない。兄は生き延びてさえいれば、再び評判も上がるだろう。

煙が消え、彼女は片目を細めて辺りを見回した。味方の軍兵があちこちで逃げて惑っている。数で優っていたにもかかわらず、帝の兵力を前に敗北したのだ。

帝の軍隊は勝利したものの、死傷者の数は決して少なくはない。それゆえか、撤退する将軍の兵たちが追撃を受けることはなかった。おかげで、将軍側の軍勢は士気を保ちながら、再集結の機会を得られるだろう。

篤湖は、目の前に置かれた遺体をじっと見つめていた。どうして自分が泣いていないのかはわからない。悲しみが強烈すぎて心が何も感じなくなったせいなのか、涙が込み上げてこないのだ。息絶えた父は、小さく、そして年老いて見えた。見ると、左手がなくなっている。子供の頃から、稽古で彼女を支え続けてきた手。彼女の髪を梳いてくれた手。くしゃくしゃと頭を撫でてくれた大きな手が、命とともに失われていた。

多くの侍たちと同じく、父も撃たれて命を落としていた。それがせめてもの慰めだろう。剛の者である司馬大之守(たのも)を接近戦で倒せる兵士はいなかったのだ。父の素晴らしい人生を終わらせるには、卑怯者は鉄砲に頼らざるを得なかったのだから。

「あたし、揖深のことばかり考えてた……」篤湖は父の腫れ上がった顔に触れ、そうつぶやいた。「戦いの間、頭にあったのは揖深のことだけだった。確かに兄を救ったわ。彼はまだ生きてる。でも、父上……あたしは父上を助けようともしなかった」

声が震え、涙があふれてくる。

「けれども、父上のためにできることなどなかったわね、きっと。父上はいつだって戦闘の中心部にいて、決して逃げ出さないし、決して敵に背中を見せたりしなかった」銃弾は大之守の正面、心臓に命中してる。そんな父親を誇りに思う。そうだとしても、あたしはどうすればいいの？父上なしで、これから何をすればいい？

「我が教団に入ればいい」背後から聞こえてきたのは、よく知る声だ。

以前の篤湖だったら、ぎょっとして飛び跳ね、竹子に向き直って一礼していただろう。戦火の中でこの指南役に対する怒りが鎮まったわけではない。篤湖はいまだに「利用された」と感じており、竹子に二度と会いたくないとさえ思っている。しかも今は、父に最後の別れを告げる静謐な時。そこに割って入ってくるとは、なんと非道な人間なのか。

「さぞかし満足でしょうね」篤湖はその場にしゃがんだまま、思い切り皮肉を込めて言った。「あの村の井戸に毒を入れた甲斐があった。そのおかげで、あたしたちは素晴らしい勝利を収めたんだから。失礼……あたしたちは惨敗したんだった。父は負け戦の犠牲者のひとり」

「お父上のこと、本当に残念だわ。心からお悔やみ申し上げます。私は大之守殿をよく存じ上げなかったけれど、誰ひとりとして悪く言う人はいなかった。今の時代、それはとても意味のあることよ」竹子は隣にしゃがみ込み、なぐさめるように言った。「こんなときに話すことじゃないかもしれないけど、あなたたちにお願いしたこと……毒のことだけど……敵兵の全員が同じ井戸から水を飲むわけではなかったでしょうね。それでも私たちは、一〇〇人から二〇〇人の敵兵を戦闘不能にできたはず。その兵たちが戦場にいたら、被害はもっと大きくなっていた。あなたたちがしてくれたことも意味のあることだった……」

「戦闘不能にした？」篤湖は聞き返した。「ものは言いようだわ。あたしたちがしたことで誰も死んでいないって考えられるなら、気が楽になるでしょうね。村人たちも死んではいなくて、活動不能になっただけ？　村の若いふたり、円と桂太郎は祝言を挙げる予定だったのよ。あたしは毒を盛っていない。けど、彼らの名前と自分たちが犯した罪は一生忘れられない」

「沙織」ふいに竹子は虚ろなまなざしでつぶやいた。

「なんですって？」

「沙織。私が最初に殺さざるを得なかった罪なき者の名前よ。私がまだ一六歳の頃、潜入した城の下女だった。彼女はおそらく、私と同い年。もしかしたら少し年上だったかもしれない。主君の御寝所に忍び込もうとしたとき、鉢合わせしてしまい、彼女は悲鳴を上げようとした。慌てて口を塞いで落ち着かせようとしたけど、彼女は激しく抵抗し、私の手から逃れようとした。だから、彼女の喉を掻っ切らなければならなかった」

ふたりの間に沈黙が流れ、篤湖がそれを破った。

「あなたにそんな辛い過去が……」

「彼女は……私がいてほしくない時に、いてほしくない場所にいただけ。たまたま運が悪くて死ぬことになった。そして、彼女だけじゃないわ。私は小さい頃から、教団で武術、書、詩歌を教え込まれた。私は普通の人生を送ることもできたけれど、彼らがそうさせなかったの」

「その〝彼ら〟って誰？」好奇心が勝って怒りを忘れ、篤湖は訊ねる。「教団とか、一体何？なんではっきり教えてくれないの？　あなたを信じろと言うのなら、お互いに信頼し合うべきだってわかるでしょ？　あたしが誰のために、何のために働いているのかちゃんと理解していたら、任務を遂行していたかもしれない」

円と白玖の顔が脳裏によぎり、篤湖は小さな声で付け加えた。「……いえ、それでもできなかったかもしれない」

竹子は辺りを見渡し、誰にも聞かれていないことを確認する。彼女たちは完全にふたりきりだった。それでもなお、彼女は声を潜めた。

「いいでしょう。教えてあげるわ。私は『アサシン教団』という秘密組織の命令に従って動いているの。『アサシン』という言葉は、刺客であり、影の者という意味でもあるわ」

「アサシン？　刺客であり影の者……？」篤湖は訝しげに繰り返す。「秘密組織の名前にしては、ずいぶんあからさまな意味ですね」

「あなたの言わんとしてることはわかるわ」竹子は笑みを浮かべた。「信じられないかもしれないけれど、この言葉そのものを生み出したのが彼らよ。『アサシン』という言葉の由来を教えましょうか？」

篤湖がこくりとうなずくと、竹子は話を続けた。

「どこから説明すればいいかしら。太古の昔から、影に潜んで戦ってきた男女の集団が存在していた。彼らの信条は、自由意志を擁護して、人々の間に平和を築いていくことよ」

「ちょっと待って。何を言ってるの？」

「いいから聞いてちょうだい。たくさんの為政者が権力を手にして腐敗してきた。そして、その権力が大きくなればなるほど有害な存在になる。教団はその危険性を注視してきた。性別、宗教、人種、出自に関係なく、全ての人間は平等であるべき。つまり、身分の低い民も侍と同じ価値の存在である、それが教団の考え方なの。だからこそ、今の帝の統治には正当性がないと考えている。それからもうひとつ。女も職業を選ぶ権利があるともね。彼らの教えがなぜ私の心を捉えたか、わかるでしょう？」

篤湖は首を横に振った。そんなことはありえない。下層階級の者は下層階級のままで、大名が自身の領土を統べるという構図は、長い間ずっと変わっていない。

それでも、かなり心に響く考え方なのは間違いない。信じられないほど魅力的である。女子の私が就きたい職を選べる？　つまり、男装せずに軍に入れるってこと？　嫁に行くのをただ待っているだけの虚しい日々を過ごさずに済む？

「夢のようだわ」篤湖はつぶやいた。「でも、しょせん夢は夢に過ぎない。古くから続くしきたりはそう簡単に変わらない」

「そうね」竹子は同意する。「仏国の革命について聞いたことがある？　仏国は西欧にある遠くの国なんだけど、長きにわたって絶対的権力を持つ国王によって統治されてきた。そんな政権を、市民たちが蜂起して倒したの。その後、何年もの争いと流血、苦しみが続き、王族たちは追放されたにもかかわらず、戻ってきた。それでも最終的には、仏国は自由を手に入れたのよ。大きな変化は、往々にして血を伴ってもたらされる。アサシンたちは、自由と平和のために戦う人々の手助けをし、ときには自ら血を流すことも厭わない存在なの」

「彼らが『アサシン』という言葉を創り出したって言いましたよね」

篤湖の問いに、竹子は首肯した。「教団の最初の暗殺者たちは、ハシーシュという感覚を鈍らせる薬物を多用していたそうよ。薬のおかげで、任務中に恐怖を感じなかったらしい。そこから、彼らは『ハシシン』と呼ばれるようになり、その言葉が時とともに変化して、『アサシン』になった、と教えられた。これで私の知っていることは全部話したわ。私が誰のために働いているのか、あなたが望むと望まざるとにかかわらず、誰のために働いていたのかがわかったでしょう？」

篤湖は唇を噛み、物思いに沈んだ。自分の肩に、耐えきれないほどの重荷がのしかかってきた感じだった。だが、すぐに顔を上げ、胸の内を明かした。

「あたしは、世の中が変わってほしいと思ってるわ」あっさりと彼女は認めた。「この世界でどう生きるか、自分の道は自分で選びたいし、他の人たちも同じことができるようになってほしい。だけど、そのためにひとつの村を犠牲にしていいとは思えない。少なくとも今のあたしには、正直、わからない。住民たちが何も悪いことをしていなくて、あたしたちを歓迎してくれた村。見ず知らずのあたしたちを心からもてなし、祝言にも参加してくれと申し出てくれた人々。あたしたちのせいで、住人が誰ひとりとして生き残っていないかもしれない……。私は決してそのことを忘れない」

怒りの新たな火花が心の中で弾けたものの、その勢いは続かず、すぐに暗くなった。竹子が話してくれたことは素晴らしく、揖深がかつて口にした言葉――「全体の利益のために少数を犠牲にする」を裏づけてもいる。もしかしたら、それも正しい道のひとつなのかもしれない。

「わかった」竹子は答えた。「私たちの道のりは険しく、容易には進めない。そのことを加味しても、あなたはものすごく有望な人材なのは間違いない。聡明で無駄がなく、何ごとにも臨機応変に対応できる。何より、潜入と戦闘に長けている。私はあなたを手放したくない。だから……これからも訓練をさせてもらってもいいかしら？　この戦には、私やあなたのような存在が必要なの。約束する。次にあなたを送り込む任務は、罪のない人たちを犠牲にしないと誓うわ」

一七

城から望む会津若松の眺望は実に素晴らしい。地主となった今、松平容保(まつだいらかたもり)は特別な思いを胸に、山々が雪化粧していく風景に魅せられていた。一〇月に雪。この土地では珍しいことだ。

それは美麗な景色であると同時に、悲惨な光景でもあった。米の収穫は今年、作業が遅れたばかりでなく、収量も減少した。つまり翌年は飢饉の恐れがある。

大名は苦笑した。それは紛れもなく、また別の主が考えるべき問題だろう。ひと月、長くてもふた月のうちに、自分は戦死するか、退位を余儀なくされるに違いない。それなのになぜ、我が藩の来年の食糧難を心配する必要があるのか?

鳥羽伏見の戦いの惨敗の後、徳川(とくがわ)軍は失敗に次ぐ失敗を繰り返している。

将軍は臆病で、公然と帝に逆らうことはできず、平和的解決策を必死に模索していた。待っている間にも、味方は次々と戦場で殺されていった。

大阪城は、将軍が夜逃げしたことを察知した守備軍によって一挙に落城した。次は宇都宮城が落ちる番だった。そして、最後は江戸城。帝は京都を離れ、江戸に向かっている。

会津は比較的隔離された位置にあるゆえ、帝の兵たちが復讐にやってくるのを思い留まるのではないか。容保はそんなことを期待していた。秋となった今であればなおさらだ。ところが、敵は躊躇することなく北へ進軍し、母成峠（ぼなりとうげ）の防衛線を打ち破ったのだ。それにより、容保の領地に帝の軍隊が侵入する道が開かれてしまう。

今、会津城は完全に包囲されつつある。彼が活路を見出せなければ、落城は時間の問題だった。

篤湖（あつこ）は長い間風呂に浸かっていた。湯気が立ち込める中、身体のあちこちを嗅いでみる。番犬に察知されかねない匂いが何も残ってないようにしないといけない。さもなければ、己の存在が露呈してしまうからだ。風呂から上がり、部屋を暖めている炉の近づいたところで、思わず悲しげな笑みを浮かべた。身体を洗うのは何週間ぶりだろう。もっとも、きれいになったとはいえ、すぐに汚れてしまうのだが。

彼女は冷えた灰の中に手を突っ込み、黒い石炭の塊を取り出した。都の女性たちが白粉を使うように炭の粉を全身に塗っていく。やがて彼女の顔は闇に消え、白い歯だけがうっすらと浮かび上がった。

いつもの服装を無視し、隅に置いてあった大きな麻袋を漁る。

竹子は部屋の外で待っていた。篤湖を頭のてっぺんからつま先まで眺めた後、嬉しそうに絶賛の声を上げる。「完璧よ」

「もう、そこまで大袈裟に言わなくても」篤湖は口を尖らせる。「誰だって、顔に炭くらい塗れますよ」

「でも、あなたがしようとしていることは、すごく勇気が要る。そんな人は滅多にいないわ。今夜の任務では、あなたが望んだように、罪のない人を相手にする必要はない。我々を包囲している軍隊は全て敵よ」

「それで、あたしは何をすればいい?」篤湖はわざとらしく訊ねた。

任務の内容は心得ていた。それでももう一度、指南役である竹子の口から聞いておきたかった。その穏やかな声は、こちらの緊張を解いてくれる。竹子は半年間、できる限りの訓練を施し、篤湖はアサシン教団が団員に期待するあらゆる分野で大きな成長を遂げていた。今では、風景の中に溶け込み、声を偽り、あらゆる種類の薬を使いこなし、ほぼ真っ平らな壁を登ることもできる。

「敵の本陣に潜入し、敵軍の戦闘計画を入手するのよ」まるで世の中で最も簡単なことのように、竹子は答えた。「成功すれば、あなたは正式に教団の一員になれる」

うなずいた篤湖は指南役に一礼し、階下に向かった。いよいよ出発だ。階段を降りると、竹子が用意していた綱があった。それを窓から垂らし、濠まで滑り降りていく。

外は恐ろしいほど寒かった。午後から降り続けた雪のせいで、濠の水が半分ほど凍っている。それでも彼女は泣きごとも漏らさず、歯ぎしりもしなかった。麻袋が濡れぬよう頭に載せ、勇敢にも対岸まで黙々と泳ぐ。

「跳ね橋のそばは通れない」そう竹子から説明されていた。「敵が一番見張りを置いている場所だから。濠を渡らなければならない。幸運を祈ってるわ」

その言葉を思い出し、篤湖は急に腹立たしくなった。「幸運ですって?」誰に聞かせるまでもなく、独り言ちる。「そんなの願い下げよ」

濠から上がって茂みに分け入ると、服を全部脱ぎ、小さく丸めて草間に隠した。裸のままで麻袋を開け、震える手で新しい服を取り出す。質の良い生地で仕立てられた服は、夜闇に溶け込めるように淡黒だ。何より乾いている。今はそれが一番重要だ。

最後に黒い手袋を嵌めると、全身が闇に消える。足には二枚の布を重ねて巻き、重い足取りで土手を歩いてみた。巻いた布が足音を和らげてくれる。目を閉じると、自分でも動く物音が聞こえなかった。

いよいよ本番だ。心臓の高鳴りを覚えながら、篤湖は会津の町に出た。雪のせいか、人っ子ひとりいない。住民の姿は全くない。

この町でずっと暮らしてきた。目に浮かぶのは、夜でも人がたくさん行き交う町の喧騒だった。酒場から酒場へとふらふらと歩き回る人。日没後に到着した船乗りの男たち。親に隠れてより集まった若者たち。しかし今、目の前にあるのは、空っぽの店、廃墟と化した家……。風に鳴る雨戸を見ながら篤湖はそっと唇を噛んだ。

遠くからでは、どちらの軍の陣営かを見分けるのは難しい。敵兵たちは待ち伏せ攻撃を恐れ、民家には避難したくなかったらしい。そのため、会津のあちこちに砦が築かれている。何百もの篝火が月明かりに照らされ、まるで平原が燃えているかのようだった。

篤湖は教えられた通り、五感を研ぎ澄ませて草原を駆け抜けていく。

最近、竹子から習ったことが頭をよぎった。

地を這うように進むのは素人だけ。その方が捕まりにくいと思うかもしれないけれど、万が一、誰かに見つかったら、格好の標的になってしまう。そして、戦う体勢を整えるのに貴重な数秒を失うことになる。本物のアサシンは常に立ったまま動く。ただし、身を屈めることは忘れないで。

篤湖は前に移動しつつ、竹子の教えに従って猫背になり、短刀の鞘に手をかけた。肉体的負担は少なかったものの、精神的な負担が鼓動を速め、まるで一日の行軍を終えたかのような疲労感に包まれる。しばらくはたくさんの火が一面に広がる景色として見えていたが、ようやく個々の篝火を判別できるようになった。

もしも自分が陣営の指揮官だったら、どこに歩哨を配置するだろう？　篤湖は、周囲を最大限に見渡せて、最も理に適った場所を特定しようとした。あらゆる条件を満たす場所を見つけるのは容易ではないが、明らかに優位な場所はある。例えば、あの枯れ木のように、敵からは発見されにくく、周りの野原を広く見渡せる地点だ。

篤湖は短刀を音もなく引き抜いた。刃が革と擦れないように、あらかじめ鞘に油を塗っておいたのだ。準備は万端だ。


標的に近づいたら、そのときだけ、地面を這うのよ。


竹子の助言を思い浮かべ、彼女は地面に伏せて鼻先を土につけた。強い土の匂いを嗅ぎながら、足と肘を使って前に進んでいく。できるだけ目立たなく行動するのは言うまでもない。ぎりぎりまで移動して、最後の瞬間に頭を上げる。彼女の黒ずんだ顔は暗闇の中では全く目立たない。

自分は間違っていなかったのだ。目星をつけた枯れ木の下には、実際に番兵がひとり座っていた。見張りは、とりわけ夜番ともなると、警戒心は非常に高い。あらゆる物音に耳を澄まし、周囲に目を光らせている。槍を立て、侵入者の脅威に対していつでも行動をとれる体勢を維持し、即座に警告を発する心構えができていたはずだ。しかし今、容保率いる会津藩の軍勢は籠城しており、出入りできるのは跳ね橋だけだ。相手の出方を容易に想定できるせいか、斥候たちはこちらの動向を確認する気配も見せていなかった。そんな状況のせいか、そこにいた衛兵は、いつになく気が緩んでいるようだ。率直なところ、少し退屈そうに見えた。槍は切り株に立てかけ、頭を圧迫する兜を外し、睡魔と闘っている。

満足した篤湖は、今来た道を引き返して草むらに戻った。ここからなら、切り株周辺の動きを監視できる。あとは見張りの交代を待つだけだ。天皇軍の兵士が大名と同じ規則に従っているのなら、疲労が溜まって集中力が低下するのを防ぐため、衛兵の勤務は一刻（約二時間）より長くなることはないはずだ。

少なくとも半刻は待つ覚悟をしていたが、頃合いが良かったのだろう。交代の番兵は予想以上に早く現れた。篤湖が草むらに隠れてから、四半刻（約三〇分）も経っていない。兵士たちがふた言、三言、言葉を交わした後、当番を終えた衛兵は休息をとるべく立ち去っていき、もうひとりが持ち場を引き継いだ。

最初の衛兵が完全に立ち去るまで篤湖はもう少しだけ待ち、それから木の切り株に向かって再び這いながら進み出した。

立ち上がる時機は慎重に選ぶこと。早すぎると、こちらが到達する前に相手に警告を発する時間を与えてしまう。遅すぎた場合、まだ地面に伏せているときに見つかるかもしれない。そうなったら、非常に厄介な状況に追い込まれることになるわ。忘れないで。あとに続く展開のほとんどは、この最初の決断にかかっている。

篤湖は少しずつ前進した。極限までゆっくりとした動作で手足を繰り出す。汗が首から鎖骨に滴り落ち、背の高い草が彼女の腹をくすぐる。集中力は今にも途切れそうだ。

目の前の兵士は、二〇歳にも満たない若者だった。彼は髭のない顎を掻いてあくびをし、槍を下に置こうとした。今だ！　二歩で不運な青年にたどり着き、篤湖は短刀の刃をその喉元に突きつけた。

「大声を出せば、おまえは死ぬことになる」耳元でささやく。

彼女の潜入任務の中で、このわずかな間が最も危険な瞬間だ。武器を当てられても、英雄になろうとして愚かにも抵抗しようとしたり、味方に警告を発しようとしたりする者もいる。竹子からはそう警告されていた。

ためらわずに喉を切り裂きなさい。さもなければ、あなた自身の命はもちろんのこと、任務全体が危険に晒されることになる。

篤湖は短刀を持つ手に力を込めたが、その番兵は、毎月のわずかな賃金――しかも、得てして支払いが遅れがち――のために死ぬ価値はないと判断したようだ。彼はゆっくりと両手を挙げて降伏の合図をした。若者は緊張でごくりと唾を呑み、刃が当てられた喉仏が動く。それだけで傷がつく危険があった。

「こ、殺さないでくれ」番兵が小声で訴える。「嫁がいるんだ。名は和花（まどか）――彼女は身ごもっている。頼む。ここで死ぬわけにはいかないんだ」

和花！　同じ名前。篤湖の脳裏に伏見の村の円（まどか）の顔が浮かぶ。短刀を持つ手が緩むのを感じて、彼女はその感情を抑え込んだ。今失敗すれば、さらに多くの会津兵が死ぬ。彼らだって、妻子ある兵士たちだ。結局は、同じように決断を迫られる。井戸に毒を入れないことが正しいのか否か。ひとりの敵兵の命か、大勢の味方の命か。

「一緒に来い。静かに、ゆっくりとだ。少しでもおかしな動きをしたら殺す」

篤湖は衛兵を茂みへと導き、彼はひと言も漏らすことなくつき従った。

彼女が相手を林の奥に押しやろうとした際、彼は躊躇するそぶりを見せた。篤湖にはその理由がわかっていた。そこまで行ってしまうと、誰も助けに来てくれないと若者も承知していたのだ。しかし、他に選択肢はなかった。喉に当てた短刀に少し力を入れると、ひと筋の血が伝い、彼はそれ以上ためらうのをやめて歩き続けた。

木立がふたりを囲む。篤湖は空いた手を伸ばし、兵士の帯を外した。相手が携えていた短剣が地面に落ち、彼女はそれを茂みの中へと蹴り飛ばした。

「ゆっくりと武器を外していくぞ」篤湖は今までになく威嚇的な声で告げる。「変な真似をしようとするな。少しでも不審な動きをすれば、豚のごとく、おまえの臓物をえぐり出してやる」

「わ、わかりました」若者は足を震わせながら同意した。

篤湖は笑みを抑えるのに苦労した。豚のごとく？　どうしてそんな物言いになったのか、自分でもわからない。その言葉は、どこからともなく口をついて出たのだ。短刀を振り上げたままいつでも攻撃できるようにして、彼女は一歩下がった。

「何が……望みだ？」歩哨は口ごもりながら訊ねる。「放免してくれたら、あなたのことは誰にも言わない」

それから、帯と一緒に地面に落ちていた小銭入れを震えながら指差した。

「はした金だけど、半月前に賃金をもらった。女房に贈り物をしようと思っていたんだが、全部くれてやる。だから、殺さないでくれ」

彼はこちらに罪悪感を抱かせようとしている。そして、それは効き目があった。篤湖の中に、同情の波が押し寄せる。だが、それはすぐに冷たい怒りに取って代わった。あたしに罪悪感を抱かせようとするなんて。敵の弾丸に倒れ、妻や子の名を呼びながら死んでいく兵たちを何人見たと思っている。そう、彼は敵だ。それは紛れもない事実だ。

「黙れ」低い声で彼女は命じた。「金など要らぬ。欲しいのは情報だ」

「情報？」兵士は驚いて聞き返す。「しかし、私は……ただの足軽。上官たちがそうした情報を私に教えていると、本気で思ってるのか？」

「知ってる。だから、士官や補給担当官がどこに寝泊まりしているのか知りたい」

若者は目を見開き、一歩後ずさる。だが、鋭利な刃物に威嚇され、動きを止めた。

「正気か？　なぜそんなことを知りたい？」

「おまえには関係ないことだ。妻と子に会いたいなら、聞かれたことに答えろ」

もう一度、嫁子に会うための選択肢はひとつしかない。衛兵は必死の形相で、知っている全てを慌てて吐き出した。

その顔に嘘はなかった。刺客の氷のような視線を向けられた彼は、嘘でごまかすのはあまり賢明な考えではないと理解したからだろう。

若者が話している間、篤湖は頭の中で陣営の地図を描いていく。官軍の野営地も旧幕府軍とほぼ同じ構造で、近しい戦略計画に従って計画されているようだ。だが、それだけで決めつけるのは危険だ。

「いいだろう。おまえの交代予定はいつだ？」

「あと四半刻です」歩哨は即答した。

彼は返答を急ぎすぎたようだ。こちらの視線を避けるために焦ったのか。篤湖は彼が嘘をついていると判断した。そんなに早く衛兵を交代させる将軍などいない。

「なるほど。おまえが真実を言っているかどうか確かめるぞ。四半刻待って、枯れ木の下に別の衛兵が来るか見てみよう。本当なら、交代兵は皆に異状を知らせ、こちらは逃げなければならない。もしそうでなかったら……おまえは嘘をついたことになる。嘘つきは許せない。躊躇なく喉を掻っ切ってやる」

彼女が短刀を構えるや、若者はうずくまった。

「待て。待ってくれ！　私は混乱していた。あと時半（ときなか）（約一時間）余りは来ないでしょう」

「よし」彼女はうなずきながら命じる。「服を脱げ」

「えっ？」衛兵は目を丸くした。

「自分で脱ぐか。それとも、こちらが死体から剝ぎ取るか。選ばせてやろう」

兵士は震えながら、いそいそと服を脱ぎ始めた。天皇家の紋章の入った胴衣を脱ぎ、胸当てを外す。

篤湖に促され、次に脚半袴と草鞋を脱いだ。秋の寒さの中、彼は褌一枚で立っていた。がたがたと震えているのは、恐怖と寒さが綯い交ぜになっているからかもしれない。

「よし」短い言葉を吐き出すと、篤湖は持っていた綱を取り出した。「あの木を背にして立て」

「私を縛るんですか？」

「この場で殺されると思っていたんだろう？　命があるだけでも儲け物だ。そう思わないか？」

「さすがにこの寒さは堪える……それに野犬が……」

「すぐに仲間が見つけてくれるだろうよ。もし野犬が恐ろしいなら、今すぐ殺してやってもいいんだぞ？」

答えは聞くまでもなかった。若者は木の幹にもたれかかり、黙って篤湖に縛られた。仕事が終わると、彼女は黒装束を解き、見張りが地面に脱ぎ捨てた服を拾い集めた。

「待ってくれ。あなたは女――？」兵士は愕然とし、口を大きく開けている。かなり衝撃を受けたらしい。

「ようやく気づいたか」篤湖は返した。「胸でわかったのか？」

彼女は慣れた手つきで胸当てを締めていく。帝から授かった軍服は、将軍側のものより質がいいわけではなく、寸法もほぼ同じだった。鎧は篤湖には少し大きすぎたが、誰も気づかないだろう。

　彼女は髪を兜の中に押し入れ、地面に落ちていた帯を拾い上げた。最後に、着ていた黒装束を上から羽織る。陣営の端に着くまでは、誰の注意も引きたくない。

「嘘だ」彼は困惑の表情でつぶやいた。「女子（おなご）に負けたと知れたら、みんなの笑い者だ」

「本当のことを言う必要はない」篤湖は青年の頬を軽く叩く。「背丈が七尺（二メートル強）以上ある数十人の大男たちにやられたとでも話せばいい」

　そう言いながら、男の口に猿ぐつわを噛ませる。網に緩みがないかをもう一度確かめた後、篤湖はゆっくりと衛兵の側から離れた。

一八

官軍の軍服を着ているとはいえ、陣営の外にいること自体、不自然だ。篤湖は番兵が立つべき場所を目指して慎重に歩を進めた。それから枯れ木の下まで戻ると、誰も警告を発していないことを確認してから陣営内に足を踏み入れた。

予想していた通り、ここは徳川側の陣地よりも規律が緩い。彼女は誰にも気づかれることなく陣営内に潜り込むことができた。松明や焚き火に近づかない限り、篤湖が歩く姿さえほとんど見えなかったはずだ。

近くの天幕の後ろに隠れ、黒い胴衣を脱ぎ捨てる。こうして、官軍の兵士に扮した篤湖は、隠れることなく前進を続けていった。まるで、そこにいる権利があるかのように堂々と振る舞う。この重要な教訓を学んだのは、竹子から行軍の隊列の先頭に割り込むように課された日のことだ。

最初の警備拠点を過ぎると、人々は通常、あなたはそこにいて当然の存在だと認識するようになり、誰もあなたを気にかけない。

篤湖は衛兵が教えてくれた場所へ移動した。もっとも、彼の説明がなかったとしても、目的の幕舎に狙いをつけることができただろう。士官のそれはひとり用にもかかわらず、明らかに質のいい布地で仕立てられており、おまけに背が高く、兵士六人用のものの二倍の大きさだったからだ。鎧を身に着けながら柵を目指して走る足軽とすれ違い、彼女は軽くうなずいてみせる。きっと寝過ごして、見張りの交代の時間に遅れ、上官に大目玉を喰らったに違いない。哀れなことだ。

士官たちの幕舎は厳重に警備されていた。侵入者を見込んでいるのだろう。もしかしたら、正規兵以外にも闇に紛れた忍びもいるのかもしれない。上官でこの守りでは、帝を襲撃することはもはや不可能に近い。竹子から聞いた話では、帝の護衛は、神業を駆使する精鋭の剣士たちで構成され、彼らは影の中のほんのわずかな脅威も察知することができるという。子供の頃から、君主のために血を流すように訓練されている男たちだ。篤湖に勝ち目はない。二歩も進まないうちに見つかってしまうだろう。

とはいえ、帝は自分の標的ではなかったし、総督や参謀も標的ではない。豪華な陣幕にたどり着く前に、彼女は道を逸れた。衛兵たちに見つからぬよう、十分距離を保つ。

篤湖が探していたのは、もっと簡素で実務的な場所だ。

補給担当官の陣所を見つけるのに、そう時間はかからなかった。補給担当官が平民であるがゆえ、士官たちの場所からは近すぎず、遠すぎず——適度な距離が保たれている。

計画を知っているのは士官たちだけではない。確実に情報を持っている士官たちは情報源として最適だけれど、重要な地位にいる者だからこそ、守りが固いのが難点。あなたが狙うべきは、補給担当官よ。彼らの仕事は馬を用意し、物資を整理して全員の行軍の支度を整えること。そして、可能な限り効率的に仕事をするために、自軍の計画や様々な情報を仕入れている。それでも、単なる補給担当官の陣所を警備する者はいない。


竹子の言葉が脳裏をよぎった。すると——。

「おい。そこのおまえ、ここで何をしている?」

その声が夜の静寂を破る。おそらく誰も起こさないほどの低い声だったが、明らかに権威を感じさせるものだった。篤湖はびくりとし、恐怖で凍りつく。

おそらく組頭だと思われる人物が、手を伸ばせば篤湖の肩に届きそうな距離に立ち、行く手を遮っている。見栄えが何よりも重要視される軍隊の中で、その体格の小柄さを補おうと、彼は必要以上に威圧的だった。夜勤の任務に割り当てられたのがよほど不服なのか、明らかに機嫌が悪そうだ。

幸運なことに、軍隊にいた数か月の間に、篤湖はこのような状況にどう対処すればいいかを学んでいた。彼女は今、組頭たちの陣幕に接近し過ぎており、自分が任務中だと偽るのは不自然だろう。もっともらしい言い訳が必要だ。

「組頭、今にも漏れそうなんです」彼女は泰輔の声でうめき声を上げてみせる。「昨日の配給で腹を下してしまって――」

背の低い組頭は彼女を上目づかいで見た後、眉間に皺を寄せる。

「そうか。災難だったな。だが、だからといってこんなところでこそこそしている理由にはならん。厠（かわや）は野営地の反対側にあるじゃないか。一体何を隠している？」

実際にやっていることより軽めの罪を自白する。何か非を認めれば、誰もあなたが嘘をついているとは思わない。それが潜入の鍵よ。

「足軽の便所は最悪なんです」篤湖は鼻をつまんで訴えた。「だから、組頭の便所を拝借したいと思いまして」

組頭は、己の権威を誇示するかのごとく胸を張る。

「何を言ってる？　おまえのような汚い足軽が、士官用の厠で用を足したいだと？　その敏感な鼻では悪臭に耐えられないってわけか。何様だと思っている？　こんな無礼な真似をすれば、処刑されかねないぞ」

「ああ、お願いです。そんなひどいことはしないでください。見て見ぬふりはできないのですか？　今回だけでも、なんとか」

篤湖は、今しがた手に入れた歩哨の巾着から数枚の小銭を取り出し、軽く回転させた。この組頭が賄賂の効かない相手なら、ただちに逃げなければならない。生きて戻れたら幸運だ。

しかし、金に心を動かされない組頭などほとんどいない。とりわけ、ここでの賃金では。

小銭は組頭の懐に消え、彼はこちらの肩を小突いた。

「さあ、ここから出て行け。二度と私の目につくなよ」

「じゃあ、士官様の便所を使ってもいいんですか？」

「馬鹿も休み休み言え！　上に報告されないだけましだと思うんだな。さあ、私の気が変わる前に出て行け！」

篤湖は全速力で逃げた。組頭がはるか後方に消えるまで、速度を落とさず走り続ける。途中で誰にもぶつからないよう、細心の注意を払った。次に誰かと鉢合わせした場合、同じ言い訳は通用しないだろう。

これ以上、無駄な時間を費やす余裕はない。篤湖は踵を返すと、再び任務に戻る。今度は誰にも邪魔されることなく、目的の陣所に到着した。後ろを振り返り、誰にも見られていないことを確認してから、短刀を二回振り下ろして天幕の布地に切れ目を入れる。裂けた隙間をすっと通り抜け、後ろ手で布を整えた。細く切れ込みが入った布は、提灯を持って近づかない限り、通りかかっただけでは見えないはずだ。

もしも補給担当官が他の者――おそらく厩舎の少年や下役(したやく)など――と寝ていた場合は、標的を起こす前に、そうした者たちを先に始末しなければならない。叫び声を上げないように口を塞ぎ、喉を切り裂く。声帯を確実に切断すること。

ここまでは血を流すことなく来ることができた。補給担当官がひとりで眠っているのを確かめて、思わず安堵する。彼は上級武士と交わるほどの人物ではないだろう。それでも、他の兵士たちと共同の陣所ではなく、ひとりの寝所を持つくらい十分重要な立場にあるようだ。

標的の寝床に忍び寄った篤湖は、短刀を喉に押し当て、相手の口を手で覆う。彼はぎょっとして目を見開き、振りほどこうと必死で抵抗する。力が強い男だが、篤湖も負けてはいない。それに彼女の方が位置的にずっと有利だ。やがて刃の圧を喉に感じた彼は力を抜き、降参の意思を示した。

「手を離すが――」篤湖は男にささやく。「大声を出せば、おまえは死ぬことになる」さっき歩哨に言ったのと同じ脅し文句だ。「わかったか？」

補給担当官は何度もうなずき、彼女はその口を解放した。

「な、何が望みだ？」恐る恐る、彼はしわがれ声で訊いてきた。

刃物の冷たい感触に喉はからからになる。全ては予想通り。誰もが同じように反応し、同じような言葉を発する。

「軍略を寄こせ。渡せば、命は助けてやる」

男は首を振った。「できない」

「ならば、死んでもらう」

「渡したところでどうせ殺される」

いずれ皆、そこにたどり着く。駆け引きの一手よ。命惜しさは人の常。それが人間の性（さが）というもの。生き延びる道を与えれば、相手は躊躇なくそれに飛びつく。

「いいや、殺さぬ」穏やかな口調で篤湖は答えた。「こちらに従えば、髪の毛一本とて触れぬ」

「そんな言葉には騙されない」補給担当官は鼻で笑う。「私を生かしたままにして、おまえのことを黙っていると思うか？　私が話せば、翌日には士官たちが計画を変更するだろう。おまえが今こうしていることは何もかも無駄になるぞ」

篤湖は口元を緩めて笑みを浮かべたが、それは相手を安心させるものではない。今から鼠を弄ぼうとする猫、あるいは血の匂いを嗅ぎつけた鮫のような不敵な笑みだ。男は寝床で姿勢を正し、まるで短刀から身を守るかのように、布団を掛け直した。

「話さなければ、間違いなくおまえは冥土行きだ」彼女は冷静に説明した。「しかし、進軍の策を明かせば、こちらは黙ってここを去る」

「どうやってその言葉を信じろと？」補給担当官は言い返す。「口約束だけでは不十分だ」

潜入を成功させるための準備は、任務の夜をはるかに遡って始まっている。標的のことを調べれば調べるほど、起こり得る問題をより多く予測でき、対応策をより多く用意しておける。任務によっては、幾月にもわたる準備が求められるわ。それも仕事のうちよ。

「確かにそうだ」篤湖は声を押し殺して答える。「だが、おまえに妻とふたりの娘がいるのを我々は知っている。そうそう、上の娘の千晶（ちあき）は、玉のような男の子を出産したばかりじゃないか。おまえに似て、活発で勇敢な子になるだろうよ。はて、名は何だったかな？　そうだ、正弥（せいや）

だ。確か、そんな名前だったな」

「私の家族に近づくなど――」男は息を呑み、起き上がろうとするも、篤湖の手が彼を押し戻した。

「いいか、我々もそこまで残酷ではない。もちろん、おまえが黙っていることが条件だがな。軍略を教えるのを拒否したり、ここでの些細な談話を誰かに話したりしたら、我が組織はすぐさま適切に対処するだろう」

「一体、どこの陣営の者だ？」

「おまえには関係のないことだ。重要なのはおまえの妻や子供、孫がこれからも生きていけるかどうかだ」

　篤湖は刃物を鞘に収めた。もう必要ない。男の気は完全にくじけている。だがふと、戸惑いの糸が心に絡んで幾重にも巻きついていくのを感じ、彼女は己に言い聞かせた。これは組織のため、正義のためにしているのだ。帝は倒幕派に操られているだけなのだ。我々は哀れな主上を解放しようとしているのだ――。

　観念した男は、具体的な攻め口を記した作戦図を取り出した。篤湖はそれを受け取ると、その全てを頭に叩き込んだ。そして友人に挨拶するかのごとく礼を告げて立ち上がる。

「私の天幕から出ていってくれ。あんたが捕まっても、私は責任を取らないぞ」補給担当官は諦めたように首を横に振った。

「確かにな。だが、我が組織がそれをどう考えるかは、私も責任を取れない」篤湖は静かに応じた。「捕まったのは運が悪かっただけなのか、それともおまえが裏切ったからなのか。組織の者たちにとっては、どちらだろうと関係ない。彼らにとって重要なのは、任務に出た仲間が戻らなかったという事実だけ。となれば、おまえの家族は――」

「嘘だ！　いい加減なことを言うな！」

「こちらの言ってることが嘘かどうか、本気で試すつもりか？」

篤湖のその言葉に、男はさすがにためらっている。正直、彼はすでに言い過ぎていた。一旦、道を歩み始めたら、引き返すより進み続ける方が簡単だ。

「――わかった」彼は折れた。「何をすればいい？」

「複雑なことは何もない。この時間に陣営から離れるのにもっともらしい言い訳を教えてくれ。例えば、馬の世話をするとか、それとも――」

「いいや」男は懸命に考えている彼女の言葉を遮った。「馬はみんな、陣営内の馬小屋にいる。こんな夜遅くに陣営を離れる正当な理由などない。しかし、防護柵までなら行かせられるだろう。そこまでたどり着けば、姿を消すのはさほど難しくないはずだ。何せおまえは、私の寝床までやって来たんだから、さらなる秘儀があるに違いない」

心の中の疑念を悟られてはなるまいと、篤湖はしっかりと首肯する。こちらが並外れた才を持つ忍びだと勘違いしてくれるのなら、それに越したことはない。一六歳をわずかに過ぎたばかりの小娘に屈するよりも、忍びに屈した方がはるかに面目も立つだろう。

決断したことで、補給担当官には、新たな目的意識が芽生えたようだ。彼は寝床から立ち上がったが、今回、篤湖は止めなかった。寝床の傍らに積まれた半紙を手に取ると、何やらさらさらとそこに書き込んでいく。どうやら物資の依頼書である徴発令らしい。

「これを持ってけ。誰かに呼び止められたら、私が士官用に毛布を二枚余分に注文したと伝えろ。この書類があれば、誰にも疑われずに済む」そこまで言うと、彼は顔を歪めてさらに続けた。「もしあんたが嘘をついていて、いずれにせよ私を殺すつもりなら、今すぐやってくれ。できるだけ苦痛を伴わないように頼む」

そして、男は頭を後ろに倒し、喉をさらけ出す。篤湖が一歩下がると、彼は本当に覚悟を決めたようだった。今ここで、斬られるのだと。

「おいおい」彼女は穏やかに声をかけ、相手を安心させる。「朝になっておまえの死体が見つかったら、おまえの情報は役に立たなくなるだろう？　みんな、おまえが刺客に何か話したかと怪しんで、万一に備えて計画を変更するはずだ。だからおまえを殺さない。おまえが裏切らない限りはな」

それを聞いた男は寝床にへなへなと崩れ落ち、安堵の表情を浮かべた。股引きに尿漏れの染みがあるのに気づき、突然、篤湖は揖深を思い出す。冷静さを失いそうになり、無理やり自分が演じていた役に気持ちを戻した。

「そろそろ行くとしよう。約束は守られると信じている。そうすれば、家族には何も起こらない」

「どうしたら確信が持てるんだ?」弱々しい声で、彼は問いただした。

我々は決して快楽のために命を奪ったりはしない。目的に適うときは迷いなく殺す。だが、残酷ではない。

「我々は決して快楽のために命を奪ったりはしない」天幕の出口に向かいつつ、篤湖は告げた。「目的に適うときは迷いなく殺す。だが、残酷ではない」

補給担当官は何も答えなかった。今の危険な状況がもうすぐ終わるという根拠なき期待を抱き、目を閉じている。この侍は本当に、この夜を生き延びるつもりだったのだろうか?

天幕の布が擦れる音がした。彼が目を開けると、見知らぬ忍びの姿は消えていた。

一九

心の中にずしりと重い恐怖を抱えたまま、篤湖(あつこ)は任務を遂行してきた。

背後から襲い掛かる前に、歩哨に気づかれてしまったかもしれない。降伏を拒否して警告を発しようとしたかもしれない。補給担当官の陣所を見つけられなかったかもしれない。敵の救援が予想より早く到着したかもしれない。組頭が彼女の変装を見破ったかもしれない。補給担当官が寝床にいなかったかもしれない。彼がこちらの脅しに屈しなかったかもしれない。竹子(たけこ)が想定していたよりも警備が厳重だったかもしれない。

多くのことがうまくいかなかった可能性があった。怪しまれて不都合な質問をされたときのための言い訳は何通りも用意してあった。しかし、最も困難な段階は終わったのだ。探していた情報は今、自分の頭の中にある。要するに、全てがうまくいったのだ。彼女は満足げな笑みを浮かべた。

あまりに早い段階で油断し過ぎていなければ、難なく野営地から抜け出せていただろう。

「おまえ、こんな夜更けにどこに行く?」

突然、背後から呼びかけられ、篤湖は作り笑いをしながら振り返った。同時に、すかさず懐を漁る。

「士官用の毛布をもっと探してくるように頼まれました」平然とした表情で説明した。「なので、命令に従っているまでです」

彼女は抜かりなく対応した。低い声で答える。平静を装い、動揺を見せない。上官から質問されるとき、たとえ自分に何も非がないとしても、兵士なら誰しもが抱くちょっとした不安を顔に滲み出させる。そう、何もかもが完璧だった。寸法が大きすぎる胸当てが肩からずり落ち、胴衣の上部を引き下げてしまった以外は。胸元の輪郭を認めた組頭は、夜闇の中で目を細め、提灯の明かりをかざした。

「おまえ、女なのか？　我々の陣営で一体何をしている？」

篤湖は恐怖を感じるよりも先に、苛立ちを覚えた。自分が男だったら、この言い訳で十分だったはずだ。何の問題もなく外に出られただろう。組頭は、軍にいる足軽を全て把握しているわけではないし、数千人の中で顔を知っているのは一部だ。だが、女であれば話は別だ。そもそも女は今、ここにいるべきでない存在だ。にもかかわらず、彼女の性別は露呈してしまった。

竹子はあらゆる局面を予測していた。当然、このような事態に備えた弁解も用意されていた。

女子(おなご)であることが問題になったら、それを武器にすればいい。大名の陣幕で一夜を過ごし、家路につくところだと思わせるのだ。大抵の下層武士は、主君の邪魔をしてまで、あなたの話の裏を取ったりはしないはずよ。特に不名誉や醜聞を引き起こす危険があれば、なおさらのこと。己の立場が失われないように、彼らは、疑わしきは罰せずの態度をとるでしょうね。

しかし、篤湖の頭は真っ白になった。気を緩めたために疲労感が一気に押し寄せ、全身が休息を求めて悲鳴を上げている。必要な反応が咄嗟に出てこない。ようやく何を言うべきか思い出したものの、すでに時遅し。組頭はこちらを不審者だと決めつけていた。

「さあ、ついてこい。変な真似はするな。豚のように腸をえぐり出されたくなければな」

もはや話を聞いてもらえる状態ではない。残されているのは暴力だけだ。篤湖は武装していないことを示すために空の両手を上げ、最も無邪気な笑顔を彼に向けた。そして次の瞬間、目にも見えぬ速さで両手を伸ばし、相手の喉を殴った。

あなたを武道の達人に仕立てる時間はない。あなたは家の道場で基本を学んだけれど、主に武器の訓練が中心だった。だから、この一手だけは覚えておきなさい。喉への一撃。すばやく、正確にね。本格的な戦いでは通用しないけれど、相手があなたの攻撃を予想していなければ、意表を突くことができる。相手を仕留められる可能性もあるけれど、そう簡単にはいかない。それでも、息をするのに精一杯で、警告を発するのが不能な状態にすることはできる。

理論上は、致命傷を与えるか、少なくとも相手を無効化できる一撃というわけだ。そして、竹子と練習したときは、もっとうまくできていた。ところが今、現実には、篤湖は提灯の光に照らされて目がくらみ、かつてないほど動転していた。ほんのわずかに的を外し、組頭に頭を回転させる隙を与えてしまう。喉に命中して、呼吸を止めるはずの手は、相手の肩に当たって跳ね返されるに留まった。

「武器を取れ！」己が敵と対峙していると確信し、男は叫んだ。「陣営内に侵入者だ！」

ひとりの女子のために警報の太鼓を打ち鳴らすまでもないと思ったのか、叫んだだけだったが、それとて効果を発揮した。兵士たちが陣幕の中からよろよろと出てきたのだ。ある者は半裸のまで、ある者は帯を締めながら、ある者は目をこすって眠気をこらえつつ——。

警報を鳴らされた場合、残された道はただひとつ。逃げることよ。それができないなら、名誉の死を遂げるしかない。

たとえ名誉のためであったとしても、篤湖は死にたいとは思わない。男装までして重ねてきた努力、そして乗り越えてきた苦難と経験を無駄にするわけにはいかない。警告を発することに気を取られた組頭の意表を突くように、篤湖は身体を左に向ける。そして、行く手を阻まんと相手が動いた瞬間、逆方向にふわりと身を躍らせた。

組頭はよろめき、怒りの声を上げる。しかし、ほぼ同時に目を瞬(しばた)かせた。侵入者の姿が目の前から消えていたからだ。

組頭を後方に追いやった篤湖は、突破口を探して陣内を駆け抜けていた。そうしている間も、顔を左右に振り、索敵することも忘れない。唐突にひとりの兵士を突き飛ばし、何が起こっているのか相手が把握する前に先に進む。その先で待ち構えていた槍兵が突き出した穂先を、身を翻してかわす。さらに別の敵兵がこちらの肩に手を伸ばそうとした気配を察するや、天幕の隙間に転がり込んだ。そのまま反対側から表に抜け、短刀をひと振りして出口の垂れ幕を切断し、敵の行く手を遮った。

敵の本陣から逃げ出せる見込みはほとんどないかもしれないが、諦めたくはなかった。せめて野営地の防護柵までたどり着けば、何とかなる。距離にして、あと数十歩か。そのとき、他の者よりはるかに大きな男が篤湖の前に立ちはだかった。足を止めることなく、ためらうことなく、何も考えることなく、彼女は彼の睾丸を鷲掴みにする。急所をねじ上げられるや、男は悲鳴を上げ、その目から戦う意志が失われた。彼女は走り続けながら、不快な感触を忘れようと手を振った。

幸いにも彼女を救ったのは、陣営内の混乱だった。敵兵のほとんどが、何が起こっているのかわかっていない。総攻撃の準備をする者もいれば、食糧が盗まれたのではないかと心配する者もいる。兵士たちは四方八方に走り回り、士官たちは不統一な命令を繰り返した。誰もが秩序を取り戻そうとしたが、うまくいかなかった。しばらくしてから提灯が灯される。だが、辺りが急に明るくなったために目がくらみ、皆、太い指で両目をこすっている。味方同士で刀を打ち合う者もいた。どうやら視界がぼやけ、お互いに相手が侵入者だと勘違いしていたらしい。

「奴らはこっちだ!」誰かが叫んだ。

「西から来るぞ!」別の者が怒号を上げる。

乾いた爆発音が響いた。篤湖ははっとする。敵陣営の火器が潤沢である事実を思い出し、戦慄が走った。鉄砲隊に狙われたら、その優れた敏捷さをもってしても助からない。

篤湖は身を屈め、竹子に教わったように猫背の姿勢で地面を駆った。刃が一閃し、頭の上をかすめる。反射的にさらに身を低くし、肩を使って前転した。そのまま立ち上がると、無駄な動きを一切せずに走り続けていく。刀を薙いだ侍は、呆然とした表情で彼女を目で追っていたが、貴重な数拍を失ったことに気づいて慌てて駆け出した。

陣営の混乱が続く中、篶湖はついに防護柵まであと少しの地点まで来た。駆けてくるこちらの気配に気づき、槍を構えた三人の歩哨がぱっと振り向く。彼女は近づきながら、低い声で命じた。

「奴らが来る！　急いで門を閉じろ！　賊軍が逃げようとしている！」

「えっ、逃げる？」兵士のひとりが驚いて口ごもった。

敵兵衆が建物から逃げ出してくると思ったのか、ふたりが町の方に顔を向けている。しかし、もうひとりは篶湖の言葉を鵜呑みにせず、彼女をよく見ようと目を細めた。

「あんたはどこの部隊だ？　この命令は誰から出た？」

疑念を抱いたのは立派だが、何の役にも立たない。走る速度を緩めることなく、篶湖は片手を前に突き出した。

金属の閃きが飛んできたと思った途端、彼は胸に衝撃を感じ、視線を落とす。胸に短刀が深々と刺さっている。

「ああ……」うめきながら胸元を見つめる歩哨の横を疾風のごとく駆け抜ける。やがて現れた柵目掛けて、力任せに大地を蹴った。

彼女が柵の上から向こう側へと滑り降りる頃には、歩哨はすでに事切れていた。その間に、彼のふたりの仲間はようやく何が起きているのかを悟る。ひとりが弓矢を手にし、もうひとりが大声を出した。

「曲者！　曲者だ！」

　地面に着地した篤湖は、蛇行しながら町に向かって駆け出した。次の瞬間、足元の地面に矢が突き刺さった。二射目の矢は、頭を飛び越えて前方の草木の中に消えていった。生存本能に駆り立てられた彼女は、さらに腕を激しく振り、足運びを加速させる。

　背後を見やると、陣営内が騒然としているにもかかわらず、必死に追いかけてくる者がいた。人影は四人。さらに門が開き、馬三頭がそれぞれ侍を乗せて飛び出してきたため、篤湖は顔を歪めた。走ってくる追っ手なら振り切れるが、馬となると厄介だ。追いつかれる前に町に着かなければ、全て水泡に帰してしまう。

　動悸は激しく、顔は紅潮し、足が熱い。おまけに、脇腹が疼く。最初の三つの感覚については心配していなかった。自分自身の限界は承知しており、そこに至っていないことはわかっている。だが、腹の痛みは気がかりだ。痛みが増せば、このままの速度で走り続けることはできないだろう。


　拳を握り締めれば、脇腹の痛みが和らぐというのは単なる俗説で、何の役にも立たない。それでも、痛みと闘うために何かをしている感覚が得られる。そして、その心理的効果は、実際の身体的効果と同じくらい重要なのよ。

俗説であろうとなかろうと、そして他に解決策がない以上、篤湖にできることは他にない。握った拳に力を込める。

背後に追い上げてくる馬の気配を感じ、森に逃げ込む時間はないと悟った。短刀を引き抜こうと手を伸ばし、彼女は愕然とする。短刀がない！　防護柵を越える直前、歩哨のひとりの胸に埋め込み、そのままにしてきたのだ。なんて愚かな……。つまり、今の自分には自衛の手段が全くないことになる。

絶望に打ちひしがれながら、篤湖は渾身の力を振り絞った。しかし、馬の蹄が地面を揺らす音と振動がすでに伝わってきている。残された手はただひとつ。これがうまくいかなければ、一巻の終わりだ。

高貴な軍馬は子馬の頃から戦場に慣れ親しんでいるため、よほどでない限り、驚かせることは難しい。彼らは忠実な動物で、たとえ殺戮の真っ最中であっても、騎手のわずかな手綱の動きや体重移動といった繊細な合図に従う。ただし、全てが高貴な馬というわけではない。斥候や下級武士の馬は、大半がまともに訓練を受けていない。少しのことで神経質になる。そこにつけ入る隙が生まれる。

篤湖は馬の蹄の拍子を数えた。一、二、三、四！　それからくるりと回転し、追っ手と向き合って両手を広げ、背筋を伸ばす。

「うおぉ――――――!!」肺に残っている全てを振り絞って叫んだ。

今にも刀を振り下ろそうと攻撃の構えをしていた侍は鞍の端に腰掛け、しかも手綱を握っていなかった。叫び声に驚いて後ろ足で立ち上がる馬を落ち着かせることができず、なす術（すべ）なく地面に振り落とされてしまう。鎧が地面に当たる鈍い音を鳴らし、すかさず侍は身体を丸める。後続の馬の蹄で頭蓋骨が踏み潰されるのを防ごうとしたらしい。すぐ後ろに二頭の馬が続いていたが、仲間の落馬を見て、乗り手は慌てて方向を変えるしかなかった。

篤湖は心臓が早鐘を打つのを感じながら、再び走る速度を上げる。少しは時間稼ぎができただろうが、今度こそだめかもしれない。脇腹の痛みが彼女を苦しめ、息も絶え絶えだ。もはや打つ手はない。

それでも、運に見放されてはいなかったようだ。信じられないことに、馬より数拍早く町の外れに到着できたのだ。最初の通りを左に入り、ふたつの路地をすばやく走り抜けてから、鍛冶屋の看板を摑もうと跳び上がる。反動をつけて看板から屋根の上に飛び乗り、子供のように小さくなって身を隠した。彼女はこの通りを熟知していた。ここなら誰にも見つからないはずだ。

道の途中で侍が手綱を引き、追跡してきた騎馬隊は完全に止まった。馬は高価だ。真夜中に見知らぬ土地の狭い道を颯爽と走る愚か者はいない。思わぬ障害物や道にできた凹みで馬が足を折った場合、回復の見込みがなければ殺処分されてしまうだろう。

とはいえ、篤湖の休息は束の間だった。己の足で走ってくる追っ手はそう遠くない。彼らは躊躇なく路地を捜索するはずだ。まだ距離があるとはいえ、人影は続々と近づいてくる。本格的に追い詰められるのも時間の問題だった。

もう少し休んでいたかったが、逃げ続けるしかない。一番近い家屋の屋根に飛び移った途端、背後から怒号が聞こえてきた。それでも、まだ追いつかれてはいない。全力を尽くして疾走し、敵との距離を稼いでいく。必死に避難路を考える彼女は、路地の向かい側の屋根に移動すべきだと判断する。間隔は二間(三メートル半ほど)と目測し、屋根の端から思い切り足を蹴って跳躍。なんとか着地した後、身を地面に滑らせ、横道に飛び込んだ。袋小路のような道筋を選んで進む突き当たりには、一本の木が生えている。子供の頃から何度も登ったことのある木だ。一番低い枝を握り、身体をひょいと持ち上げる。そして再び屋根を走り、塀を伝い、いくつも小道の角を曲がって逃げ続けた。ここまで来れば、もう大丈夫。うまく敵を出し抜けただろう。

篤湖は濠までたどり着き、隠し置いた麻袋を見つけた。あとは濠を泳いで綱を見つければ、作戦は大成功だ。

深呼吸をひとつつき、さらに息を吸い込む。なんておいしい空気だろう。自分は使命を果たした。そして、まだ生きている。すると、急に笑いが込み上げてきて、げらげらと腹を抱え、止まらなくなった。だが、笑顔はすぐに泣き顔に変わる。嬉し泣きなのか、疲労のせいなのか、悲しみの涙なのか、わからない。あらゆる気持ちが彼女の中からあふれ出てきた。その感情の渦に、呑み込まれそうになる。

その刹那、冷たい刃がどこからともなく現れ、彼女の喉元に置かれた。篤湖は息を吸い込んだまま固まった。

「さてもさても、なぜこの涙？　ひとりで敵の陣営から逃げおおせたんだろう？　拙者だったら有頂天になるが」

聞き覚えがある声。上目づかいで相手の顔を見る。彼は少しも変わっていなかった。以前と同じ気さくな笑顔。以前と同じ独特の髪型。そして、以前と同じ刀の腕前――。

「おまえ――」彼女は相手を睨みつけた。「おまえらが茅野(かやの)殿を殺った！」

「拙者からすれば、こちらの邪魔をしたのがおぬしだ」男は返す。「届け状でははっきり書かれていなかったが、ある組頭から男に化けた女子がいると聞いて、即座におぬしが頭に浮かんだ」

「どうやってあたしに追いついた？」篤湖が問いただす。「おまえがこちらの手がかりを見つけた頃には、あたしはとうにいなくなっていたはずだ」

「その通り」男は微笑みを崩さずに頷く。「だが、逃げられる道筋はそう多くなかったようだな。粗暴な部下たちは町でおぬしを探しているが、拙者はすぐに気づいたんだ。おぬしなら、きっとまっすぐ城に戻ってくるだろうとね。だから、濠の畔でおぬしを待ち、足跡を見つけ出せばよかったんだ」

「足跡……？」

「雪は溶けているが、足跡はいくつか残っている」彼は穏やかな口調で説明した。「拙者は剣術と同じくらい、足跡を追うことにも長けているのでね」

彼が顎をさすりながら自慢げに話すのを見て、篤湖は思わず笑ってしまった。刀を一振りすれば、篤湖の首はたやすく刎ねられる。にもかかわらず、彼に敵意を感じなかった。この瞬間が彼の慈悲によるものではなく、仲間と過ごすつかの間のひと時のように感じられたのだ。

しかし瞬時に、篤湖は己の置かれた現実の深刻さに打ちのめされる。自分はすでにこの武士と戦っている。刀があっても、己の首を守れるかどうかわからないほどの強敵だ。武器がなければ、勝敗は決まったも同然だった。

「あたしはおまえの捕虜らしいな」彼女は認めた。敗北の苦い味が口の中に広がる。

「そのようだな」男が同意する。

すると彼は周囲を見回した後、すっと刀を喉から離したのだ。それだけではない。篤湖を立たせようと手を差し出してきたではないか。意外な行動に呆然とするあまり、罠かもしれないと思う余裕もなく、彼女は思わずその手を取ってしまった。

「おぬしを捕えることもできる。だが、以前に手合わせしたとき、おぬしは拙者を殺すことができたのに生かす道を選んだ。だから、拙者もおぬしを見逃すことにした。これで貸し借りなしだ」

　篤湖は目を丸くしたまま相手を見つめる。自分の幸運が信じられない。

「あたし……自由なの？　本当に？」

「次会うときは、また敵同士だ。同じ側にいたかったよ、残念だ。これほど美しく、勇敢かつ有能で、戦闘に長けた女子は、我らの軍にはほとんどいない。徳川の陣営には多いのか？」

「たくさんいる」彼女は腕を組みながら虚勢を張った。「戦場で確かめるといい」

「ああ、やはり味方につく軍勢を間違ってしまったようだ」侍は声を立てて笑った。「だが、仕方ない。とはいえ、立派な戦士であるおぬしのことを『女子』と呼び続けることはできないな。失礼だ。名を教えてもらえるだろうか？」

　適当に答えることもできた。しかし、彼女の口を衝いて出たのは、本当の名前だった。

「篤湖」

「はじめまして、篤湖殿。拙者は雅治郎（まさじろう）と申す」

彼は大袈裟なお辞儀をしてから、町の方を見やった。遠くの方で叫び声がしている。

「追っ手はじきに来る。拙者がおぬしなら、ぐずぐずしない。さっさと仲間のところへ帰るがよい、篤湖将軍」

「では、楽しい夜を。雅治郎天皇」

冗談を言い合いながら、ふたりはしばらく視線を交わした。

「拙者は赤ん坊のように眠る。短髪の女子たちが陣営全員を起こそうと思い立たない限りはね」

そう言い終えると、雅治郎は踵を返して町に戻っていった。篤湖は彼の後ろ姿をわずかの間見送った。

美しく、勇敢かつ有能で、戦闘に長けている。

彼女を形容した雅治郎の言葉を噛み締めながら――。

二〇

松平容保（まつだいらかたもり）は、手にした作戦図を眺めている。その表情からは、何を考えているかは読めない。

「これは本物だと申したな」

「左様でございます、御大名様」竹子（たけこ）はそう言いながら、恭しく首肯した。

「城壁の脆弱性、我が軍の防御線を疲弊させる囮攻撃を仕掛ける頃合い、本格的な襲撃の時機など、敵軍が計画する戦略が記されている。ご丁寧なことに、敵が所有する大砲の数、突破口が開く想定時間まで事細かに載っている。これを手に入れられたのは、まさに奇跡。この情報があれば、官軍との争い――少なくとも、この度の戦（いくさ）の勝利は我々のものだ」

彼は作戦図を机の上に置いた。これでようやく有利な立場に立てる。数か月前に新政府軍に敗北を喫して以来、辛酸を舐め続けてきた。ここまで気持ちが高揚するのは久しぶりだった。

「かつての幕府全体――少なくとも残党の者――は、竹子殿に大きな恩義を感じている。何かわしにできることがあれば、遠慮なく申し出てほしい。全力を尽くして要望に応えよう」

斥候である竹子は、深々と頭を下げる。

「私の唯一の望みは、容保様の大義に精一杯奉仕すること。ですが、提案させていただきたいことがございます。ご存じの通り、軍は女子の入隊を拒否しております。しかし、多くの娘や婦人、乳飲み子を抱えた若い母親、未亡人までが自由のために戦うことを望んでおります。帝の軍勢に対抗して生き残るためには、彼女たちの協力を拒むのは得策ではないと存じます」

「そんなことをしたら、我らがどう見られるかわかっているのか？」大名は顔をしかめて反駁する。「国中の笑いものになってしまう！」

「お言葉ですが、体面よりも重要なことがあるのでは？　戦いに勝つことと、時代遅れの原則を守ることのどちらが大事でしょうか？　その昔、女は男の側で戦っていたそうです」

「ああ、女戦士だな」容保は答えた。「そなたをそう呼ぶ者もいるぞ。だが、竹子殿は別格だ。そなたと他の女子は違う。わしの軍隊に泣き虫は必要ない」

拳を握り締めつつ、竹子は平静を保つ。最も重要な変革はいつだって、小さな勝利から始まるのだ。起きているときは変革の発端になるとは思えない、些細な出来事から――。

「女子がみな泣き虫だと見くびっておられるようですが……」竹子は唇を引き締め、大名を見据える。「誰がこの設計図を敵陣から盗み出すことに成功したとお思いですか？」

容保ははっとして、立ち上がった。「まさか、女子なのか？」

「齢十と六つの小娘ですよ」竹子は甘い微笑みを浮かべて大名の言葉を言い直すと、背後へと呼びかけた。「篤湖(あつこ)――」

「ここに控えております。同席してもよろしいのでしょうか?」戸の向こうから声がする。

「その子が、奇跡の二八(にはち)(一六歳のこと)の娘がそこにいるのか?」驚きを隠せないまま容保がつぶやく。

「よかろう。中に入れてあげなさい」

竹子が戸を開けると、篤湖は目を伏したまま部屋に足を踏み入れる。ちょうど一年前の宴の席で、彼女は大名に紹介されていた。あれからなんと状況が変わってしまったことか。

「つまり、敵の陣営に潜入したのはそなたなのだな?」

大名に訊ねられ、篤湖は首肯した。「その通りでございます」

容保は半信半疑で、竹子の方を向く。

「なるほど。この娘は、作戦図を奪い取ることに成功した。実に見事だ。確かに、忍びとしての活動はできるのだろう。だが、ひとたび戦闘となればどうか? 戦は男の仕事だ」

「篤湖に槍を与えて、容保様の部下と戦わせてみてください。誰が相手であろうと、彼女が勝ちます」

「大層な冗談だな!」竹子の提案に大名は噴き出した。しかし、すぐに顔をしかめる。「おやおや、本気で言っているのか」

「お勧めは致しません。二八の娘に敗れたとあっては、武士の誉れに関わりますから」竹子は真顔でうなずく。

目の前の若い娘たちを今一度まじまじと見た大名は、憂鬱な表情でどすんと腰を下ろした。

「我らは一体どこまで落ちぶれれば良いのか――」戦の重圧だけでなく、伝統的な価値観の揺らぎに困惑しているのだろう。容保は大きくため息をつく。「よかろう。何が望みだ?」

「簡単なことです。私とも戦いたいと望む婦女子を集め、娘子隊を結成したいと考えております。それを認めていただきたい。ただし、彼女たちは正式な軍隊の一員ではなく、非公式な部隊として活動させます。容保様が心配される殿方の名誉も保たれるはず。ただ、城壁の防衛には参加させていただきます」

「今回の手柄に恩義を感じているから、何でも申せと言ったのはわしだ」そう話す容保の表情は少し和らいでいる。「武士に二言はない。いいだろう、竹子殿。そなたの部隊を組め。だが、長くは楽しめないだろう。いずれにせよ、終わりは近い」


茅野殿を葬った後、偶然、揖深と顔を合わせる機会があった。篤湖は自分がしてやったことを伝えようとしたが、先に口を開いた兄の言葉は彼女を唖然とさせるのだ。

「妹よ、おまえは間違っていた！　俺が逃げると思っていたようだが、天は俺に味方した。俺は我が部隊のわずかな生き残りのひとりとなり、大名様から新たな栄誉を授かったんだ！」

「それは、よかったわね」彼女は大きく息を吐いた。

嘘つき！　出鱈目ばっかり！

逃亡したことを正直に認めてくれれば許すことができただろう。

そして、こう言ったはずだ。何があろうと自分たちが兄妹であることに変わりはない。あたしは兄上のために人を殺めることさえ厭わない。だから何の心配もいらないと——。

しかし、この揖深の嘘はふたりの間に横たわる溝を一層深くした。伏見の村での裏切りの後、一時は兄への態度を軟化させた篤湖だったが、もはや限界だった。以来、兄との接触を断っていた。

だから、竹子と一緒に住んでいる部屋に兄が入ってきたのを見て驚いてしまう。

「お邪魔だったかな？」彼はためらいがちに訊いてきた。

「邪魔しないことなんてあった？」篤湖がそっけなく返事をする。自分でも驚くほどの辛辣な口調だった。

揖深は頭を掻き、彼女の隣に腰を下ろす。

「最終決戦が近づいている。今度という今度は、いつものように逃げるのは無理だ。敵に四方を包囲されてしまったら、おまえだって難しいだろう?」

「前回の戦いで勇気を取り戻したんじゃなかった?」

「俺は嘘をついてた」彼は認め、視線を床に落とす。「おまえに批判されるのが怖かったんだ。あの戦いで、俺は完全に自制心を失い、森に逃げ込んだ。誰にも見つけらないように、木にも登った。木の上に一刻半(三時間)も留まり、骨の髄まで凍えながら、戦いが終わるのをひたすら待った。木から降りてきて、数人の生存者の間をすり抜け、野営地に戻ったのさ。みんなが俺を歓迎してくれた。英雄としてね。想像できるかい? 俺は一〇〇人の侍部隊で唯一の生き残りだったんだ。俺が鬼のように戦ったから生き残ったのだと、みんなから言われてね。まさか俺が逃げ出して隠れていたとは、誰ひとりとして思っていない」

ふたりの間に沈黙の時間が流れる。しばらくして、揖深はようやく顔を上げ、妹を見た。

「俺のこと嫌いになったろう?」

「少しね」篤湖は素直に認めた。「でも、前ほどじゃない。あたし、知っていたのよ。兄上が逃げていく姿を目撃した。だから、兄上が嘘をついたとき、本当に傷ついたわ。この数か月間、ずっと辛かった」

揖深は開けたままの口を閉じ、また開いた。完全に言葉を失っていた。それから、大声で笑い出す。いつもの彼らしい笑い声だ。

「なんだ、そうか。俺はまるで理解できていなかったようだ。おまえに隠しごとをしようとしても、できっこないのにな」ふいに揖深が居住まいを正す。「ありがたいことに、こうしておまえに会うことができた。虫のいい話だってことはわかってる。それでも、おまえが許してくれて、仲直りできれば、と思っているよ」

兄妹は互いの目を見つめ合う。一瞬にして、篤湖は理解した。揖深がこんなに穏やかだったことはない。彼は死ぬ覚悟ができていた。

死の運命を受け入れることができているから、恐怖など微塵も感じない。だからこそ、ここまで心が平穏なのだ。妹の許しを得てから前に進みたい――悔いなく旅立つことだけを考えているに違いない。

「竹子殿が女子だけの部隊を作るって聞いたんだが……」彼は話し始めた。「おまえも参加するんだろう？」

「たぶんね」篤湖は認めた後、問い返した。「なぜそんなこと訊くの？」

「町で戦が起こったら、侍は紛れもなく処刑されるか、捕虜になって身代金を要求される。しかし、ほとんどの女性、特に良家の出身者は助かるだろう。おまえが戦わなければ――」

「それはできない」彼女は即答した。

「もしかしたら助かるかもしれない――」

揖深が言い終える前に篤湖が遮る。「あたしはそんな選択をしない」

「俺が言いたいのは――」

「だから――」

今度は揖深が篤湖の言葉を遮った。「俺はおまえに死んでほしくないし、怪我もしてほしくない。おまえは俺の命を救ってくれた。何度も、どんなときでも。だから今度は、俺がおまえを救う番だ」

「子供や戦えない人たちと一緒に隠れていろと言ってるの？　何度でも言うわ。そんなことはできない。わかっているでしょ？　あたしは兄上の仲間よりも腕が立つ。竹子様の部隊が戦況を変えると信じてる。だから、あたしは彼女たちとともに行くわ」


額に手をかざし、篤湖は前方に群がる軍勢を眺めた。自分で盗んだ作戦図をつぶさに見たわけではない。最終的に、敵がどこから攻撃を仕掛けてくるのかまではわからない。だが、そんなことは重要ではなかった。敵の数があまりにも多い。しかも、武器はかなり充実している。

彼女の目は、泥だらけの地面で大砲を転がして進んでいく砲術隊の男たちを捉えた。視線を移すと鉄砲隊の兵たちが見えた。彼らは手持ちの銃を点検しながら、出番を待っていた。皆が真剣な表情で、火薬が湿気ていないことを確認している。

一方、会津の守備隊は、弓矢で武装して城壁に登っていく。

軍勢のここまでの不均衡を目の当たりにするのは、これが初めてだ。おそらく自分は生き残れない。篤湖はそっと唇を噛んだ。父上に逆らってでも侍になりたかった。そのために戦ってきたというのに、いつの間にか自分は時代遅れの存在になっていた。剣戟で力を発揮する侍という存在は歴史の彼方に追いやられ、銃器や軍事規律に関する重厚な手引書の脚注程度の記述に残るだけとなる。篤湖はそのことをはっきり理解した。

心を落ち着けようと、篤湖は自分の周囲の光景に視線を向ける。彼女が編入された部隊は、一五人の女子だけで構成された部隊だ。竹子の母と妹もいる。これまで一度も実戦を経験したことがないのに、城を守るために武器を取った勇敢な女たちだ。篤湖は、彼女たちを兄と比べずにはいられなかった。彼には才能があり、それを活かす機会にも恵まれてきたのに、それら全てを無駄にしてきてしまった。目の前にいる彼女たちには天賦の才などなかったが、命を捧げる覚悟はできている。

こちらの複雑な気持ちを察したのか、竹子がそっと手を握ってきた。

「きっと大丈夫」まるで言い聞かせるように、竹子がささやく。「たとえ私たちが倒れたとしても、誰も私たちのことを忘れない。私たちは、ずっと息づく歴史になる。私たちは女の軍隊、娘子隊として名を残すのよ」

二一

青白い太陽が昇り、城を照らす。篤湖が入手した図面が示唆する通り、敵は濠の周囲に集結していた。西側の城壁に全軍を集中させる前に、守備側の注意を逸らすべく複数の攻撃を仕掛ける準備を整えている。

敵の動きを予測することと、それに対抗することは全く別の話だ。むしろ、敵が防衛線を突破する事態は避けられぬだろうと思い知らされた。できる手があるとすれば、少しでも敵の進軍を遅らせることくらいだ。そのために、松平容保は強力な兵士を西側の城壁付近や櫓に集めた。

しかし、それだけではない。大名はさらに大胆な計画を練っていた。彼の優秀な武士たちとともに、現状集められる馬を全て集結させた。彼らは皆、城門に顔を向け、防御に徹するだけでなく、可能であれば敵の包囲網を突き破るつもりなのだ。この作戦の結果が、戦いの帰趨を決定づけるに違いない。

「敵の勢力を鑑みるに、守りに徹しても勝ち目はない」容保は切り出した。「この攻撃を押し返したとしても、すぐに次の攻撃を仕掛けてくるだろう。そして、さらに次と、我々が城壁を守れなくなるまで繰り返されるはずだ。だが、真の危険は城壁を脅かす砲撃隊であり、大砲を破壊できば勝機はある。我々は、敵がどこから、いつ撃ってくるかもわかっている。少し遠出して大砲を破壊し、連中に何が起こったのか気づかれる前に安全な城に戻るのだ」

大名の茅野が殺された後に取り戻した刀が、容保の腰の左側で光り輝いていた。刺客たちが決死の思いで奪おうとした有名な刀剣、宮本武蔵の伝説が宿る名刀だ。

「忠義か、死か！」彼は叫んだ。「徳川将軍のために！」

「忠義か、死か！」兵士たちは一斉に声を上げるが、誰も「将軍様のために」とは続けなかった。鳥羽伏見の戦いで敗北した後、徳川慶喜は大阪城から江戸に逃亡し、朝廷に恭順の意を示している。将軍のそのような態度に、旧幕府軍の武士の中には「裏切られた」と失望する者がいてもなんらおかしくはない。戦況が悪化した今では、自分たちをこんな苦境に追い込んだ張本人だと考える兵士が増えていた。

兵たちの叫声が収まった頃、一頭の馬が小走りで近づいてきた。どうやら乗り手は女子のようだ。それが誰か気づいた容保は、苛立ったようなうめき声を上げた。

「竹子殿、どうした？　女子だけの部隊を持つことを許したというのに、まだ何か望みがあるのか」

「戦うこと。それが私の望みです」若き女戦士が凛として答える。「私たちは死ぬまで戦う準備ができています。しかし、私たちが生き残る可能性がわずかでもあるというのは、御大名様の突破作戦の成功にかかっております。ゆえに、私たちも一緒に参ります」

「それは無理だ。断じて認めるわけにはいかない」大名は渋い顔で拒絶する。「そなたの熱意は賞賛に値するが、わしには信頼できる兵士が必要なのだ。わしとともに戦闘経験を積んだ者たちがな」

さらに彼は、声を低めてこう付け加えた。「そなたの能力を疑っているのではない。だが、わかってくれ。わしがそなたに与えた任務も、同じくらい重要なのだと」

「櫓を守るという任務が？」竹子が言い返す。「それは誰でもできます。私たちは、敵陣の中心にいる方が役に立つのです」

大名の顔から好意的な雰囲気が消えた。

「わしはこれまで、そなたに随分と辛抱強く接してきた。では、そなたにも理解できるように言い換えてみよう。これは命令だ。命令なのだ。わかったか？　そなたたちの部隊は良い子にして櫓に留まり、城内に足を踏み入れようとする者を阻止する。いいな？」

「――わかりました」竹子は不機嫌そうに返事をし、馬の向きを変えた。

大名は彼女が去るのを見送り、目を丸くした。

「全く。女子はこれだから困る！」そのひと言が周囲の兵の笑いを誘う。だが容保は釣られることなく、大声で命じた。

「よし、突撃準備だ!」

◇

指先から真っ赤な雫が滲み出てくる。期待した通りに鋭利な刃であることを確信し、ウィリアム・ロイドは残酷な笑みを浮かべた。

「その儀式をやめてくれると嬉しいんだがね」己の指先で試し切りをするロイドを見ていたハリー・パークスはそう言って、ハンカチーフで口元を押さえる。「私が血を見るのが嫌いなのは、君も知っているだろう?」

「君は斥候の額に銃弾を撃ち込んだろう?」

「それはそうかもしれないが、片づけてもらってる間は、目をつぶっていたよ」英国公使は反論した。「聞いてくれ、ウィリアム。とにかく、毎度のことのように風刺画で見るようなやり方はやめてくれ。刀がちゃんと切れるかどうかを確かめたいなら、羊皮紙を使うなり、他の方法を試してほしいな」

返事はせず、ロイドは兵士たちの様子を見るために陣幕の入り口の帆布を開けた。あとひとつの戦で、この戦争はただの悲惨な記憶となる。あとひとつの戦で、天皇は確実に将軍や大名の影響力から解放され、その地位は確実なものとなる。

あとひとつ戦に勝てば、日本は近代化の時代に突入する。

英国の導きによって――いや、テンプル騎士団の先導によって――。

「睦仁天皇は、江戸で君を待っているのではないのかね？」

「おやおや、私を追い払おうとしているのか？」

「そんなつもりで言ったわけじゃない。ただ、君がいるべき場所はここではないと私は思うがね」

ロイドの言葉を聞いた公使は紅茶のカップを下に置くと、わざとらしくゆっくりと手袋を嵌めていく。

「安心してくれ。私はただ、状況がコントロール下にあることを確認したかっただけだ。女王陛下は、我々の日本の友がこの事態をいかに切り抜けるかと興味津々なのだよ。ウィリアム、彼らにはこの戦争に勝ってもらわなければならない。我々の通商条約がかかっているのだから」

大男のテンプル騎士は、滑らかに武器を鞘に収めた。

「彼らは勝つさ」

官軍に攻撃の命令が下ると、櫓を風が吹き抜けた。突然鳴り響く大砲の轟音によって、朝の静寂は破られた。

地響きとともに何百人もの敵兵が進み出したのを見て、「今がその時だ！」と、容保が叫ぶ。

「城門を開けろ！」重いきしみ音がして門が開くなり、騎馬隊が勢いよく飛び出す。予想だにしなかった攻勢に、帝の兵士たちは驚いた。賊軍の降伏、あるいは逃亡といった行動は見越していたものの、よもや包囲された軍勢が直接攻撃を仕掛けてくるとは考えていなかったからだ。砲手たちが大急ぎで大砲を回す準備をしている間に、会津藩の予備兵たちが敵の脅威に立ち向かおうと一気に突進していく。

帝の兵士たちは抵抗を試みたが、無駄だった。ここに至るまでの戦で勝利を重ねた事実と技術的優位性によって高慢になっていた彼らでは、日本最後の侍である会津の精粋相手の乱戦に勝ち目はなかった。大砲の発射がひとつ、またひとつと止み、兵士がひとり、またひとりと倒れていく。

石垣の前も混沌としていた。新たな指示はいまだ伝わってこない。新政府軍の兵たちは、石垣を登るのではなく、他の経路で城内に入るべきでないかと迷いながら、身動きが取れなくなっていた。

「ああ、ダンテが描いた地獄全てを見ているようだ」陣幕の外に出たロイドは、怒りを込めてそうつぶやいた。ダンテ・アリギエーリの『神曲』地獄篇で出てくる地獄は九つの圏に分かれているが、それらを一緒くたにしたくらい戦況は最悪に思える。「全く。この期に及んでも私が手を貸してやらなければならないのか」

ため息をついた後、やおら馬に飛び乗ったロイドは、修羅場を目指しては拍車をかけると、最初に目に入った敵の首を背後から斬り落とした。危うく体勢を崩しそうになったが、振った刀の勢いに任せて次の敵を突き刺すことで、身体の均衡を保った。

「ひるむな！　我々は敵を追い詰めた！　援軍はじきに来る！」

ロイドは大声で仲間の士気を高めようとする。

直面する敵の数の多さに気づいたのは彼だけではない。天皇側の軍師たちは、予想外の事態に接して気合を入れ直し、砲兵部隊を戦略的位置に戻すよう命じていた。

右後ろの方で何かが光るのを見てロイドはにやりとし、鐙（あぶみ）から片足を離すと同時に鞍の上で身を捻る。その刹那、まばゆいばかりに艶めく刃が、彼のもみあげのすぐそばを通り過ぎた。

「卑怯者！」松平容保が怒鳴りつける。「戦え！」

その輝き。その美しさ。ひと目見ただけで、ロイドは、それがずっと探していた名刀だとわかった。テンプル騎士として自身の名誉回復を可能にする武器。天皇――そして自分、ウィリアム・ロイド――の権力を確固たるものにする象徴だ。

「ああ、望むところだ」彼は満足げに頬を緩め、己の刀を振り上げた。

⚔

幸いなことに、交戦地は今のところ濠の向こう側から広がっておらず、敵はまだ誰ひとりとして城の中には入っていない。だが、その時は確実に来る。竹子は苛立ちを募らせながら、眼下で繰り広げられている戦闘の様子を眺めていた。

「御大名様が自由のために戦っているというのに、ここで手をこまねいているわけにはいかないわ」竹子は苦々しい思いを吐き出した。「容保様が倒れたら、全てが失われてしまうのよ」

「容保殿の命令であたしたちはここにいる」篤湖は反駁する。「もし逆らったりしたら……」

「ねえ、命令に逆らった場合、御大名様は私たちに何をすると思う？」竹子は篤湖を見据えた。

「戦いに負けてしまえば、どのみち死ぬ。勝てたとしたら——その見込みは低いけど、どんな罰でも受ける覚悟はできているわ」

竹子の言葉を聞くまでもなく、娘子隊の心は決まっていた。一五人の女たちは互いに顔を見合わせ、決意の表情でうなずく。戦い方を知っている者もいれば、最近学んだ者もいた。しかし、全員が正義の炎で燃えている。竹子はすでに、彼女たちのために軍隊から予備の薙刀を譲り受けてあった。篤湖だけが、使い慣れた自身の槍を持っている。

「今から向かって間に合うでしょうか？　私たちが前線に着く頃には、戦況は手がつけられなくなっているのではないでしょうか？」篤湖の祖母に近い年齢の婦人が口を開いた。

「近道があるわ。ついてきて！」

近道？　好奇心を掻き立てられた篤湖は、指南役が階段を駆け降りる背中を目で追った。

竹子は櫓の階下の小窓から石垣へと移り、そこで一度振り返った。「ここが近道よ」そう言って彼女は、何の躊躇もなく高さのある石垣から濠に飛び込んだ。

「あ、あれが近道⁉」年長の女性が啞然として言った。

「竹子様、完全におかしくなっちゃったわ！」別の娘兵士も目を丸くしている。

「いいえ。彼女は正しいわ」篤湖は断言した。「この高さなら、落ちても痛くはないはずだし、水は冷たいだろうけど、ひとたび戦いが始まれば大した問題じゃなくなる。それに、鎧なんて着けてないんだから沈む心配もない」

「でも……」

他の女子たちの返事を待たずに、篤湖は竹子に続いて、一階の小窓から飛び降りた。こうやって濠に飛び込むのは、この数日間で二度目。氷のような濠の水から顔だけを覗かせ、静かに足を蹴り、彼女は竹子が待つ岸辺にたどり着いた。櫓の上から戦地に至るのに、濠に飛び込むことで、貴重な時間を稼げる。この戦いには、一刻の猶予もない。彼女たちの決断は重要だった。娘子隊の残りの兵士たちがついてくることが前提だが――。

立て続けに水飛沫が上がる。結局、娘子隊はひとり残らず濠を泳ぎ切った。陸に上がった彼女たちは水を吐いたり、咳き込んだりしている。寒さで歯を鳴らす者もいたが、それでも皆の決意は揺るがなかった。

「娘子隊、突撃！」

竹子の合図で、一斉に大名を取り囲む官軍兵の背中に向かって突進した。兵士たちはこちらからの攻撃を全く予想しておらず、竹子の薙刀が麦のように彼らを裂いていく。ようやく振り向いた何人かの敵兵は、篤湖の連続攻撃を受けて倒れた。

しかし、不意打ちも長くは続かない。新政府軍の激しい反撃に見舞われると、娘子隊の勢いは徐々に失われていく。それでも、竹子も篤湖も、他の仲間も踏ん張り、勇猛果敢に相手の武器を受け止め、切り返し、応戦を続けた。篤湖の視界の端では、ある母親が薙刀を振り回し、一挙に敵ふたりを串刺しにしていた。

ところが、全ての女兵士が戦いに長けていたわけではない。ひとり、またひとりと血を流して土手にくずおれ、辺りを真紅に染めていく。

篤湖は渾身の力を振り絞って、ついに敵の前線を突破し、大名の兵士たちに合流した。複数の傷から血を流す容保は、喘ぎながら女子たちの姿を認めて目を剝く。

「中にいろと言わなかったか？」

「罰は後で受けます！」背筋を正し、竹子は叫んだ。

「今更言うのもなんだが、そなたたちに会えて嬉しいよ」彼はかすれた声で言う。「わしは、自軍の力を少しばかり買いかぶっていたかもしれぬ」

「娘子隊は、御大名様を支えるために推参しました！」

そう告げると、竹子は容保の前へと躍り出た。

薙刀を左右に振り回すと、敵は蝿のように地面に落ちていく。勝ち誇った表情で、竹子は再び防御の構えに戻った。

「容保様、もう〝泣き虫隊〟なんて呼ばせませんよ」

竹子が笑顔で振り向いた、そのときだった。遠くで銃声が響いたのは――。

戦場を横切った一発の銃弾が、竹子の胸に命中した。見る見るうちに、真っ赤な染みが胸に広がっていく。彼女は胸に手を当て、あふれ出す鮮血を見つめた。呆然とした表情を浮かべ、ゆっくりと膝を折る。

「竹子様！　なんてこと！」篤湖は叫んだ。

嘘だ。あたしの指南役は無敵なのだ。何も恐れない。死さえも恐れない。濠の水に飛び降りて、その大胆不敵さを自ら示したばかりではないか。どこの誰だか知れない者が撃った銃弾に倒れるはずがない。彼女の人生の終わりは、夕暮れ時の剣豪との果し合いがふさわしいはずだ。腕が互角でなかなか決着が付かず、ふたつの影が入れ乱れて舞う、長い決闘――。彼女はそれに値しないと言うのか？

篤湖は竹子の隣にひざまずき、蒼白となった顔を覗き込んだ。勇敢だった指南役は弱々しく、血に濡れた笑みを浮かべた。

「私は……奴らに……首を取られたく……ない」息も絶え絶えに竹子が訴える。「私を殺したと……敵に……誇らしげに……首を掲げられたく……ない」

「何を言ってるの!?」篤湖は眉間に皺を寄せた。

「私の首を……刎ねて……お濠に……投げ込んで……」

「できない！　そんなこと、できないわ！」

「私はもう……助からない。あなたには辛いことばかりさせてきた。だけど……これが最後の頼み……お願い……」

篤湖は立ち上がり、うなずいた。竹子の目から輝きが失われていく。

とめどなく流れる涙を拭こうともしなかった。死にゆく竹子の最期の願いを叶えなければならない。戦いのことなど気にしなかった。篤湖はただ泣いた。ここまで自分を導いてくれた、たったひとりの大切な人のために。竹子の薙刀を摑み、握る手に力を込める。ひと振りで、彼女の頭は地面に転がった。

篤湖は愛おしげに拾い上げると、深呼吸をして濠に投じた。髪をたなびかせて宙を舞い、竹子は水面下に消えていった。滅びゆく侍の誇りと勇気を最後まで守り抜いた女戦士の思い出とともに。

薙刀を槍に持ち替えて振り向くと、涙が乾く間もなく、ひとりの男が視界に飛び込んできた。この戦場にはおよそふさわしくない、西洋人の男だ。血だらけの刀を手にし、そびえるように目の前に立っている。反射的に、彼女はその腹を突こうと突進したが、彼は簡単にその一撃をよけた。

「頼むから、もう少し真剣に相手をしてくれないか？」

その西洋人の男――ロイドの皮肉には何も答えず、篤湖は目を細め、再び攻撃を仕掛けた。すばやく槍を薙ぎ、敵の足を斬ろうとしたが、ロイドは機敏な動作で、軽々と柄を飛び越える。間髪入れずに、今度は脳天に直撃させようとするも、相手は鮮やかに後ろに下がった。

なぜ当たらない⁉

槍を急回転させて喉を掻っ切ろうとしたが、ロイドの刀に阻まれ、彼女の武器は叩き落とされてしまった。怒りが爆発し、篤湖は叫びながら体当たりを試みた。敵は最後の瞬間に脇に飛び退き、彼女は前のめりに地面に倒れてしまう。篤湖は初めて、彼の強さを理解した。

こやつは、山で倒した山賊よりも強い。

武蔵の刀を守るために戦った侍よりも強い。

雅治郎よりも強い。

上likely杉よりも強い。

兄よりも強い。

兄よりも！

揖深は今どうしているだろうか？　この混沌とした状況の中では、確かめようがない。敵軍に傷を負わされていたのなら……殺されていたとしたら……。

はっとして肩越しに見ると、地面で丸くなっている兄の姿が目に留まった。今の自分と同じ格好だ。自ら馬から降りていたのか。あるいは落馬したのか。彼は支離滅裂な言葉を口走り、またもや恐怖に支配され、戦える状態ではない。

これほどの犠牲を払ったのに、こんな結果に？

こんな結果のために、あれほどの苦労を？

篤湖が自問するほんのわずかな時間、集中力が削がれ、それが彼女を破滅に追いやることになる。ロイドの刀が彼女の腹を大きく切り裂いたのだ。生温かい血が漏れ出す感触を覚えるとともに、激痛が襲い、意識が朦朧となる。

次の刹那、ロイドの刀の柄が顔面を直撃し、篤湖は卒倒した。

意識を失って安堵した。

あたしは死ぬ。けれど、それほど怖いものではなかった。なぜ兄上にはわからなかったんだろう？　これで、また父上に会える。

母上にも。

竹子にも。

そしておそらく、すぐに揖深にも。

二二

苦痛の叫びが聞こえた。それが篤湖の声だと揖深はすぐに気づいた。思考を包んでいた深い霧が一気に晴れる。あり得ない。妹は戦場から離れた城内にいるはずだ。大名とは何時間も議論し、娘子隊を後衛に留めておくよう説得したはずだ。

「彼女たちはそれこそ鬼のごとく戦うだろう。そんな女子たちの部隊を見れば、敵に隙が生まれるはずだ」容保は言い張った。「何よりわしは、竹子と篤湖という短髪の娘を信頼している」

「ですが、女子たちがいることで、我々が戦いに集中できないかもしれませぬ。我が軍にも隙が生まれてしまうでしょう。それに、彼女たちがいなければ、誰が城を守れるでしょう?」

妹のために、大名に粘り強く陳情した。兄としてできることはそれだけだった。たとえ、篤湖がそれを望んでいなかったとしてもだ。自分のせいで後衛に配属されたと知ったら、篤湖は激怒するに違いない。

だが、こうすれば妹の命は助かる。この特攻作戦中に大名が倒れれば、もしかしたら両軍は和平を結ぶかもしれない。

揖深の計画は完璧なはずだった。

それなのになぜ今、篤湖の声が聞こえるのだ？

彼は目を開いて、現実を見た。戦いの最中、いつも忌み嫌っている暴力が自分を取り囲んでいる。兵士たちの死体と馬の死体が入り乱れ、辺り一面が血で染まり、地上を映し出すかのように空は赤く燃え上がっていた。

よく冗談を言い合っていた堅志郎（けんしろう）が、ふたりの敵と刀をぶつけながら、憎悪に満ちたまなざしで揖深を睨みつけた。

「臆病者」やっとの思いで、彼は唇の端から吐き捨てる。

臆病者。

とうとう、その言葉を聞く日が来た。篤湖ではなく、仲間の口から。今度こそ、自分はその評判から逃れられない。誰もが、自軍の侍のひとりひとりが、馬から飛び降りて地面に丸まり、赤子のように泣く司馬揖深の姿を見ていた。自ら招いたとはいえ、この汚名をそそぐことは無理だ。

唯一、今の自分を支えているのは、聞こえてきた篤湖の叫び声だった。

必死に辺りを見回すと、地面に倒れている妹の姿が目に飛び込んできた。深手を負った腹から流血している。このままでは死んでしまう。揖深は彼女を目指し、全力で走り出した。妹に駆け寄ろうとした矢先、大男が目の前に立ちはだかった。そいつは日本人ではなかった。

「悪魔め！」揖深の背後から飛び出した大名が男に怒鳴りつけた。「我々の敵に味方するとは、英国は恥じるべきだな」

「仏国はおまえたちを助けることを恥じているのか？　そんな負け惜しみは聞きたくなかったな」

ロイドはそう答え、防御の構えをとる。

容保は立派な武士であるが、決して一流の剣士ではなかった。その才能は、篤湖、揖深、竹子、そして彼に仕えていた旗本たちにも及ばない。彼は有能な戦略家であり、優れた政治家であり、寛大な人物だった。しかし、決闘は得意ではなかった。

ゆえに、ロイドがたったふた太刀で首を落としたことは、驚くことではない。

身体を馬上に残したまま、容保の首が地面に転がる。同時に、手にした刀は泥の中――揖深からわずか二歩のところに滑り落ちた。

宮本武蔵の名刀、正宗！

反射的に、揖深はその刀に手を伸ばした。摑んだ瞬間、あたかも自分のために作られたかのような不思議な感覚に包まれる。そんなことはあるはずがないのだが、絶妙に手に馴染む。

「それは、私が何か月も探していた伝説の刀。私のものだ。寄こせ！」

英国人剣士がいきなり向かってきたので、揖深は無心で刀を動かし、相手の重い一撃を防いだ。

この刃の当たり方、覚えがある。以前、どこか別の状況で――。揖深ははっとした。大名の茅野を殺した男！　相手も同時に記憶が蘇ったらしい。目を丸くしたと思ったら、急に不適な笑みを浮かべたのだ。

「臆病者の剣士！　この機会を待ってたぞ！　今度会ったら、手加減しないと約束したはずだ。今の私には時間がたっぷりある。立場も逆転した。おまえに加勢する者は誰もいない。だが、天皇の軍勢は、今も続々とこちらに向かっているのだ」

ロイドを目の前にしながら、揖深の頭の中は篤湖のことでいっぱいだった。彼の言葉に耳を傾けながら、視線を篤湖に向ける。息をしているかどうか気配を探ったところ、胸が微かに上下していた。顔は青ざめていたが、まだ生きている。遠くからでもわかる。揖深は安堵した。

ロイドの攻撃に不意を突かれたため、彼は自ずと防御態勢に入り、矢継ぎ早に繰り出される攻めを受け、流し、弾いて、防いでいく。正宗はすごい！　しかしながら、この英国人は凄腕の戦士であった。ほんの一瞬の隙も見逃さないほどの。これまで見たこともない高速で、しかも凶暴なひと突きに、揖深の全身に衝撃が走った。

いかに名刀を手にしていようとも、ロイドの猛攻を防ぎきることはできなかった。相手の刃が腹の上部に刺さっている。妹と同じ腹部の傷。ただ揖深の場合、刃はずっと深々と肉に埋め込まれていた。

「鋭い一撃だったな」驚きと感心を込めて彼は言った。

刃先を回転させてから刀を引き抜き、ロイドは負わせた傷をしげしげと眺める。

「ああ、助からないだろう。かなりの深手だ。もって二〇分、三〇分……あ、四半刻くらいだろう。悪いが、その刀が必要なんだ」

そう告げると、ロイドは一歩踏み出し、揖深の手から正宗を引き剝がそうとした。ところが、致命傷を負った揖深が再び刀を構えたので、ロイドはぎょっとして一歩下がり、顔を歪めた。

「痛みを紛らわせたいなら他に方法があるだろう？　お望みとあれば、今すぐ終わらせてやるぞ？　私にひと言頼めばいいだけだ」

ロイドは再び前に出たものの、揖深は正宗の柄で阻止した。

「面……白い」揖深がたどたどしく言葉を紡ぐ。

「何が？」ロイドは油断することなく、防御の姿勢をとる。

「ずっと……死を恐れてきた。それが目前に……迫っている」

「おそらくな」

「何をしようと……死からは……逃れられない」

「そうだろう」

「俺は……逃げられない……」

「明らかに」

「これでようやく……死の恐怖から解放される……今……信じられないほど……自由な気分だ」

業を煮やしたロイドは一気に攻撃に転じる。だが、揖深はまたもや、相手の刀を防ぐ。

「こんなことは馬鹿げている」ロイドは眉間に皺を寄せた。「おまえは死の淵にいる。戦うのをやめろ！」

「それどころか……俺は……ついに……反撃できる。初めて……心置きなく……反撃できる。もう……何も……怖くない」

左手を傷口に当て内臓が出てこないように圧迫しながら、揖深は右手で防御の構えをとる。

「馬鹿げている！」ロイドは繰り返した。「おまえが戦いを望んでいたとしても、私と戦える状態じゃない。子供じみた真似はやめろ」

「さあ……かかってこい。俺は……片手しか……使えないんだぞ」揖深は弱々しい笑顔で答える。

「まさか……怖いのか？」

口の中に血の泡が溜まるのを感じる。残された時間は長くない。普通の敵兵なら、ただ後ろに下がって相手が失血死するのを待っただろう。しかし、並々ならぬ正宗への執着心がロイドを血闘の場に踏み止まらせた。それに、この若き侍との決着は自分の手でつけたかった。

揖深にとっては、その方が好都合だった。目の前の敵をこれ以上待たす余裕などない。四半刻どころか、数拍でけりがつく。いつものように。

妹よ、おまえは正しかった。俺は最期まで臆病だった。

彼は篤湖を一瞥し、心の中で語りかける。それでもおまえは許してくれるだろうか？

揖深が気を許したその刹那をロイドは見逃さなかった。両手で刀を握り、高い位置から前方に向かって勢いよく振り下ろす。今度こそ目の前の小心者の少年を真っ二つにできるはずだ。彼は知る由もなかった。揖深がありきたりの剣士ではないことを――。刃先が到達する前に、揖深はロイドの動きを完全に読み切っていた。そしてロイドが反応するより前に、驚くほどの俊敏さで横に跳躍した。その乱暴な所作で傷口が広がることは想定済みだ。揖深が傷口から手を離すと同時に、ロイドは大量の血飛沫を浴びた。視界を奪われた英国人は、叫び声を上げながら後ろによろめく。もはやロイドは、正宗の閃きを捉えることも、揖深の一太刀に身構えることもできなかった。

強敵の頭が、ぼとりと泥の中に落ちる。その顔は驚愕した瞬間で凍りついていた。

揖深は毅然とした表情のまま、がっくりとひざまずく。

「目くらまし戦法など、名誉ある戦い方ではないと言う者もいるかもしれない。だが、俺はもともと名誉に値する立派な人間ではなかった。そうだろう？」

誰に問いかけるでもなく、彼はつぶやいた。

周りは、ひどい有り様だ。将軍側の兵士の数は激減しており、戦（いくさ）の行く末はすでに決まっていた。日本の未来は睦仁天皇のものだ。

しかし、揖深が心配していたのは自国の運命ではない。

激しい悪寒を堪えながら、彼は篤湖のところに這い寄っていった。ああ、妹はまだ生きている。今すぐ戦場から連れ出さないと――。彼はなんとか立ち上がると、篤湖の細い腕を摑み、渾身の力を振り絞って自分の肩に担いだ。そして一歩、また一歩と進んでいく。

三人の敵兵が行く手を阻もうとしたが、揖深は立ち止まることなく瞬く間に全員を斬り捨てた。凄まじい形相の彼に、他の兵士たちは立ち向かおうとしなかった。全身血だらけで内臓がこぼれているのに、瀕死の少女を肩に乗せて歩くその姿は、もはや物の怪も同然だ。

「男が失血死するのが先だな」と、その様子を眺めていた男が言う。

「あと二〇歩進めるか?」

「俺は三〇歩だと思う」

「誰か賭けないか?」

勝敗が決した戦場を若武者が亡霊のように歩いている。いつの間に集まった帝の兵士たちは、目の前の若い男がいつ力尽きるかを賭け始めた。そのとき、ひとりの侍が彼らの勝負に水を差した。

「一体、何ごとだ?」

「何でもない」見物していた兵士はしらばくれる。

「おまえたちに人としての誇りはないのか？　敵だったとはいえ相手は負傷してるんだぞ」

「傷の手当てでもしてやれと？」兵士が問い返した。「見ろよ。あいつはまだ戦っているつもりだ！」

「ならば、あの少年に敬意を払うべきだ。それなのに、彼の命の長さを賭けるのか？　他にやることはないのか？　ここから離れて、戦いに戻れ！　このふたりの面倒は拙者が見る」

「そんな勝手な真似を――」

「拙者に挑戦したい者がいるのか？　異議を唱えたいのなら、直接主上に訴えてみるがいい」

兵士たちはためらいがちに顔を見合わせている。この侍の激しい気性は、皆が承知していた。

せっかくここまで生き延びてきたのに、最後の最後で無駄死にする意味はない。

「わかったよ、雅治郎。あいつの面倒はおまえに任せた」

終章

意識を取り戻した篤湖は、自分がどこにいるのかわからなかった。絶え間ない笑い声に聞こえていたのは、どうやらせせらぎの音らしい。ぼんやりとした視界には、御伽噺に出てくるような森が広がっている。

戦いの痕跡も、血溜まりも、帝の兵の姿もない。

彼女はひとり、空き地の真ん中で横たわっていた。胴体にはきつくさらしが巻かれており、うっすら血がにじんでいた。少し動くだけでも激しい痛みが襲いかかってくる。それがなければ、自分はまだ夢を見ているのだと思っただろう。

起き上がって辺りを見回したが、槍がどこにもない。慌てて胴衣の下をまさぐり、安堵のため息をついた。少なくとも丸腰ではなかった。

枝が折れる音がし、はっとして振り向く。戦闘体勢をとろうとしたものの、痛みに圧倒され、すぐに膝をついた。

「まだ休んでいた方がいい。拙者はこの仕事を一〇年以上やっているが、そこまでひどい戦傷は

ってい た。

「ま、雅治郎?」

森から姿を現した侍は、小さく微笑んだ。彼は腕に紙衾を抱え、おぼつかない手つきで鍋を持っていた。

「これ以上近づく前に、おぬしにその短刀で斬りつける意志があるのかを確かめたい。おぬしならやりかねない。だが、一応言っておくが、拙者はおぬしを助けた。命の恩人にそんな仕打ちは非礼だぞ」

しばらくためらっていたが、諦めたように篤湖はゆっくりと短刀を下ろした。雅治郎を信頼しているわけではないものの、これまでの彼の戦いぶりを知っている。意表を突く要素がなければ、短刀で致命傷を負わせるのは不可能に近い。自分は重傷を負い、相手がこちらの存在と状況を把握している以上、そもそも不意打ちなど不可能だ。

「何があったの?」

侍は彼女の肩に紙衾をふわりと掛け、沈痛な面持ちで横に座る。

「手短に説明しよう。おぬしは七日間、意識不明だった。おぬしの軍は負けて降伏。睦仁天皇が正式に即位し、元号が変わった。おぬしの大名は死んだ。おぬしの兄君も……」

雅治郎は話すのを止めて、大きく息を吐いた。それから、覚悟を決めたように言葉を紡いだ。

「兄君はおぬしの命を守るため、勇敢に戦った。残念だ」

篤湖は雅治郎の言葉を、まるで他人事のように呆然と聞いていた。

これから誰が玉座に座ろうとどうだっていい。自分たちは負けたのだ。そうか。それは紛れもない結果で、受け入れるしかない。

しかし揖深の死の知らせに、心を刀でえぐられたような衝撃を受けた。涙が噴き出し、篤湖は地面に突っ伏して泣き叫んだ。

「揖深が……そんなわけない！」

「彼は英雄として死んだんだ」雅治郎が穏やかに言う。

「兄のことを知っていたら、そんなことは言わないわ」篤湖は嗚咽しながら言い返した。「彼は、全然英雄なんかじゃなかった。勇敢に戦うわけがないし、だから死ぬわけもない！」

「彼は立派に戦い、英雄として死んだ」雅治郎は少し大きな声で繰り返す。「おぬしが信じようと信じまいと、この事実は決して変わらぬ」

篤湖は泣き崩れ、雅治郎が嘘をついているとわめき散らした。証拠を見せろと詰め寄り、さらに慟哭し、傷口が再び開くほど地面を転がった。さらしを巻き直すために、雅治郎は彼女を無理やり押さえつけなければならなかったほどだ。

その後――かなりの時間を要して――彼女はようやく落ち着いた。焚き火で湯を沸かし、茶を淹れる男の所作をぼんやりと見つめている。

「兄は、本当に立派な最期を遂げたの？」

「ああ。あれほど勇敢な武士は見たことがない。英国人剣士の攻撃で腹をえぐられ、紛れもなく致命傷を受けていた。他の侍なら、その場で息絶えていただろう。しかし彼は、この世のものとは思えぬ凄まじい意志の力に支えられ、立ち続けた。そして一騎討ちで、英国の恐ろしき敵を倒し、帝の軍を突破した。それもたったひとりで。妹であるおぬしを助けるためにな。必要なら、這ってでもそうしていただろう」

「そんなこと……あるはずがない」篤湖はつぶやいた。「一度だって、兄が私を守ってくれたことなんてなかった。私が危険に晒されているときでさえ、自分の身を守ることで精一杯だったのに」

「信じなくてもいい。だが、それでも聞いてくれ。最期の瞬間、兄君はおぬしのことだけを考え、おぬしだけのために戦い、そしておぬしのために散ったのだ」

篤湖は頭を下げた。この侍が聞かせてくれた揖深の勇姿を、自分が知っている兄に重ね合わせるのは簡単ではない。とはいえ、雅治郎はとても誠実に見える。そもそも、嘘をつく理由などないだろう。

最後の最期で、揖深は勇気を振り絞った。

たった一度の勇敢な行動は、臆病だった一生を埋め合わせるほどのものだった。そう考えていいのだろうか？

篤湖の頬を流れ落ちる涙がその答えだった。

「どうして私を助けたの？」篤湖は思い出したように雅治郎に聞いた。「あたしたちはおあいこだ。あなたはそう言っていた」

「おぬしは濠に飛び降り、御大名のために戦い、恐ろしい英国人剣士に立ち向かった。竹子殿やおぬしのような女子がいなければ、この戦はもっと救いのない結末を迎えただろう。いうなれば、そのお礼だ」侍は冗談めかしく言った。

「結局、あたしは何の役にも立たなかったけど……」篤湖は顔を歪める。「それに、あなたが言ってることはあたしが聞いたことの答えになってないわ」

「そうかもしれん」雅治郎は認め、微笑んだ。「だが、別の答えにはなる。ま、今すぐ話さなくていいだろう。時機ではないのでね」

篤湖は腕を組んで横になった。夜の帳が下り、空には星が見え始めていた。腹部の傷が痛むものの、久しぶりに少し安らぎを感じている。

「冗談でごまかさないで、あたしを助けた本当の理由を——別の答えとやらを教えて。さもないと、刺されることになるわよ」

「おぬしは素晴らしい気質の持ち主だな」雅治郎は苦笑した。「では、本題に入るとしよう」

篤湖は目を閉じた。自分が考えている結果にならないようにと、強く願う。男が敵軍の女子を救う理由など、恋慕の情以外にあるだろうか？　彼女もまた、最初の出会いからふたりの間に何かしらの縁を感じていた。だが、誰かの想いを受け入れる心の準備はできていない。こんな時局ではなおさらだ。

それなら、違う状況なら良かったのか？　自分でもわからない。

とにかく、彼に借りを作りたくはない。彼は命を救ってくれたのだ。その見返りに、何を承諾しなければいけないのだろう？　彼の妻になる？　側室になる？　それとも、この空き地で一夜をともにする？　それが救われた代償？　自分はまたしても、女の身の定めに貶められてしまうのだろうか。

「正式にアサシン教団に入ることに同意してもらえるだろうか？」

「え？　なんですって!?」準備していた言葉を呑み込みながら、篤湖は目を見開いた。

「少し前に、竹子殿からおぬしを訓練していると聞かされた。善悪の判断にこだわりがあるが、とても有望な人材だとね。それに、道徳心があるのは別に悪いことではない。何より、敵陣への潜入任務は完璧だった」

「あの晩、あたしが敵軍の野営地に忍び込むのを見ていたの？　竹子様とはどんな関係なの？」

「竹子殿と拙者は同じ任務に就いていてね。おぬしから目を離さぬようにと頼まれていたのだ」

雅治郎はこくりとうなずく。「初心者にはかなり難しい任務だったはずだ。事前に聞かされていたから、当然、おぬしが城のどこから出てくるかわかっていたし、行動は大方予測できていた。だから、おぬしを簡単に見つけることができたのだ。これでわかってもらえたかな？　魔法でもなんでもない」

記憶をたどっていくうち、全ての謎が氷解した。

「あなたも竹子様と同じアサシンなのね！」

「ご名答。名を松生と申す。アサシン教団のブリュネ大尉の下で働いている」

「待って。あなた、帝の軍隊と行動をともにしていたはずでしょう？」

「敵陣に潜入できなければ、斥候としては失格だ」

「でも、他の悪党たちと一緒に正宗を盗もうとしたわね？　アサシンの役割はあの刀を守ることだと竹子様は言っていたのに」

彼はさらに大きく破顔した。

「やはり賢いな。竹子殿もそうだった。私はある意味で備えの一手だったのだ。万が一事態が悪化し、ロイドが正宗を手に入れてしまった場合、私が所在を追跡できるようにな。そして、テンプル騎士団の信頼を得るのに、あちら側でアサシンと戦う以上に良い方法があるか？」

「テンプル……何？」

雅治郎は顎をさすり、こう告げた。

「我が教団に加わってくれるなら、全てを説明しよう。これさえあれば、教団は間違いなくおぬしを歓迎するだろうからな」

彼が懐から取り出したものを見て、篤湖は目を輝かせた。

「正宗！」

「正確には宮本武蔵の刀だ。それにしても、我らの教団についてはしばらく経ってから話すつもりだったのだが。全く、おぬしという奴は……。拙者だって夜中に刺されるのは御免だ」松生が笑いながら頭を掻く。そして、ふいに真顔に戻り、姿勢を正した。「では、改めて問おう。我らアサシン教団とともに戦う意志はあるか？」

彼女はしばし考え込んだ。腹の痛みとともに、つらく悲しい現実を受け止めてきた。

揖深はもういない。

そして、竹子も――。

ふと、竹子の言葉が脳裏に蘇る。

「あなたたちは自由意志のために戦っていて、既存の体制に挑んでいる。竹子様からそう聞いた。それはつまり、あなたたちの敵は帝ということになるの？」

「遠まわしに言えばそうだ」

「あたしの兄と竹子様を死に追いやった、敵軍の将？」

「その通りだ」

篤湖は正宗の刃を見つめた。月の光に照らされた己の顔が映っている。短髪で、泣き腫らした目をした齢十と六つの娘の顔だった。敵の陣営に潜入し、幾多もの一騎討ちと戦に勝ち抜いた娘。一宿一飯の恩義を忘れず、毒を盛ることをためらった少女。だが、幾多の悲しみを乗り越えた篤湖は、もはや少女でも小娘でもない。

女だ。それも心に力を宿した女だ。

これから先、何があっても揖深のことは決して忘れない。生まれたときからずっとそばにいた。彼は誰よりも強く、誰よりも弱かった。そんな彼が変われたのだったら、恐怖から抜け出せたのなら……自分も変わることができる。

篤湖は顔を上げ、相手の目を見据えた。

「今日から私は、あなたの同志です」

松生は満面の笑みを浮かべ、正宗を差し出す。遠い昔に死んだ剣豪の刀を受け取ったとき、篤湖はささやき声を聞いた気がした。

「我が後継者よ。これよりそなたの刀となろう——」

ジュール・ブリュネは、パークス公使から差し出された紅茶のカップを快く受け取った。

「おめでとうございます」仏国人大尉は小さく微笑んで言った。「この戦争は、あなた方の勝利です。しかし、お聞き届けあれ。いずれ我々が勝利する日が来るでしょう」

「何の戦争のことをお話しかわかりませんが」英国人はわざとらしく驚いた顔をしている。「我らの国は互いに尊敬し合ってきた。争う必要などない。これまでも。そしてこれからも」

「もちろん」ブリュネはうなずく。「言うまでもなく」

彼は紅茶を口に含んだ。英国人は自分たちが紅茶の専門家だと自負している。パークスも例外ではない。だが、ブリュネからすれば、口に含んだこの紅茶は熱すぎる。味にも香りにも深みがなく、急いで淹れられたものであることは明白だ。仏国人の彼は日本の茶道にも通じており、公使よりもずっと洗練された味覚を持つと自信を持っていた。

「いずれにしても、これからは天皇が絶対的な権力を持つことになる」ブリュネがつぶやく。

「この国は新しい時代の幕開けを迎えるのだ。侍も大名も武士道精神もない時代ですよ」

「我々に門戸を開いたこの国の経済は、間違いなく発展する。天皇のもとに結束すれば、強い国家となるでしょう。我々を脅かす存在になるかまではわかりませんが」パークスが言い添える。

「そう言えば、新時代の幕開けとともに元号も変えるそうです」

「ほう、これからは何と呼ばれるのですか?」

「明治――」


〈完〉

訳者あとがき

何を隠そう、初恋の人は〝忍び〟だった。子供の頃から、祖母と一緒に時代劇を見る機会が多かった私は、国民的なテレビドラマ『水戸黄門』で活躍する風車の弥七に小さな胸をときめかせたものだ。日本各地を漫遊する水戸光圀公のピンチにどこからともなく現れ、通り名の由来である、赤い風車が付いた手裏剣を敵に投げつける。空中で回転し、天井や塀の上まで跳躍し、小太刀で大勢を相手に華麗に立ち回り、霞玉でたちまち姿を消してしまう。弥七は、元義賊の伊賀忍者で、光圀公に命を救われて隠密になったという設定らしい（諸説あり）。とにかく彼の出番になると、画面に目が釘付けになった。その影響か、私は女の子らしい遊びよりも、刀を背負って近所の男の子とチャンバラごっこをしたり、屋根や塀の上を歩いたり、木登りをしたりするのが好きだった。小学校の修学旅行で福島県の会津城に訪れたときには、自分へのお土産として「白虎刀」の焼印入りの木刀を買ったのは言うまでもない。

ゲーム『アサシン クリード』シリーズの一作目をプレイしたときから、主人公のステルスぶり、高い身体能力、クールな暗殺術が忍びのそれを彷彿とさせ、アサシンは、きっと日本の歴史にもマッチするだろうと、わくわくしながら考えていた。そして、本書『アサシン クリード フラグメント 会津の刃』は、それを見事に証明してくれた。

本作は、幕末の日本が舞台。嬉しいことに、というか当然ながら、忍びも登場する。国内史上最大の内戦である戊辰戦争を背景に、アサシン教団とテンプル騎士団が宮本武蔵の名刀「正宗」を巡って暗躍し、剣術の才能に恵まれた会津藩の若き兄妹、司馬揖深と司馬篤湖が、避けられぬ運命に巻き込まれていく——といった内容だ。

ここで、簡単に戊辰戦争の流れを説明しておこう。第一五代将軍徳川慶喜は、大政奉還を行って政権を朝廷に返上したものの、幕府に代わる新体制で実権を握ろうと目論んでいた。それを許すまじと、朝廷は王政復古の大号令を発令。「天皇家が政治を執り行う。徳川家は完全排除」という強い意志を示した。こうして、反発した徳川側の旧幕府軍と天皇側の新政府軍が衝突。京都の鳥羽・伏見の戦いに始まり、上野戦争、長岡城の戦い、会津の戦いなどを経て、函館の五稜郭の戦いで終結するまで一年以上続いた一連の戦の総称が、戊辰戦争だ。そして本書では、鳥羽・伏見の戦いと会津の戦いが主に描かれている。

『アサシン クリード』シリーズでは、フィクションに史実を実に巧みに融合させた世界観が築かれ、ゲームの主要キャラクターには実在した人物も含まれる。例えば、シリーズの中でも人気が高いルネサンス期のイタリアが舞台の『アサシン クリードII』『アサシン クリード ブラザーフッド』には、主人公エツィオの協力者として、レオナルド・ダ・ヴィンチ、ロレンツォ・デ・メディチ、ニッコロ・マキャヴェリが登場するし、宿敵となるのは、ローマ教皇アレクサンドル6世であるロドリゴ・ボルジアと息子のチェーザレ・ボルジアだ。『アサシン クリードⅢ』では、アメリカ独立戦争の時代が描かれ、ジョージ・ワシントン、ベンジャミン・フランクリン、チャールズ・リーをはじめ、アメリカ建国の立役者が何人も物語に関わってくる。このように、『アサシン クリード』シリーズは他のいずれの作品も同様の設定ゆえ、ゲームをまだプレイしていない方は、史実と虚構が複雑かつ絶妙に入り混じる興味深い物語と世界観を、ぜひご自身で味わってみてほしい。

例に漏れず本書でも、実在の人物が重要な役割を果たしている。徳川慶喜、会津藩主の松平(まつだいら)容保(かたもり)、会津の戦いで娘子隊(じょうしたい)の一員として戦った中野(なかの)竹子(たけこ)、イギリスの外交官ハリー・パークス、フランスの陸軍将校ジュール・ブリュネの五人がそうだ。幕末の激動の世で、彼らがアサシン教団とテンプル騎士団、そして揖深と篤湖にどう関わってくるのかは、物語を読んで確かめていただきたい。

先に述べたように、同シリーズは、あくまでもフィクションを実際の歴史に絡ませているため、この小説でも史実とはかけ離れた要素が出てくることをお断りしておく（以下に記すのはネタバレも含むので、まずは本編を読了してから読み進めることをお勧めする）。

本書の内容と大きく異なる歴史的事実を二点、お伝えしておこう。ひとつは、幕末期の日本では、一般的には肉食が禁止されていたことである。伝来した仏教の教えに従い、六七五年に天武天皇が肉食禁止令を発布して以来、一八七一年に明治天皇が肉食解禁令を出すまでの約一二〇〇年の間、日本では、牛、馬、犬、猿、鶏の肉を食べるのを避けてきたとされているのだ。特に江戸時代は、獣肉食に対する禁忌が強かったらしい。もちろん例外はあっただろうし、〝薬〟という名目で肉が食べられていたとも言われている。「かしわ」(鶏肉)、「さくら」(馬肉)、「もみじ」(鹿肉)、「ぼたん」(猪肉)という隠語は、肉食禁止文化への対抗策だったのかもしれない。

もうひとつは、松平容保についてだ。最後の最後まで幕府に忠義を尽くした彼は、実際には、会津の戦いを生き延びている。難攻不落と言われた会津城だったが、敵陣に包囲されて大砲を何十発も撃ち込まれた挙句、一ヶ月に及ぶ籠城戦の末に、推定二五〇〇人もの大量の戦死者を出した。物資も兵力も限界となって、容保はついに降伏。戦後、彼は各地を転々とし、日光東照宮の宮司を命じられた後、五七歳のとき、東京の自宅で病死した。これら二点を含め、史実との相違を探しながら読んでみるのも面白いだろう。

戊辰戦争の戦場では、近代的な西洋式銃や大砲が主力兵器となり、それらが新政府軍に勝利をもたらした。銃弾が飛び交う中、刀や槍では到底太刀打ちできず、「もう刀で戦う時代は終わった」と漏らしたのは、新選組副長の土方歳三だったという。本作でも、戦火の真っ只中、揖深や篤湖が圧倒的な戦力の差を見せつけられ、愕然とする場面がある。彼らに限らず、大勢の侍が同じような絶望的な気持ちを抱えながら倒れていったのは、想像に難くない。

こうした場面を訳しながら、私は新美南吉の童話『おぢいさんのランプ』を思い出した。紙でできた行燈からガラス製のランプが使われるようになり、主人公の巳之助はその光の明るさと美しさに魅せられる。やがてランプを売る商売を始めたが、金儲け以前に、彼は自分の売ったランプが人々の暗い家を明るく照らすのが嬉しくて仕方がなかった。文明開化の火をひとつ、またひとつと灯す一端を担っているという誇らしい気持ちに駆られたからだ。しかし、巳之助が大人になり所帯を持った頃、村々に電気が通った。電燈の輝きはランプの比ではない。しかも、いちいち燐寸（マッチ）を擦らなくてもいい、とても便利なものだった。ランプはもう、古い道具だ。商売の潮時だと悟った巳之助は、池の畔（ほとり）で、残った在庫のランプに一個ずつ火を灯しては、木の枝に吊るしていく。大小様々のランプの大小様々の灯で、三本の木が彩られる。そうして彼は、池の反対側から石ころを投げ、ランプを割っていくのだ。過去のものとなってしまった愛おしい道具に別れを告げながら——。

『手袋を買いに』『ごん狐』なども有名だが、新美南吉の童話は、登場人物の心情の機微はもとより、色、音、物の質感を含む描写が繊細で美しい。読み手の五感に生き生きと訴えてくる彼の文章は、子供の頃から私の心の拠りどころであり、筆致のお手本として常に頭にある。興味を持たれた方は、読んでみてほしい。

閑話休題、話を元に戻そう。

いつの世も、新しい何かが古い何かを凌駕していくが、本書で描かれる幕末の日本は、まさに過渡期であった。二六〇年以上続いた江戸幕府が終焉し、徳川慶喜は、その最後の将軍となる。明治維新の四民平等、廃刀令を経て、武士階級は廃止。「最後の侍」は、北越戊辰戦争である長岡城の戦いで奮闘した河井継之助とも、官軍総参謀として戊辰戦争に参戦した西郷隆盛とも言われている。ちなみに、映画『ラスト・サムライ』（二〇〇三）で渡辺謙が扮した士族の頭領は、西郷隆盛を彷彿とさせた（同映画の主役で、トム・クルーズが演じたネイサン・オールグレンのモデルは、ジュール・ブリュネだという）。江戸が終わり、明治が幕を開けると、文化的、制度的に、日本は新たな時代に突入するのだ。この小説では、そんな黎明期の空気も感じ取ってもらえると思う。

本書は日本で物語が展開するゆえ、諸外国を舞台とした作品を翻訳するのとは、少し勝手が違った。言うまでもなく、原書では、登場人物の名前はアルファベット表記だ。当初は、カタカナで表すことも考えた。しかし、実在した日本人の名前をカタカナにするのは違和感があり、かといって、架空の人物名はカタカナ、実在の人物名が漢字で混在するのもおかしいと判断。そこで、この邦訳版では、ユービーアイソフトからの許諾をいただき、主人公をはじめとする架空の人物の名前を漢字で表記することにしたのだ。翻訳者である私と編集部で熟考を重ね、できるだけ江戸時代末期に合った和名にするようにした。読みは全て原書に従っているため、名前の響きが当時らしからぬものもあるのは、ご了承いただきたい。

主人公である「ＩＢＵＫＡ」と「ＡＴＳＵＫＯ」については、何度も話し合い、「揖深」と「篤湖」に決定した。兄の「揖深」の「揖（ゆう）」は、「お辞儀」を意味する。神道の作法では、神社の鳥居をくぐる前にする一礼を「一揖（いちゆう）」、四五度に身体を曲げるお辞儀を「深揖（しんゆう）」と言う。高校時代、私は弓道部だったのだが、弓道では、射手が矢を射る前に「揖」を行い、精神を統一するのがしきたりである。お辞儀は武道にとって大切であり、剣術の稽古に励んできた彼には、「揖深」はぴったりだと感じた。妹の「篤湖」の場合は、「誠実、熱心」を意味する「篤」と「湖」の組み合わせだ。なぜ「湖」なのか。これは、彼女が生まれ育った会津に起因する。会津城の近くには、日本国内で四番目に広い湖、猪苗代湖があり、少し足を伸ばすと五色沼湖沼群も点在。彼女の両親が娘を命名する際、そうした地元の美しい湖水に思いを馳せていたとしてもおかしくないだろう、と考えた結果だ。もしも福島県に足を運ぶ機会があるならば、見事に再建された会津城で歴史に触れ、天気や見る角度によってエメラルドグリーンやコバルトブルーに彩りが変化する五色沼巡りや、磐梯山の四季折々の姿を映し、「天鏡湖」の別名を持つ猪苗代湖のクルージングで豊かな自然に触れるのもお勧めである。

この小説の核を成すのは、一七歳の揖深と一六歳の篤湖の兄妹の物語だ。戦は国内に暗い影を落とし、大勢の若者たちが翻弄された。描かれるのは、わずか一年余りの短い間ではあるが、ふたりの立派な成長ぶりをどうか見届けてほしい。クライマックスの会津の戦いを訳す際は、涙を流さずにはいられなかった。翻訳を終えてしばらく経つが、その後の篤湖の活躍を夢想するなど、今も余韻をずっと引きずったままだ。それだけ私にとっては、印象深い一作となった。

『アサシン クリード』シリーズで日本が舞台になるのは、実は、本書が初めてではない。グラフィックノベルの『アサシン クリード ブラッドストーン（原題）』は、二〇〇〇年一二月、九州にあるアサシン養成所で幕を開ける。各地で勃発するアサシンの大粛清が懸念される中、とうとう同施設も標的となり、マキシム・ゴーム率いるアブスターゴの部隊に包囲されてしまう。日本人アサシンのユリは命を落とすが、彼女の幼い息子トモは生き延びた。一七年後の高田馬場。成長したトモはゲームセンターのレジ係として働きながら、母を殺したゴームの行方を追っていた。手がかりを辿ってスイスに向かった彼は、ゴームの祖先ボリス・パッシュがエデンの欠片を使って超人的な兵士を生み出そうとしていた昔の計画を突き止める。トモはアニムス装置に入り、パッシュの下で働いていたアサシン、アレクセイ・ガヴラーニの過去を追体験。一九六三年の戦時下のベトナム、ジョン・F・ケネディ大統領暗殺直後のアメリカに赴いたことで、壮大な陰謀が渦巻く事実を知ってしまう――。このように同作は、現代編の主人公と舞台が日本となっている。

そして、二〇二四年一一月に発売予定のゲームシリーズ最新作『アサシン クリード シャドウズ』は、一六世紀の安土桃山時代の物語だ。焦点が当てられるのは、織田信長が安土城を築いて天下統一を目指した一五七九年から一五八四年まで。主人公となるアサシンは、伊賀の忍びである奈緒江と、侍の修行を終えた屈強なアフリカ人の弥助のふたり。戦国時代の日本で、タイプの違うアサシンを駆使し、どのような世界が体験できるのか、とても楽しみにしている（個人的には、忍びのアサシンになれるのは、長年の夢が叶ったようなもの！）。

最後に、日本人アサシンのこの素晴らしい小説を世に送り出してくださった著者のオリヴィエ・ゲイ氏、邦訳版を出すにあたってご協力くださったユービーアイソフトの方々にお礼を言いたい。そして、辛抱強く、細やかな気配りで助けてくださった編集者の藤井宣宏氏、温かく見守り、大変な日々を支えてくれた家族にも、心からの感謝を伝えたい。本当にありがとうございました。

二〇二四年九月吉日

阿部清美

アサシン クリード フラグメント
会津の刃

ASSASSIN'S CREED FRAGMENTS THE BLADE OF AIZU

2024年10月4日　初版第一刷発行

著者　オリヴィエ・ゲイ
翻訳　阿部清美
装幀・組版　岩田伸昭

発行所　株式会社竹書房
〒102-0075
東京都千代田区三番町8-1
三番町東急ビル6F
email:info@takeshobo.co.jp
https://www.takeshobo.co.jp
印刷・製本　中央精版印刷株式会社